Das Buch

Mit meisterlichem Gespür hat Bestsellerautor Wolfgang Hohlbein elf packende Kurzgeschichten für die *New Fantasy Selection* zusammengestellt. Einige der schillernden Storys strapazieren gekonnt die Lachmuskeln, während sich in anderen das nackte Grauen unerbittlich seinen Weg in die Köpfe der Leser bahnt. Sei es eine umherwandelnde Tote oder aber ein Wurm, der unaufhaltsam näher kriecht: Knarzend öffnet sich das Fenster in eine andere Welt – und hat man erst einen Blick hinein gewagt, kann und will man das Buch nicht mehr aus der Hand legen.
Neben bekannten Autoren ist auch der eine oder andere Newcomer in der vorliegenden Sammlung vertreten – allesamt Geheimtipps vom Meister der Fantasy, der uns mit seiner Auswahl manche Überraschung beschert. So wartet denn auch Hohlbeins eigene Kurzgeschichte *Im Namen der Menschlichkeit* mit einer Zeitreise auf, die gründlich schief geht – zumal ein überaus bekannter Nazarener bei den Schiffbrüchigen einen nachhaltigen Eindruck hinterlässt …

Der Herausgeber

Wolfgang Hohlbein, 1953 in Weimar geboren, ist seit 1982 hauptberuflich als Schriftsteller tätig und gilt inzwischen als erfolgreichster deutscher Fantasy-Autor der Gegenwart. Ein Großteil seines vielfältigen Werks ist im Wilhelm Heyne Verlag erschienen. Wolfgang Hohlbein lebt mit seiner Familie bei Düsseldorf.

WOLFGANG HOHLBEIN'S New Fantasy Selection

WILHELM HEYNE VERLAG
MÜNCHEN

HEYNE ALLGEMEINE REIHE
Band-Nr. 01/13445

Umwelthinweis:
Dieses Buch wurde auf
chlor- und säurefreiem Papier gedruckt.

Das Buch erschien bereits unter dem Titel
»Fantasy Selection 2000«.

Taschenbucherstausgabe 04/2002

Wilhelm Heyne Verlag GmbH & Co.KG, München
Printed in Norway 2002
Umschlagillustration: John Howe/Arena/Agentur Schlück
Umschlaggestaltung: Nele Schütz Design, München
Druck und Bindung: AIT, Trondheim
ISBN: 3-453-19576-0

http://www.heyne.de

Inhalt

Wolfgang Hohlbein
Proudly Presents

Kennen Sie das auch? Ein langer, mehr oder weniger ereignisreicher Arbeitstag ist zu Ende, Sie sind froh endlich Ihre Ruhe zu haben, im Fernsehen gibt's wie immer nichts (außer vielleicht der fünfhundertsten Wiederholung von Columbo*) ... Wie wär's mit einem Buch? Nein, kein 500-Seiten-Wälzer, keine mehrbändige Familiensaga und kein epischer Fantasyzyklus. Eine nette, kleine, unterhaltsame, spannende Kurzgeschichte vor dem Einschlafen wäre jetzt das Richtige ... Ein bisschen Phantastik, ein bisschen Grusel ...*

Sie ziehen die Vorhänge zu, machen es sich gemütlich, kuscheln sich in die Bettdecke – und beginnen zu lesen. Vielleicht von einer Zeitreise, die gründlich schief geht, oder von der Ankunft unsichtbarer und nicht besonders freundlich gesinnter Aliens auf der guten alten Erde, oder von einer geheimnisvollen Frau, die längst tot ist (oder vielleicht auch nicht), oder von diesem grässlichen, ekelhaften Wurm, der immer näher kommt, und nichts kann ihn aufhalten ...

KNACKS!

Was war das??

Stille.

Sie müssen sich getäuscht haben ... und lesen weiter. Die Zeit vergeht, ohne dass Sie es merken, inzwischen ist Mitternacht, kein Laut ist mehr zu hören. Noch eine Geschichte, die letzte für heute: »... Plötzlich war ein großer Schatten über ihr. ›Nein, bitte nicht‹, flehte sie und rollte sich wie unter Schmerzen gekrümmt zur Seite. Etwas Feuchtes berührte ihre Wange und ließ sie entsetzt aufschreien ...«

KNACKS!!

Jetzt haben Sie es ganz deutlich gehört! Hier, in Ihrer Woh-

nung! Nackte, kalte Panik beginnt langsam, aber unaufhaltsam in Ihnen aufzusteigen, Ihr Herz pocht und sprengt fast Ihren Brustkorb. Aber ob Sie wollen oder nicht, Sie müssen nachsehen, im Bett verkriechen nützt nichts! Sie nehmen allen Mut zusammen, springen auf, spurten auf dem kalten Boden durch die Wohnung, schnell Licht an, ein Zimmer nach dem anderen, Wohnzimmer: nichts, Küche: nichts, Bad: nichts. Nichts zu sehen, nichts zu hören, nur: Stille.

Wie albern! Bis tief in die Nacht lesen, kleine phantastische Geschichten, der Phantasie irgendwelcher merkwürdiger Autoren entsprungen, und dann fährt Ihnen bei jedem winzigen Geräusch der Schrecken in die Glieder ... Lächerlich! Sie sind doch erwachsen, stellen Sie sich nicht so an!

Also gut, zurück ins Bett, letzte Geschichte, morgen ist ein langer Tag ...

KNACKS!!!

Vielleicht sehen Sie doch noch mal nach? Unter dem Bett? Oder im Wandschrank? Sehen Sie nach und vergewissern Sie sich: keine Aliens, keine Untote, kein Wurm ...

Ach ja: Und weiterhin viel Spaß beim Lesen!

Ihr
Wolfgang Hohlbein

Wolfgang Hohlbein

Im Namen der Menschlichkeit

Das Letzte, woran er sich erinnerte, war ein gewaltiger grüner Blitz, der das Universum vor den runden Bullaugen von einem Ende bis zum anderen spaltete und die Kapsel in ein Chaos aus Feuer und Flammen und berstenden Schlägen stürzte. Dann nichts mehr.

»Zenturio?«

Die Stimme drang wie aus weiter Ferne an sein Bewusstsein, verzerrt und kaum verständlich unter dem Nachhall der Explosion, der noch immer in seinen gequälten Trommelfellen war. Er wollte die Augen öffnen, aber auf seinen Netzhäuten explodierte eine Kaskade greller, brennender Lichtpfeile, sodass er es bei einem flüchtigen Blinzeln beließ.

Jemand berührte ihn an der Schulter und schüttelte ihn. »Können Sie mich verstehen?«

Er nickte. Die Stimme hatte jetzt einen seltsamen Nachhall, wie man ihn manchmal in großen leeren Räumen hört, aber sie schien auch näher gekommen zu sein.

»Zenturio!«

Cyrene öffnete widerstrebend die Augen. Licht, grellweißes Licht von nie gekannter Intensität blendete ihn. Er stöhnte, beschattete die Augen mit der Hand und blinzelte zu der massigen schwarzen Gestalt über sich empor.

»Sie sind wach, gut.« Nogubes ebenholzschwarzes Gesicht verzog sich zu einem flüchtigen Lächeln. »Vielleicht ist es eine dumme Frage, Zenturio, aber wie fühlen Sie sich?«

Cyrene stemmte sich auf die Ellbogen hoch. Mit dem Erwachen kamen die Schmerzen. Sein linker Arm brannte, als hätte man ihm die Haut bei lebendigem Leib vom Fleisch gezogen, und in seinem Rücken saß ein dünner, stechender Schmerz, der jede Bewegung zur Qual werden ließ. Und da war die Erinnerung, die auf ihre Art schlimmer war als der körperliche Schmerz: grünes Feuer, das durch die runden Bullaugen des Zeittauchers hereinflutete und die Kabine in schattenlose, bizarre Helligkeit tauchte. Ein Schrei; gellend, spitz, hoch, unmenschlich hoch, der dann mit erschreckender Plötzlichkeit abbrach und trotzdem noch in seinen Ohren zu tönen schien.

Er atmete tief ein, schloss die Augen und versuchte die Bilder aus seinem Bewusstsein zu vertreiben.

»Es … es geht«, antwortete er endlich. »Wie lange war ich bewusstlos?«

»Vierzehn Stunden.«

Cyrene erschrak. »So lange?«

»DeKoba hat Ihnen eine Spritze gegeben, damit Sie schlafen. Ihr linker Arm war gebrochen«, antwortete Nogube.

»Sonst nichts?«

Der Legionär schüttelte den Kopf, atmete hörbar ein und ließ sich neben Cyrene in die Hocke sinken. »Ein paar Kleinigkeiten. Jede Menge Hautabschürfungen und blaue Flecken, aber nichts Ernstes.«

Cyrene hob nachdenklich seinen linken Arm und begann den Ärmel des dunkelroten Uniformhemdes aufzukrempeln. Die Haut schimmerte wächsern und hatte einen sanften, grünlichen Schimmer, untrügliche Anzeichen eines Schnellplast-Verbandes, der angelegt und bereits wieder entfernt worden war. Vorsichtig ballte er die Finger zur Faust und bewegte die Hand im Gelenk.

»Und die anderen?«

Nogube antwortete nicht gleich. »Nichts … Besonderes«,

sagte er nach sekundenlangem Schweigen, aber der Ton seiner Stimme strafte die Worte Lügen. »Sie … Sie hatte es am schlimmsten erwischt. Nach Covacz.«

Cyrene sah auf. »Was ist mit ihm?«

»Tot«, antwortete Nogube. Cyrene spürte deutlich, wie schwer es dem anderen fiel, das Wort auszusprechen. »Er stand direkt am Hauptkontrollpult, als es uns erwischt hat. Ich glaube nicht, dass er überhaupt gemerkt hat, was passiert ist. Er muss sofort tot gewesen sein. Wenigstens«, fügte er nach einer merklichen Pause hinzu, »hat er nichts mehr gespürt.«

Cyrene senkte betreten den Blick. Es war nicht seine Schuld, aber er wusste trotzdem, was der Nubier eigentlich hatte sagen wollen. Covacz hatte direkt vor ihm gestanden, als die Katastrophe geschah. Er hatte die Wucht der Explosion mit seinem Körper aufgefangen. Vielleicht hätte sonst keiner von ihnen überlebt.

Nogube gab einen seltsamen Laut von sich und starrte einen Herzschlag lang gedankenverloren zu Boden. »Können Sie aufstehen, Zenturio?«, fragte er dann.

»Versuchen wir es.«

Nogube streckte die Hand aus und half ihm beim Aufstehen. Cyrene schwankte und musste sich an der Schulter des schwarzen Riesen festhalten, um nicht erneut in die Knie zu gehen, aber er stand. Für Sekunden ergriff ein starkes Schwindelgefühl von ihm Besitz; er unterdrückte es und zwang sich aus eigener Kraft zu stehen. Eine Welle unangenehmer, trockener Wärme lief über seinen Rücken, als er aus dem Schatten des Felsens hinaustrat. Er blinzelte, legte den Kopf in den Nacken und starrte aus zusammengekniffenen Augen in den Himmel. Die Sonne stand als blendender, gelber Ball über ihnen: ein kochender Glutofen, dessen Hitze von keiner Wolke gemildert wurde. Cyrene hatte noch nie einen Himmel von solch kräftiger blauer Farbe gesehen. »Was ist überhaupt passiert?«, fragte er.

Nogube zuckte mit den Achseln. Cyrene fiel erst jetzt auf,

dass sein Gesicht vor Schweiß glänzte. Es war sehr warm. »Ich weiß es nicht«, gestand er. »DeKoba glaubt, dass es ein Torpedo war. Eines von diesen neuen Dingern mit intelligentem Suchkopf. Sie müssen ihn schon vor unserem Start abgefeuert haben.«

»Und er ist uns die ganze Zeitstraße gefolgt?«, fragte Cyrene zweifelnd.

»Wenn es ein Torpedo war, sicher. Wenn die Dinger einmal eine Spur aufgenommen haben, lassen sie sie nie wieder los.« Er zuckte erneut mit den Achseln und wandte sich halb um. Sein Blick glitt über die flache, erdbraune Ebene, die sich tief unter ihnen erstreckte, aber er schien etwas ganz anderes zu sehen. »Das ist nur eine Vermutung«, fuhr er nach einer Pause fort. »Vielleicht war es auch etwas ganz anderes. Ein Kurzschluss, ein Defekt im Computer, ein Materialfehler ... unmöglich, das jetzt noch zu sagen. Der Taucher hat nur noch Schrottwert.«

»So schlimm?«, fragte Cyrene erschrocken.

Nogube lächelte, aber es war ein Lächeln, dem jede Spur menschlicher Wärme fehlte. »Schlimmer«, sagte er. »Wir sind gestrandet. Aus. Endgültig.«

Gestrandet ... Simon Cyrene ließ das Wort noch ein paarmal in seinem Geist defilieren, aber erst beim dritten oder vierten Mal glaubte er eine schwache Ahnung von dem zu spüren, was es wirklich bedeutete. Der Gedanke erschreckte ihn so, dass er ihn hastig von sich schob.

»Keine Chance?«, fragte er nach einer Weile. Seine Stimme klang belegt.

Nogube schüttelte den Kopf, ohne Cyrene anzusehen. Er hatte vierzehn Stunden mehr gehabt, sich an den Gedanken zu gewöhnen, nie wieder in die Zeit zurückkehren zu können, in der er geboren war, aber auch er schien noch nicht damit fertig geworden zu sein.

Cyrene deutete mit einer Hand auf eine dunkle, schnurgerade Linie, die tief unter ihnen durch das monotone Safrangelb der Ebene schnitt. »Was ist das?«, fragte er. »Eine Straße?«

»Ich weiß nicht, Zenturio«, antwortete Nogube. »Wir haben unsere Umgebung noch nicht erforscht. Sie wissen doch«, fügte er mit einem leisen, bitteren Lachen hinzu, »Regel Nummer eins.«

Regel Nummer eins ..., dachte Cyrene. Rühr dich nicht von der Stelle, bevor du nicht ganz genau weißt, wo und wann du bist. Ob die Leute, die diese Regeln ersonnen hatten, jemals in der Situation gewesen waren, für die diese Regeln zutrafen?

Er verschränkte die Arme, blickte noch einmal zum Himmel hinauf und versuchte dann mehr von seiner Umgebung zu erkennen. Der Zeittaucher war auf einem sanft geneigten, steinigen Hang aufgeschlagen, der tief unter ihnen in dieser gewellten braungelben Ebene endete und oben, vielleicht eine Meile oder mehr entfernt, von einer nahezu senkrecht emporstrebenden Wand aus grauem, zerfurchtem Fels abgeschlossen wurde. Die Kapsel musste mit ungeheurer Wucht heruntergekommen sein – der Fels war da, wo sie aufgeschlagen war, zertrümmert und wie von einer gigantischen Faust zu einem Netzwerk von Sprüngen und Rissen zermalmt worden. Eine breite, fast hundert Meter lange Schleifspur führte hinauf zu der Stelle, an der das Gefährt zur Ruhe gekommen war. Sie hatten trotz allem Glück gehabt. Wären auch die Schockabsorber ausgefallen, wären sie zerquetscht worden. Das Fahrzeug selbst hatte kaum mehr Ähnlichkeit mit dem technischen Wunderwerk, das es einmal gewesen war. Der spindelförmige Rumpf war zusammengestaucht und geborsten; Luken und Bullaugen waren aus ihren Halterungen gerissen worden, die zollstarken Panzerplatten wie dünnes Pergament zerfetzt und zerknüllt. Aus dem hinteren Drittel ragten geborstene Rohre und unzählige bunte Kabel und Drähte wie herausgerissene Eingeweide eines phantastischen metallenen Tieres, und da, wo der buckelförmige Aufsatz des Chronoslippers gewesen war, befand sich nur noch ein rußiges Loch mit zerfetzten Rändern.

Cyrene riss sich gewaltsam von der morbiden Faszination

des Anblicks los und konzentrierte sich wieder auf ihre unmittelbare Umgebung. Es war so ziemlich die eintönigste Landschaft, die er jemals zu Gesicht bekommen hatte. Die Ebene unter ihnen schien sich bis zum Ende der Welt zu erstrecken, und es gab nichts, woran das Auge Halt finden konnte. Irgendwo, dicht vor dem Horizont, waberte ein dunkler, amorpher Umriss in der hitzeflimmernden Luft. Eine Stadt, ein Berg, eine Luftspiegelung.

»Es ist eine Stadt«, sagte Nogube leise. Er schien Cyrenes Gedanken erraten zu haben, aber vermutlich war das in dieser Situation auch nicht besonders schwer. Der Nubier löste den Feldstecher von seinem Gürtel. Cyrene setzte das Glas an und drehte einen Moment lang an der Scharfeinstellung.

Die Stadt war nicht sehr groß. Sie schien aus dem gleichen dunkelgelben Material erbaut zu sein, aus dem die gesamte Ebene bestand, und war von einer vielleicht dreißig, fünfunddreißig Meter hohen, sanft nach innen geneigten Mauer umgeben. Wuchtige viereckige Türme markierten ihre Eckpunkte, und das bogenförmige Tor in der Cyrene zugewandten Seite der Stadtmauer blitzte unter den schräg einfallenden Strahlen der Sonne auf, als bestünde es aus geschmolzenem Gold. Bronze, vermutete er. Sie waren weiter in die Vergangenheit geschleudert worden, als er befürchtet hatte. Die Stadt ließ keinerlei Anzeichen einer irgendwie gearteten technischen Zivilisation erkennen. Winzige, ameisengroße Menschenfiguren krochen am Fuße der Mauer entlang und patrouillierten auf ihrer Krone, und noch während er hinsah, wurde die Hälfte des Torflügels geöffnet und ein Zug von vielleicht vierzig Berittenen verließ die Stadt. Cyrene versuchte vergeblich irgendwelche Einzelheiten zu sehen. Trotz des starken Glases war die Entfernung zu groß, um mehr als dunkle Schatten auszumachen, in deren Reihen es ab und zu metallisch glitzerte. Krieger vermutlich.

Er ließ das Glas sinken und wischte sich mit dem Unterarm den Schweiß von der Stirn. »Zumindest sind wir nicht in die Zeit der Dinosaurier zurückversetzt worden«, sagte er in dem vergeblichen Bemühen einen Scherz zu machen. »Aber das, was ich da sehe, gefällt mir trotzdem nicht. Sieht aus wie das achte oder neunte Jahrhundert nach Christus. Keinerlei Anzeichen von Elektrizität.«

»Das bedeutet noch nichts«, erwiderte Nogube. »In meiner Heimat gibt es heute noch Städte, die so ähnlich aussehen. Uns wird wohl keine Wahl bleiben, als hinunterzugehen und zu fragen, wo wir sind.«

»Haben wir uns ... auch im Raum bewegt?«, fragte Cyrene zögernd.

Nogube nickte. »Ja. Ziemlich weit, wie ich fürchte. Die Sternbilder am Himmel sind mir vollkommen fremd.«

Cyrene wollte einwenden, dass dies durchaus an der zeitlichen Distanz liegen konnte, die sie überwunden hatten, aber dann fiel ihm ein, dass diese Erklärung noch schrecklicher wäre, und er schwieg lieber. Sternbilder verändern sich in ein paar Jahrhunderten nicht so sehr, dass man sie nicht wieder erkennt.

Er gab Nogube das Glas zurück, fuhr sich noch einmal mit dem Handrücken über die Stirn und deutete mit einer Kopfbewegung auf das Wrack des Tauchers. »Gehen wir. Vielleicht können wir DeKoba helfen.«

Der nubische Legionär wollte noch etwas sagen, nickte dann aber nur und folgte ihm den sanft ansteigenden Hang zum Zeittaucher hinauf. Brandgeruch und der Gestank von verschmortem Gummi und heißem Öl schlugen ihnen entgegen, als sie sich dem Wrack näherten. Cyrenes Blick blieb an einem flachen, aus Sand und losen Steinen aufgetürmten Hügel direkt neben dem Wrack haften. Covacz' Grab. Er blieb stehen, legte die rechte Hand auf das Herz und betete still. Covacz war kein religiöser Mensch gewesen, aber vielleicht mochte sein Gebet helfen. Wenigstens konnte er sich einreden seine Christenpflicht getan zu haben.

»Du weißt, dass er nicht hier bleiben kann?«, fragte er mit einer Geste auf die Symbole Christi – Schwert und Lasergewehr –, die über dem Kopfende des Grabes abgelegt worden waren. »Wenn die Einheimischen das finden …«

Nogube deutete auf den Taucher. »DeKoba bereitet schon alles für die Sprengung vor. Von diesem Hang wird nichts übrig bleiben.«

Die Worte des Nubiers gaben Cyrene einen spürbaren Stich. Ihm war noch immer nicht ganz klar geworden, in welcher Lage sie sich befanden. Sie waren Schiffbrüchige, die dazu gezwungen waren, alles, was sie aus ihrer Zeit herübergerettet hatten, zu vernichten.

»Und die … die Bomben?«

Nogube lächelte. »Wir feuern sie ab«, sagte er. »Sie wissen, dass man sie nicht entschärfen kann.«

Natürlich wusste er es. Aber er hatte sich gewünscht, es wäre nicht so. »Und wohin?«

Nogube machte eine Handbewegung, die den Hang, den Berg, die ganze Ebene einschloss. »Irgendwohin. Wir haben die Batterien aus dem Computer ausgebaut und die Chronoslipper der beiden Bomben geladen. Vielleicht rutschen sie weit genug in die Vergangenheit, um keinen Schaden anzurichten. Wenn nicht, werden wir es merken.«

Cyrene fühlte Zorn in sich aufsteigen, als der Nubier so leichtfertig über die beiden Höllenmaschinen redete, aber im Grunde blieb ihnen gar keine Wahl. Die beiden Wasserstoff-Trinitium-Bomben würden in genau achtundvierzig Stunden – die vierzehn Stunden, die seit ihrem Aufprall vergangen waren, schon abgerechnet – explodieren und alles Leben im Umkreis von zwanzig Meilen auslöschen. Aber mit etwas Glück würden sie nicht mehr als ein paar Dinosaurier erschrecken.

Er ging weiter, legte die Hand auf den verbogenen Türrahmen der Taucherkabine und sah hindurch. Seine Augen brauchten Sekunden, um sich nach der grellen Helligkeit hier draußen an das Dämmerlicht des Kabineninneren zu gewöhnen, aber auch dann sah er nichts außer Chaos und Trümmern und scharfkantigen Metallscherben. Selbst wenn sie ihren Chronoslipper noch gehabt hätten – sie hätten die Schäden niemals aus eigener Kraft beheben können.

DeKoba sah auf, als Cyrene die Kabine betrat. Er hatte konzentriert über einem kleinen schwarzen Kasten mit einem halben Dutzend blinkender Lämpchen auf der Oberseite gearbeitet und wirkte erschöpft und müde. Seine Augen waren rot gerändert und seine Finger zitterten; etwas, das Cyrene noch nie an ihm bemerkt hatte.

»Zenturio.«

Cyrene machte eine wegwerfende Handbewegung. »Vergiss das Zenturio, Juan. Mein Name ist Simon.«

Der dunkelhaarige Spanier nickte. Ein dünnes, müdes Lächeln huschte über sein Gesicht und verschwand wieder. »Gut, dass Sie so denken, Simon. Nogube und ich haben bereits darüber gesprochen – es ist besser, wir reden uns nur mit unseren Namen an, bis wir genau wissen, wo wir sind.« Er stöhnte, stand schwankend auf und reckte sich ausgiebig. »Ich bin so weit.«

»Die Sprengung?«

DeKoba verneinte. »Die Bomben. Sie sind programmiert und feuerbereit.«

»Dann schieß sie ab«, sagte Cyrene.

DeKoba nickte, ging erneut in die Hocke und drückte einen Knopf auf seinem Kästchen. Die Lampen begannen für einen Moment wie wild zu flackern und erloschen dann.

Seltsam, dachte Cyrene, wie undramatisch es war. Außer ein paar bunten Lichtern hatte sich nichts gerührt, und doch waren die beiden Ständer in der versiegelten Kammer neben ihm jetzt leer, und irgendwann, vielleicht vor hundert, vielleicht vor zehntausend Jahren waren zwei Bomben explodiert und hatten ein Höllenfeuer vom Himmel regnen lassen, das der Mensch erst Generationen später entdecken sollte.

»Sie haben soeben das erste Zeitparadoxon miterlebt«, sagte DeKoba trocken. Plötzlich grinste er. »Aber wie es aussieht, leben wir noch, und draußen fliegen auch keine kleinen blauen Männer auf Drachen durch die Gegend. Ich bin froh, dass die Dinger weg sind«, fügte er ernst hinzu.

Cyrene nickte, lehnte sich gegen die metallene Wand und schloss die Augen. Sie hatten sie gewarnt, nichts zu verändern und den Taucher wenn möglich gar nicht zu verlassen, und schon nach wenigen Stunden hatten sie drastischer in die Geschichte eingegriffen, als sie es überhaupt tun zu können geglaubt hatten. Plötzlich hatte er das Gefühl, in der winzigen Kammer keine Luft mehr zu bekommen. Er stieß sich von der Wand ab, fuhr herum und stürmte ins Freie.

Die Hitze und die gleißende Helligkeit trafen ihn wie ein Hieb. Er taumelte, hob schützend die Hand vor die Augen und wartete geduldig, bis der Schwindelanfall vorüber war.

Er ging ein paar Schritte und hielt den Blick dabei gesenkt, aber allein die vom Boden reflektierende Helligkeit war so gewaltig, dass ihm nach wenigen Momenten die Augen tränten. Ein Gefühl trügerischer Wärme flutete über seinen Rücken, und die Haut in seinem Nacken fühlte sich rau und fiebrig an, als er die Hand hob und darüber tastete. Sonnenbrand, dachte er. Die Lichtintensität war in dieser Zeit um ein Vielfaches höher als bei ihnen zu Hause. Sie alle würden sich einen gewaltigen Sonnenbrand holen in den ersten Tagen.

Er blieb stehen und betrachtete Nogube eine Zeit lang, und wie stets, wenn er den riesigen Schwarzen sah, empfand er ein leichtes Gefühl von Neid. Nogubes mächtige Rückenmuskeln zeichneten sich deutlich unter dem hauteng anliegenden roten Uniformhemd ab, und die schräg einfallenden Sonnenstrahlen schienen sein schwarzes Kraushaar mit flüssigem Pech zu überschütten. Nogube war das Paradebeispiel für einen Bewohner der Kolonien, der in der Hierarchie der römischen Legionen Karriere gemacht hatte. Zwar war die Sklaverei im Römischen Reich schon vor achthundert Jahren abgeschafft worden, aber trotz allem hatten es Nichtrömer immer noch schwerer als Römer, Karriere zu machen. Nicht so Nogube. Er mochte verschlossen und etwas grobschlächtig wirken, aber hinter seinen dunklen Augen lauerte ein messerscharfer Geist, ein Verstand wie ein Computer, der schon so manchen verblüfft hatte. Er war seinem Rangabzeichen nach immer noch einfacher Legionär, doch er war es in einer Spezialeinheit, in die nur einer von hunderttausend Anwärtern aufgenommen wurde, und wenn es sein musste, verfügte Nogube über genug Macht, selbst einen General vor sich im Staub kriechen zu lassen.

»Die Elite«, murmelte Cyrene, aber er konnte nicht verhindern, dass sich ein deutlicher Unterton von Spott und Sarkasmus in die Worte mischte. Die Chronoforce. Dreißig Jahre Forschungsarbeit, dreihundert Millionen Sesterze, eine zehnjährige Ausbildung – und all das war durch einen einzigen heimtückischen Torpedo zunichte gemacht worden. Sie hatten den Krieg beenden sollen – sie und die zwei Bomben, die nun vielleicht zwei kilometertiefe Trichter in irgendeinen vorsintflutlichen Wald gebrannt hatten. Es hatte alles so einfach geklungen: Drückt die richtigen Knöpfe und geht zurück ins zehnte Jahrhundert. Dann braucht ihr nur noch die beiden Bomben abzufeuern, den Rest übernimmt die Technik. Ein Sprung in die Vergangenheit, um einen Gegner zu töten, der in dieser Form zu dieser Zeit noch gar nicht existierte. Der Generator würde die tödlichen Geschosse in ein Statisfeld hüllen, in dem sie zeitlos und unsichtbar den gleichen Weg, den sie in die Vergangenheit genommen hatten, wieder in umgekehrter Folge zurücklegen würden. Nach ihrer Rückkehr würden die Statisfelder erlöschen, und Tula und Chichen Itza würden aufhören zu existieren. So einfach war das, zumindest in der Theorie. Der Kriegscomputer des Toltekenreiches und seine Hauptstadt in der gleichen Sekunde vernichtet, durch eine Waffe, die sich durch die Hintertür der Zeit unter die undurchdringlichen Energieschirme geschlichen hatte.

Nun, dachte er sarkastisch, wie es aussah, würde sich der Heilige Römische Rat etwas Neues einfallen lassen müssen.

»Jetzt!«, sagte DeKoba.

Cyrene schmiegte sich unwillkürlich dichter an den mächtigen Findling, hinter dem sie Schutz gesucht hatten. Für eine Sekunde geschah nichts. Dann zerriss ein gewaltiger blaugrüner Blitz das Grau der Dämmerung. Ein dumpfes, hallendes Dröhnen ließ den Boden erzittern, und über dem Felshang wölbte sich ein brodelnder Rauchpilz in die Luft.

Cyrene schloss die Augen und atmete tief und erzwungen ruhig ein. Der Donner der Explosion schien nicht aufzuhören. Der Boden unter ihren Füßen zitterte und bebte. Eine Druckwelle fegte heiß und wütend über ihre Deckung hinweg und überschüttete sie mit Glut und Sand. Cyrene blinzelte. Die Glut der Explosion war erloschen und der Rauchpilz begann bereits zu verwehen. Er sah zum Himmel hinauf, dann auf die Armbanduhr und noch einmal zur Explosionsstelle. Sie hatten absichtlich bis zum Einbruch der Dämmerung gewartet, ehe sie das Wrack des Tauchers sprengten – während der Nacht hätte man den grellen Explosionsblitz meilenweit gesehen, und am Tage würde sie der schwarze, brodelnde Rauchpilz verraten haben. Jetzt, während der Dämmerung, würden die Bewohner der Stadt weit hinter ihnen nicht mehr als ein Wetterleuchten und ein leises Grollen wahrnehmen.

Cyrene blickte noch lange zur Absturzstelle des Zeittauchers hinüber, auch als der Rauchpilz längst auseinander getrieben war. Jetzt, dachte er, waren sie wirklich gestrandet. Bisher hatten sie wenigstens noch das zertrümmerte Wrack ihres Flugzeugs gehabt, ein kleiner Teil jener Welt, aus der sie gekommen waren und die sie nie wieder sehen würden.

Aber sie hatten keine andere Wahl gehabt, als das Fahrzeug zu sprengen. Wenn irgendetwas von der technischen Ausrüstung des Gefährts den Menschen dieser Epoche in die Hände fiel, waren die Folgen nicht abzusehen. Auch die verschiedenen Ausrüstungsgegenstände, die sie noch bei sich trugen, würden zerstört werden müssen. Hätte er sich streng an die Regeln gehalten, hätten sie nichts, was auf ihre Herkunft hinwies, aus dem Wrack retten dürfen – nicht einmal ihre Kleider, ganz zu schweigen von der übrigen Ausrüstung, die DeKoba und Nogube nun in Rucksäcken auf dem Rücken trugen.

»Kommt«, sagte er. Seine Stimme klang rau, aber er redete sich ein, dass der Staub, den die Explosion in die Luft geschleudert hatte, daran schuld war. Er stand auf, nahm seinen eigenen Rucksack vom Boden hoch und befestigte die Tragriemen vor der Brust. Nogube und DeKoba warteten schweigend, bis er fertig war. Dann marschierten sie los. Die Ebene war nicht so flach, wie es von oben den Anschein gehabt hatte. Es war keine Wüste, aber der Boden war knöcheltief mit Sand und Staub bedeckt, und die wenigen Pflanzen, auf die sie stießen, wirkten vertrocknet und krank.

Sie marschierten in gleichmäßigem Tempo nach Westen, der Stadt entgegen, die sie am vergangenen Abend entdeckt hatten. Die Sonne kroch rasch höher, und mit der Helligkeit stieg auch die Hitze. Schon bald waren sie in Schweiß gebadet, doch der böige, trockene Wind, der ihnen in die Gesichter blies, dörrte ihre Kleider rasch aus. Cyrene ertappte sich einmal dabei, wie seine Hand nach der Wasserflasche an seinem Gürtel tastete. Aber er beherrschte sich. Die Stadt war mindestens dreißig Meilen entfernt, und wenn die Hitze noch mehr anstieg, würde es bald unmöglich sein weiterzugehen. Sie mussten sich ihren Wasservorrat gründlich einteilen.

Cyrene begann allmählich zu ahnen, wie groß die Probleme wirklich waren, die auf sie zukommen würden. Es war nicht einfach ein fremdes Land mit fremden Menschen und Gebräuchen, in das sie verschlagen worden waren, sondern eine vollkommen fremde Welt, die mit ihrer Heimat nichts gemein hatte. Alltäglichkeiten wie das Beschaffen von Wasser und Nahrung mochten zu unüberwindlichen Problemen werden, und sie hatten keine Ahnung, ob die Menschen in dieser Stadt dort vorn sie als Freunde willkommen heißen oder vorsichtshalber erst einmal umbringen würden, bevor sie sich den Kopf über die Herkunft der drei sonderbaren Fremden zerbrachen.

Sie waren etwa zwei Stunden gegangen, als Nogube plötzlich stehen blieb und den Feldstecher vom Gürtel löste. »Ich glaube, wir bekommen Besuch«, murmelte er. Er setzte das Glas an, drehte einen Moment lang an der Schärfeeinstellung und starrte dann konzentriert nach Westen.

Auch Cyrene blieb stehen und blinzelte aus zusammengekniffenen Augen über die Ebene. Er sah nicht mehr als ein paar verschwommene Punkte, die in der flimmernden Luft auf und ab zu tanzen schienen, aber vielleicht hatte Nogube bessere Augen als er.

Der Nubier stieß plötzlich ein erschrockenes Keuchen aus. »Aber das ...«, stammelte er. »Das ist doch ...« Er schluckte, atmete hörbar ein und reichte das Glas an Cyrene weiter. »Sehen Sie selbst, Zenturio«, sagte er verwirrt.

Cyrene griff nach dem Feldstecher und suchte den Horizont ab. Es dauerte eine Weile, bis er die Gestalten durch das eingeengte Sichtfeld des Glases wieder fand, aber dann stand er genau wie Nogube sekundenlang starr vor ungläubigem Erstaunen da und versuchte vergeblich einen klaren Gedanken zu fassen.

Es waren fünf Berittene, die sich ihnen in scharfem Tempo näherten: Männer auf braunen, struppigen Pferden mit rotgoldenen Röcken, bronzenen Brustpanzern und flachen schmucklosen Helmen.

»Römer!«, keuchte er. »Das sind römische Legionäre.«

Nogube nickte stumm. Auch er hatte die Uniformen erkannt, wenngleich sie nur vage an ihre eigenen, hauteng geschnittenen Kleider erinnerten. Die Männer dort vorn waren Römer – Mitglieder der gleichen Truppe, der auch sie angehörten. Aber die Uniformen, die sie trugen, waren schon vor anderthalb Jahrtausenden aus der Mode gekommen.

Cyrene benötigte endlose Sekunden, um die Bedeutung dessen, was er gesehen hatte, zu begreifen.

»Aber das ist unmöglich«, sagte er noch einmal. »So groß

war die Reichweite des Generators ...« Er brach ab, warf Nogube einen Hilfe suchenden Blick zu und reichte das Glas an DeKoba weiter, der mit verwirrtem Gesichtsausdruck zwischen ihnen stand und offenbar vergeblich versuchte ihren Gedankengängen zu folgen.

»Zweites Jahrhundert«, murmelte Nogube. »Allerhöchstens. Wir sind mindestens dreizehnhundert Jahre weit in der Vergangenheit.«

DeKoba ließ verblüfft das Fernglas sinken. »Die Explosion«, murmelte er. »Der Generator muss seine gesamte Energie schlagartig freigesetzt haben, als es uns erwischt hat. Deswegen ist von dem ganzen Kram auch nichts übrig geblieben.«

Cyrene starrte den Legionär fassungslos an. Er begriff nicht, wie DeKoba so ruhig über technische Details reden konnte, nicht in diesem Moment. Aber vielleicht war das seine Art, mit der Situation fertig zu werden.

»Dreizehnhundert Jahre ...«, murmelte er noch einmal, als würde das bloße Wiederholen der Zahl helfen die unglaubliche Wahrheit zu akzeptieren. Im Sommer des Jahres 1504 nach Christus waren sie gestartet – und die Männer dort vorne trugen Uniformen, die gegen Ende des zweiten Jahrhunderts aus der Mode gekommen waren.

»Mindestens«, murmelte DeKoba. »Es können auch mehr sein. Drei- oder vierhundert Jahre. Aber ich glaube, das bleibt sich gleich.«

»Wir werden es herausfinden«, sagte Nogube. »Zerbrecht euch lieber den Kopf darüber, wie wir uns verhalten. Die da vorn suchen uns.«

Cyrene nickte widerstrebend. Nogube hatte Recht, natürlich. Die Männer mussten die Explosion bemerkt haben, und nun kamen sie her, um nachzuschauen, was passiert war.

»Seid vor allem vorsichtig«, sagte er. »Die Jungs waren damals schnell mit dem Schwert bei der Hand. Überlasst das Reden mir.« Er löste seinen Rucksack, stellte ihn neben sich in den Sand und blickte den näher kommenden Reitern gespannt entgegen. Er erkannte sie jetzt deutlicher. Es waren fünf Legionäre, die von einem Zenturio angeführt wurden.

Sie sprengten in scharfem Tempo heran und zügelten ihre Tiere erst im letzten Augenblick. DeKoba zuckte zusammen und griff an den Gürtel. Cyrene legte ihm rasch die Hand auf den Arm und schüttelte den Kopf. »Nicht«, flüsterte er. »Mach keine Dummheiten.«

DeKoba entspannte sich, aber Cyrene konnte direkt fühlen, wie nervös sein Gefährte war. Er empfand die gleiche Furcht und Unruhe. Das Römische Imperium war auf Terror und Gewalt gegründet worden. In der Zeit, in die es sie verschlagen hatte, zählte ein Menschenleben nicht viel.

Die Reiter hielten ihre Tiere wenige Schritte vor ihnen an und bildeten einen weit auseinander gezogenen Kordon. Es waren kräftige, braun gebrannte Männer in zerschlissenen Uniformen, und der Ausdruck auf ihren Gesichtern verhieß nichts Gutes.

Ihr Anführer schwang sich mit einer entschlossenen Bewegung aus dem Sattel, trat auf Cyrene zu und sagte ein paar Worte in einem holperigen, rau klingenden Dialekt, der vage an das Italienisch erinnerte, das zu Cyrenes Zeit gesprochen wurde.

»Den Übersetzer«, flüsterte Cyrene.

Nogube nickte, hob langsam die Hand an den Gürtel und drückte einen Knopf auf dem kleinen, rechteckigen Gerät an seiner Seite. Ein leises, metallisches Knacken ertönte. Der Zenturio fuhr herum, musterte Nogube misstrauisch und wandte sich dann wieder an Cyrene.

»Wer seid ihr?«, fragte er rüde. Diesmal verstanden sie seine Worte ohne Schwierigkeiten. »Wo kommt ihr her?«

»Mein Name«, antwortete Cyrene, »ist Cyrene. Simon Cyrene. Dies«, er deutete mit der Hand nacheinander auf seine Gefährten, »sind meine Kameraden, Nogube und DeKoba. Wir … wir haben uns verirrt und wissen nicht, wo wir sind. Wie heißt die Stadt dort vorn, Zenturio?«

Der Römer trat zurück, stemmte die Fäuste in die Hüften und betrachtete sie der Reihe nach, ohne auf Cyrenes Frage zu antworten. »Ihr tragt seltsame Kleider, Simon Cyrene«, sagte er. »Kleider, wie ich sie noch nie gesehen habe. Woher kommt Ihr, habt Ihr gesagt?«

Cyrene lächelte. »Ich sagte es noch gar nicht, Zenturio. Meine Freunde und ich haben eine Reise ins Land der Nabatäer unternommen, doch verloren wir auf dem Rückweg unsere Pferde und den Großteil unserer Ausrüstung und …«

»Schweigt«, unterbrach ihn der Römer.

Cyrene brach verwirrt ab. Plötzlich hatte er das Gefühl einen schrecklichen Fehler begangen zu haben.

»Simon Cyrene«, fuhr der Zenturio fort, nachdem er ihn eine Zeit lang ernst und durchdringend angesehen hatte. »Ihr seid ein Lügner. Ich will Euch sagen, wofür ich Euch halte, Euch und Eure beiden seltsamen Begleiter. Ich glaube, Ihr seid Spione, Spitzel, die unsere Stellungen und die Zahl unserer Truppen auskundschaften sollen und glauben uns mit ein paar bunten Kleidern und ein wenig Zauberwerk täuschen zu können.« Er lachte leise und humorlos, ging zu seinem Pferd zurück und legte die Hand auf den Sattelknauf. »Betrachtet Euch als Gefangene, bis wir die Stadt erreichen. Präfekt Pilatus wird über Euer weiteres Schicksal entscheiden.« Er schwang sich in den Sattel und griff nach den Zügeln. »Könnt Ihr gehen oder wollt ihr euch ein Pferd teilen?«, fragte er.

Cyrene überging die Frage. »Wie …«, fragte er stockend, »war der Name des Präfekten Eurer Stadt? Pilatus? Pontius … Pilatus?«

Auf den Zügen des Zenturio erschien ein misstrauischer Ausdruck. »Ihr kennt ihn?«, fragte er.

»Ich …« Cyrene stockte, suchte einen Moment krampfhaft nach Worten und nickte dann hastig. »Ich kenne ihn«, sagte er, »aber er kennt mich nicht.«

»So geht es vielen«, erwiderte der Zenturio grob. »Und nun kommt. Wir haben noch einen weiten Weg vor uns.« Er gab einem seiner Legionäre einen Wink. Der Mann stieg aus dem Sattel und kletterte hinter einem seiner Kameraden auf den Pferderücken.

»Ihr und Euer Freund«, fuhr der Zenturio sanfter gestimmt fort, »könnt reiten. Der Sklave mag zu Fuß gehen.«

Nogubes Augen blitzten zornig auf. »Ich bin kein Sklave, Römer«, sagte er gepresst. »Merkt Euch das.«

Cyrene warf ihm einen raschen, warnenden Blick zu. »Das ... das stimmt, Zenturio«, sagte er hastig. »Nogube ist unser Freund.«

»Freund?« Der Zenturio lachte leise und wurde übergangslos wieder ernst. »Er ist ein Nubier, oder? Und alle Nubier sind Sklaven.«

»Nogube nicht. Er ... er hat sich im Kampf bewährt und vielen braven Männern das Leben gerettet, sodass ihm die Freiheit geschenkt wurde.«

Die Hand des römischen Soldaten glitt zum Sattel und löste die zusammengerollte Peitsche vom Knauf. »Euer Freund?«, sagte er spöttisch. »Für mich ist er ein Sklave. Ein aufsässiger Sklave. Und aufsässigen Sklaven muss man Betragen beibringen.« Er zwang sein Pferd mit hartem Schenkeldruck herum, schwang seine Peitsche und drang mit einem gellenden Schrei auf Nogube ein.

Cyrene sah, was weiter geschah, aber sein Versuch, das Schlimmste zu verhindern, kam zu spät. Nogube duckte sich unter der niedersausenden Peitsche weg, fiel auf ein Knie herunter und zerrte die Laserwaffe aus dem Gürtel.

»Nein!«, brüllte Cyrene. »Nicht! Tu es nicht!«

Doch wenn Nogube seine Worte überhaupt hörte, so reagierte er nicht darauf. Der nadeldünne Lichtblitz durchschlug den bronzenen Brustschild des Römers und explodierte in seinem Körper, ehe er überhaupt begriff, was mit ihm geschah. Er schrie nicht einmal, sondern kippte nur stumm aus dem Sattel und schlug mit dumpfem Geräusch auf dem harten Boden auf.

Für eine endlose bange Sekunde waren die Legionäre starr

vor Schreck. In der hitzeflirrenden Luft war der Laserblitz so gut wie unsichtbar. Für sie musste es ausgesehen haben, als habe der hünenhafte Nubier ihren Kommandanten durch eine Handbewegung getötet.

Aber die Schrecksekunde hielt nicht lange an. Die Männer waren harte, kampferprobte Soldaten, und nach dem ersten Moment ungläubigen Erschreckens gewann ihre anerzogene Disziplin die Oberhand. Ein gellender, vielstimmiger Schrei zerriss die Stille, als die vier überlebenden Legionäre gleichzeitig angriffen.

Cyrene ließ sich verzweifelt zur Seite fallen, als einer der Männer direkt auf ihn zugaloppiert kam, das messerscharf geschliffene Breitschwert zum tödlichen Schlag erhoben. Der Hieb verfehlte ihn nur um Zentimeter; dicht genug, dass er das hässliche Zischen hören konnte, mit dem die Klinge durch die Luft schnitt. Er fiel, rollte sich ab und riss noch im Aufspringen seine Waffe aus dem Gürtel.

»Zenturio! Hinter Ihnen!«

Cyrene wirbelte herum, als er den Warnschrei hörte, aber seine instinktive Abwehrbewegung kam zu spät. Ein verzerrter schwarzer Schatten wuchs über ihm empor, dann biss ein grausamer Schmerz in seine Schulter und ließ ihn schreiend zusammenbrechen. Er schoss, rollte zur Seite und feuerte noch einmal. Der Legionär erstarrte. Seine Waffe polterte zu Boden. Blut, dunkelrotes, schaumiges Blut schoss ihm aus Mund, Nase, Ohren und Augen, als sein Körper von der ungeheuren Gewalt des Laserblitzes zerkocht wurde.

Cyrene wälzte sich auf den Bauch, verbarg das Gesicht zwischen den Händen und erbrach sich würgend. Der Schmerz in seiner Schulter steigerte sich ins Unerträgliche und in seinen Ohren war plötzlich ein dumpfes, rauschendes Pochen, das alle anderen Laute verschlang.

Sekundenlang blieb er reglos liegen und kämpfte gegen die Schmerzen und die in Schüben heranwogende Übelkeit an. Eine warme, klebrige Flüssigkeit lief an seinem Arm herunter. Er versuchte die linke Hand zu bewegen, aber es ging nicht. Stöhnend wälzte er sich auf die unverletzte rechte Seite, öffnete die Augen und versuchte aufzustehen.

Die Legionäre waren tot. Cyrene starrte schaudernd auf die verkrümmten, schwelenden Leichname der fünf Männer. Seine Glieder begannen haltlos zu zittern. Vor weniger als einer Minute hatten diese fünf Menschen noch gelebt; fünf verschiedene Schicksale, fünf Leben waren ausgelöscht.

Es war das erste Mal, dass er dem Tod so unmittelbar gegenüberstand. Er war Soldat und dazu ausgebildet zu töten, aber trotzdem hatte er bisher nicht gewusst, was das wirklich war – einen Menschen zu ermorden.

Nogube kniete neben ihm nieder, betrachtete seinen verletzten Arm und verzog das Gesicht. »Das sieht übel aus«, murmelte er. Er überlegte einen Moment, bückte sich nach Cyrenes Rucksack und kramte den Modepack hervor. »Halten Sie den Arm ruhig, Zenturio«, sagte er. »Ich mache Ihnen eine Injektion. Die Schmerzen lassen gleich nach.« Er nahm eine Wegwerfspritze zur Hand, schob den blutdurchtränkten Ärmel von Cyrenes Uniformhemd so behutsam wie möglich hoch und setzte die Nadel auf die Vene. Es zischte leise und ein Gefühl intensiver Hitze durchströmte Cyrenes Arm. Die Schmerzen verschwanden sofort.

Nogube warf die Spritze achtlos neben sich in den Sand, zog sein Messer und begann den Ärmel der Länge nach aufzutrennen.

»Sieht aus, als hätten Sie noch einmal Glück gehabt, Zenturio«, sagte er. »Der Knochen ist nicht verletzt.«

»Warum … hast du das getan, Nogube?«, fragte Cyrene mühsam. »Warum?«

»Weil es sein musste«, erwiderte Nogube, ohne ihn anzusehen. Er tastete mit spitzen Fingern über die Wunde, öffnete den Modepack und nahm eine kleine, rot beschriftete Sprühflasche hervor. »Halten Sie den Arm still.«

»Warum?«, sagte Cyrene noch einmal. »Sie … sie haben uns nichts getan.«

Nogube lachte hart und sprühte einen Schnellverband

über den Schnitt. Ein scharfer, aseptischer Geruch stieg in Cyrenes Nase. »Nichts getan?«, fragte er spöttisch. »Sie haben uns gefangen genommen, Zenturio.«

»Aber das ... das ist kein Grund gewesen sie umzubringen, Nogube«, sagte Cyrene hilflos. »Es waren Menschen!« Nogube seufzte. Er legte die Sprühflasche zurück, bog Cyrenes Arm zur Seite und begann mit geschickten Fingern einen Schnellplast-Verband anzulegen.

»Nogube, du ...«

»Lassen Sie ihn, Simon«, sagte DeKoba sanft. »Er hat Recht. Wir mussten sie töten.«

Cyrene sah auf. Seine Augen brannten und DeKobas Gesicht schien plötzlich vor ihm zu verschwimmen. »Du ... du auch?«, flüsterte er. »Begreifst du denn nicht, was wir getan haben?«

DeKoba nickte ernst. »Doch, Simon. Aber wir sind Soldaten, vergessen Sie das nicht. Wir befinden uns im Krieg.«

»Aber das stimmt nicht!«, schrie Cyrene plötzlich. »Diese Männer ...«

»Waren römische Legionäre«, fiel ihm Nogube hart ins Wort. »Und sie wollten uns gefangen nehmen. Was glauben Sie, wie lange wir noch leben würden, wenn wir als Gefangene vor dem Präfekten erscheinen würden? Sie scheinen zu vergessen, in welcher Zeit wir uns befinden, Zenturio. Wir sind Fremde! Männer, die aus dem Nirgendwo kommen, seltsame Kleider tragen und ihre Sprache nicht beherrschen. Wir würden alle drei in der Arena enden, wenn man uns mit dieser Geschichte vor den Präfekten führen würde.«

»Und deswegen musstest du sie ermorden?«

Nogube seufzte. »Uns blieb keine Wahl, Zenturio«, sagte er noch einmal. »Betrachten Sie diese Männer als Gefallene im Krieg. Es war kein ... Mord.« Er lächelte, stand auf und half Cyrene ebenfalls auf die Füße. »Wenn Sie den Arm nicht zu heftig bewegen, ist die Wunde in zehn Stunden verheilt«, sagte er.

»Und … die Regel?«, fragte Cyrene schwach. »Wir dürfen uns nicht einmischen.«

Nogube machte eine wegwerfende Handbewegung. »Unsinn«, sagte er überzeugt. »Ich habe lange darüber nachgedacht, Zenturio, seit dem Moment, in dem wir gestrandet sind. Ich glaube nicht, dass es so etwas wie ein Zeitparadoxon überhaupt geben kann. Ich weiß, was sie uns erzählt haben, aber das ist doch alles nichts als Theorie, die bisher nicht bewiesen wurde und auch niemals bewiesen wird. Sie haben uns immer wieder eingehämmert, dass wir unter keinen Umständen einen Menschen töten dürfen, ganz egal, was geschieht. Ich halte das für ausgemachten Unsinn. Meiner Meinung nach könnten wir den Verlauf der Geschichte gar nicht ändern, selbst wenn wir es wollten.«

Cyrene wollte widersprechen, aber ein Blick in DeKobas Gesicht ließ ihn verstummen. »Er hat Recht, Simon«, sagte er ruhig. »Wir haben heute Nacht darüber gesprochen.«

»Ihr scheint oft miteinander zu reden, während ich schlafe«, sagte Cyrene spitz. DeKoba überging den Einwurf. »Die Bomben«, sagte er. »Sie vergessen die Bomben.«

»Ich … verstehe nicht.«

DeKoba lächelte milde. »Es ist auch schwer zu verstehen, aber wir glauben, dass alles, was wir tun, genau so getan werden muss. Wir haben mit unseren beiden Bomben die Weltgeschichte nicht verändert, sondern erst geschaffen.«

»Du bist verrückt! Vielleicht hättest du auch die Güte, mir zu erklären, wann es in vorgeschichtlicher Zeit zu einer Nuklearexplosion gekommen ist.«

»Sodom«, sagte DeKoba ruhig. »Sodom und Gomorrha.«

Cyrene schwieg verwirrt.

»Und diese fünf Legionäre«, fuhr DeKoba ruhig fort, »mussten sterben. Sie brachen zu einer Patrouille auf und kehrten niemals zurück. So etwas kam damals oft vor. Ich glaube nicht, dass wir die Geschichte verändert und vielleicht den Ururgroßvater von Leonardo da Vinci erschossen haben.«

»Wie bequem«, antwortete Cyrene bitter. »Dann könnt ihr ja getrost weiter herumlaufen und Leute über den Haufen schießen. Es muss ja wohl alles so sein, oder?«

DeKoba schüttelte sanft den Kopf. »Bitte, Simon«, sagte er ruhig. »Ich verstehe Ihre Gefühle, aber Sie quälen sich nur selbst. Wir müssen jetzt einen klaren Kopf behalten, das ist die Hauptsache.«

»Vor allem«, fiel Nogube ein, »müssen wir den genauen Zeitpunkt bestimmen. Zumindest wissen wir es jetzt etwas genauer. Wenn der Mann, der über diesen Landstrich herrscht, wirklich Pontius Pilatus ist, dann ist das da vorn« – er deutete mit einer Kopfbewegung auf den verschwommenen sandbraunen Fleck am Horizont – »Jerusalem. Das Jerusalem vor der Revolution, Zenturio.« Er stockte, schwieg und fuhr in verändertem Tonfall fort. »Vielleicht«, sagte er, »war unser Absturz keine Katastrophe, sondern ein Geschenk, Zenturio. Uns wird etwas zuteil werden, von dem Millionen Menschen nur träumen konnten. Wir werden den Herrn sehen.«

Aus der Ferne hatte die Stadt kleiner ausgesehen, doch jetzt, von den Hügeln wenige hundert Meter vor dem Stadttor aus betrachtet, wirkte sie gewaltig. Ein dumpfes Summen und Raunen wehte über die Mauerkrone zu ihnen herüber und durch die weit geöffneten Tore konnten sie einen Blick in die engen, verwinkelten Gassen tun.

»Also gut«, murmelte Cyrene. »Gehen wir.« Er kroch rückwärts den grasbewachsenen Hang hinunter, richtete sich auf und warf einen letzten bedauernden Blick auf die Pferde. Sie hatten Sattelzeug und Geschirr bei den Toten gelassen, aber sie konnten es trotzdem nicht riskieren, auf den Tieren in die Stadt einzureiten. Die Gefahr, dass irgendein Römer die Pferde seiner vermissten Kameraden wieder erkannte, war zu groß. Sicher würde man die Tiere schon bald hier in den Hügeln finden, aber bei dem ständigen Strom von Menschen, der durch das Stadttor herein- und herausflutete, war es unwahrscheinlich, dass man den Fund mit den drei Fremdlingen in Zusammenhang brachte.

Cyrene dachte mit einem fast wehmütigen Gefühl an ihre Rucksäcke mit dem Großteil ihrer Ausrüstung, die sie unweit von hier im lockeren Boden vergraben hatten. Die Dinge, die sie aus dem Taucher gerettet hatten, hätten ihnen von großem Nutzen sein können, aber ihre Erscheinung war auch so schon auffällig genug, ohne dass sie eine große Zahl fremdartiger Dinge und Zaubergeräte mit sich herumschleppten. Er griff unter sein Hemd und befühlte die wenigen Gegenstände, die er an seinem Körper verborgen hatte – den Übersetzer, den winzigen Materietransformer, den Laser … zu wenig, um in einer vollkommen fremden, feindlichen Welt überleben zu können. Und trotzdem vielleicht schon zu viel. Sie würden sich auch von diesen Geräten trennen müssen, sobald sie die Sprache gelernt und einen Platz in der Gesellschaft gefunden hatten.

»Sind Sie sicher, dass es klug ist, dort hineinzugehen, Zenturio?«, fragte Nogube.

Cyrene seufzte. »Wenn du eine bessere Idee hast, lass sie mich hören. Und hör endlich damit auf, mich Zenturio zu nennen«, fügte er etwas schärfer hinzu. »So, wie wir aussehen, nimmt uns nicht einmal ein Blinder die Rolle römischer Legionäre ab. Mein Name ist Simon und du bist mein Leibsklave; jedenfalls für die Zeit, die wir in der Stadt sind.«

Nogube grinste. »Jawohl, Herr. Bitte nicht schlagen, Herr. Armer dummer schwarzer Mann hat vergessen.«

Cyrene grinste zurück und ging langsam in Richtung des Stadttores los. Eines der Pferde schnaubte kläglich und versuchte ihnen zu folgen. Nogube scheuchte es zurück.

Sie würden sich Pferde besorgen müssen, dachte Cyrene, oder Kamele. Benutzten Reisende zu dieser Zeit eher Pferde oder Kamele? Verdammt – sie befanden sich unmittelbar an der Wiege des Christlich-Römischen Imperiums und sie hatten nicht die geringste Ahnung, auf welche Art sich einfache Reisende fortbewegten. Es gab noch viel zu lernen.

Sie näherten sich dem Stadttor und reihten sich in den Menschenstrom ein, der sich auf dem schmalen, ausgetretenen Pfad am Fuße der Mauer vorwärts schob. Die große Anzahl der Menschen irritierte Cyrene. Sicher – Jerusalem war eine wichtige und große Stadt gewesen für seine Zeit, aber die Masse der herbeiströmenden Menschen war trotzdem gewaltig. Vielleicht stand ein Fest bevor oder ein Markttag.

Der Menschenstrom kam nur langsam voran, und sie brauchten fast eine halbe Stunde, um das gewaltige steinerne Tor zu erreichen. Posten in den roten Halbröcken römischer Legionäre standen beiderseits der titanischen Stützpfeiler und schienen jeden einzelnen Neuankömmling genauestens zu überprüfen. Cyrene verspürte plötzlich ein starkes Gefühl der Beunruhigung, aber es war bereits zu spät, um umzukehren. Wären sie aus der Reihe ausgeschert und davongegangen, hätten sie sich nur verdächtig gemacht.

Er warf Nogube und DeKoba einen warnenden Blick zu und versuchte möglichst gelassen dreinzuschauen, als die Reihe an sie kam.

»Wer seid ihr, Fremde?«, fragte der Posten. Seine Stimme klang monoton und auf seinem Gesicht lag ein gelangweilter Ausdruck. Wahrscheinlich hatte er den Spruch heute schon ein paar hundert Mal heruntergeleiert.

»Mein Name ist Simon Cyrene«, erwiderte Cyrene. »Und dies ist mein Freund DeKoba. Der Nubier ist unser Sklave.«

Der Legionär verriet ein gewisses Interesse, als sein Blick über die hünenhafte Statur des Schwarzen glitt.

»Simon Cyrene«, murmelte er. »Und was wollt Ihr?«

»Wir sind Reisende aus dem Land der Nabatäer«, erwiderte Cyrene. »Und wir sind müde und suchen ein Quartier für eine Nacht.«

Der Posten runzelte die Stirn. »Nabatäer?«, murmelte er. »Wo soll dieses Land liegen? Ich habe nie davon gehört.«

Cyrene machte eine vage Geste in östliche Richtung. »Es ist weit, Soldat. Wir waren lange unterwegs, zu lange, fürchte ich. Mein Freund und ich sind müde.«

Der Legionär musterte Cyrene und seine beiden Begleiter scharf, schien sich dann aber mit der Erklärung zufrieden zu geben. »Wenn Ihr ein Quartier sucht«, murmelte er, »seid Ihr zur falschen Zeit nach Jerusalem gekommen. Alle Gasthäuser sind belegt. Das heißt ...« Er überlegte einen Moment und taxierte Cyrene abschätzend, »ein Vetter von mir betreibt ein Gasthaus im Norden der Stadt. Wenn Ihr ihm ausrichtet, dass Marcus Victimus Euch schickt, wird er sicher noch eine Kammer für Euch und Euren Sklaven finden.«

Cyrene unterdrückte ein Lächeln. »Ich danke Euch, Legionär. Wenn ihr mir nur sagt, wo wir dieses Gasthaus finden ...«

Der Legionär grinste und verschränkte die Arme vor der Brust. »Jerusalem ist groß, Simon aus dem Nabatäerland«, sagte er. »Ich glaube nicht, dass Ihr das Haus findet.«

Cyrene seufzte. Er überlegte einen Moment, griff dann unter sein Hemd und kramte einen Dime aus der Tasche. Natürlich war die Münze zu dieser Zeit vollkommen wertlos.

Aber sie war schwer, sah aus wie Gold und wirkte fremdartig genug, um den Mann zu täuschen.

»Leider«, sagte er, »sind wir nicht mit Geld Eurer Währung ausgestattet, sodass ich Euch Eure Zuvorkommenheit danken könnte. Doch vielleicht können wir ein Tauschgeschäft machen.«

Der Legionär griff nach der Münze, drehte sie ratlos in den Händen und betrachtete die fremdartigen Schriftzeichen auf Vorder- und Rückseite.

»Es ist Gold«, sagte Cyrene.

»Gold?« Der Mann überlegte einen Moment und schloss dann die Hand um die Münze. »Ich gebe Euch einen Silberling dafür«, sagte er mit einem listigen Grinsen.

»Sie ist das Zehnfache wert«, widersprach Cyrene.

»Das mag sein – für Euch. Für mich ist sie wertlos. Ich kann nichts dafür kaufen, und ich werde wohl nie in Eure Heimat kommen, um sie eintauschen zu können. Aber sie gefällt mir. Ich kann ein Schmuckstück für meine Frau daraus machen. Ich gebe Euch einen Silberling. Ihr macht ein gutes Geschäft.«

»Geben Sie sie ihm, Simon«, seufzte DeKoba, »bevor die Preise noch weiter fallen.«

Cyrene machte ein Gesicht, als hätte er soeben das schlechteste Geschäft seines Lebens abgeschlossen, und griff mit einem entsagungsvollen Seufzer nach dem Silberling, den ihm der Legionär hinhielt.

»Fragt nach Thassos, dem Griechen«, sagte der Mann. »Und vergesst nicht zu sagen, dass ich Euch geschickt habe. Vielleicht lässt er Euch ein wenig im Preis nach.«

Cyrene nickte und ging rasch an dem Mann vorbei. »Wenn er das mit jedem so macht«, knurrte er, als sie außer Hörweite waren, »müsste er eigentlich in ein paar Wochen Millionär sein.«

»Wieso?«, gab DeKoba gleichmütig zurück. »Die Münze, die Sie ihm gegeben haben, war doch vollkommen wertlos.«

»Das weiß er doch nicht, oder? Wo, hat er gesagt, lebt dieser Thassos? Im Norden der Stadt?«

DeKoba nickte. »Ja. Aber ich bin dafür, dass wir uns erst einmal umsehen. Außerdem brauchen wir ein verschwiegenes Plätzchen, um uns Geld zu beschaffen.« Er deutete mit einer Kopfbewegung auf eine schmale, schattige Seitenstraße, die vom Hauptweg abzweigte. »Was halten Sie davon?«

»Warum nicht?« Cyrene wich mit ein paar schnellen Schritten in die Gasse zurück, sah sich hastig um und zog den kleinen Materialtransformer unter dem Hemd hervor. »Gebt mir Deckung«, murmelte er.

Es war Abend, als sie das Gasthaus des Griechen erreichten. Wer die drei Männer bei Betreten der Stadt gesehen hatte, hätte sie nun kaum wieder erkannt. Cyrene hatte mithilfe des Materiewandlers Geld hergestellt, und sie hatten sich in einem der unzähligen kleinen Läden, die die Straßen des Händlerviertels säumten, Kleider verschafft, in denen sie nicht auf den ersten Blick als Fremde erkennbar waren: knöchellange, hellbraune Burnusse aus grobem Stoff, dazu Sandalen, die eigentlich nur aus einer Sohle und langen ledernen Riemen bestanden, und sackähnliche, bestickte Umhängetaschen, in denen sie ihre wenigen Habseligkeiten transportierten. Nogube hätte gern noch ein paar Waffen erworben, aber Cyrene war dagegen. Jerusalem stand unter dem Regime der römischen Besatzungstruppen. Niemand, mit Ausnahme der Legionäre, trug in der Öffentlichkeit Waffen, und wenn sie auch nach außen hin als Reisende aus einem fernen Land auftraten und der römischen Gerichtsbarkeit nicht unterstanden, so wollte er doch alles vermeiden, was die Aufmerksamkeit der Herren Jerusalems auf sie lenken würde. Und zur Not hatten sie immer noch ihre Laser; Waffen, die durchaus in der Lage waren die gesamte Besatzungsmacht in Schach zu halten.

Thassos nahm sie freundlich auf, als sie den Namen des Legionärs nannten und ein paar Münzen auf den Tisch des Hauses legten. Sein Lokal war alles andere als komfortabel – ein finsteres, fensterloses Loch mit ein paar roh zusammengezimmerten Tischen und Stühlen und ein paar Säcken voll Stroh, die den Gästen als Schlafplätze dienten. Ein unbeschreiblicher Gestank hing in der Luft, eine Mischung aus Alkoholdunst, Schweiß, kaltem Rauch und Essensgeruch. Aber sie hatten wenigstens ein Dach über dem Kopf, und für eine weitere Münze bereitete Thassos ihnen ein sättigendes Mahl.

Sie aßen schweigend. Nogube hockte, wie es seiner Rolle als Sklave zukam, in einer Ecke und löffelte mit finsterem Gesicht den geschmacklosen Brei in sich hinein, den Thassos ihm gegeben hatte. Cyrene konnte sich lebhaft vorstellen, was hinter der Stirn des Schwarzen vorging. Aber er würde die Rolle des Sklaven nicht lange spielen müssen. Cyrene hatte nicht vor länger als ein paar Tage in der Stadt zu bleiben; gerade lange genug, um ein paar Informationen zu bekommen, die sie dringend benötigten. Die Zeit – die genaue Zeit –, die Machtverhältnisse im Lande, ein paar Daten über politische Entwicklungen … Spätestens in drei, vier Tagen würden sie Jerusalem wieder verlassen und sich irgendwo in einer abgelegenen Gegend niederlassen. Der Materiewandler würde sie mit genug Geld versorgen, um in Ruhe leben zu können, und ihr Wissen über die geschichtliche Entwicklung würde sie vor Kriegen und Naturkatastrophen schützen.

Cyrene schrak aus seinen Gedanken hoch, als Thassos mit einem hölzernen Tablett vor ihrem Tisch erschien und einen Krug mit Wein und zwei leere Becher vor ihnen absetzte. »Wohl bekomm's, die Herren«, sagte er.

Cyrene griff nach dem Krug, schenkte sich ein und bedeutete Thassos noch zu bleiben. »Sagt, Wirt«, begann er, »wir sind fremd in diesem Teil des Landes, aber gestattet trotzdem die Frage … Ist diese Stadt immer so überfüllt?«

Thassos schüttelte den Kopf, stellte das Tablett ab und rieb sich die Hände an seiner ledernen Schürze. »Nein«, antwortete er. »Und das ist auch gut so. Die Fremden sind zwar gut fürs Geschäft, aber man bekommt als ehrlicher Mann kein Auge mehr zu. Überall Lärm und Aufregung, und die Straßen wimmeln von Bettlern und Dieben und allem möglichen Gesindel. Ich bin froh, wenn es vorbei ist.«

»Wenn was vorbei ist?«, fragte DeKoba, ohne von seinem Essen aufzusehen.

»Der Markttag«, antwortete Thassos. »Die Leute strömen von überall her. Und viele kommen natürlich, um diesen verrückten Propheten zu sehen.«

DeKoba sah auf. Sein Gesicht zuckte und der hölzerne Löffel in seiner Hand begann plötzlich zu zittern. »Welcher … Prophet?«, fragte er mit mühsam beherrschter Stimme.

»Dieser verrückte Nazarener«, antwortete Thassos mit einem leisen, gekünstelten Lachen. »Dieser Jesus.«

»Jesus?«, wiederholte Cyrene. »Jesus von Nazareth? Er ist hier? Hier in der Stadt?«

Thassos nickte. »Seit ein paar Tagen. Ihr kennt ihn?«

»Wir … haben von ihm gehört«, antwortete DeKoba hastig. »Wir dachten nur nicht ihn ausgerechnet hier anzutreffen.«

Thassos machte eine wegwerfende Handbewegung und verzog das Gesicht. »Haltet Euch fern von ihm, wenn Ihr einen guten Rat annehmen wollt«, sagte er. »Die Leute strömen zwar von weit her, um ihn zu sehen, aber es wäre trotzdem besser, ihn zu meiden. Ich glaube nicht, dass die römischen Herren sein Tun noch lange dulden werden. Was er treibt, ist Aufruhr.« Der Grieche lachte, kratzte sich nervös am Kinn und stützte sich mit den Händen an der Tischkante auf. »Gestern war er im Tempel und hat die Händler und Geldwechsler hinausgeworfen, sagt man. Ich war nicht dabei, aber nach allem, was ich gehört habe, muss er sich wie ein Wilder aufgeführt haben. Er soll geschrieen haben: ›Mein Haus soll Haus des Gebetes heißen, aber ihr macht eine Räuberhöhle daraus!‹«

»Das … das finde ich eigentlich nur natürlich«, sagte DeKoba unsicher. »Dort, wo wir herkommen, ist ein Tempel ein Tempel und ein Marktplatz ein Marktplatz.«

»Möglich. Doch wir sind hier in Jerusalem. Das Sagen haben die Herren aus Rom, auch wenn das vielen von uns nicht behagt. Und die Hohepriester stellen sich gut mit den Rotröcken. Man erzählt sich, dieser Nazarener hätte auch sie beschimpft. Wenn das stimmt, werden sie diese Beleidigung nicht auf sich sitzen lassen. Ich kenne die Menschen hier und ich kenne die Römer. Wenn dieser Jesus so weitermacht, wird er noch vor dem Osterfest am Kreuz hängen.« Er nickte, wandte sich um und ging mit kleinen, trippelnden Schritten davon.

DeKoba unterdrückte ein Grinsen. »Er würde sich wundern, wenn er wüsste, wer noch vor dem Osterfest am Kreuz hängt«, murmelte er.

Cyrene warf ihm einen warnenden Blick zu. »Still!«, zischte er. »Es sind zu viele Ohren hier, die mithören.«

DeKoba zuckte mit den Achseln, griff unter seinen Burnus und schaltete den Übersetzer aus. Das Stimmengewirr im Raum verwandelte sich übergangslos in ein Konglomerat unverständlicher Laute. »Wir müssen verschwinden«, fuhr er fort, »das ist Ihnen doch klar, oder?«

Cyrene antwortete nicht gleich. Thassos' Worte hatten ihn stärker berührt, als er zugeben wollte. Er schob seine Schale von sich, trank einen Schluck Wein und winkte Nogube an den Tisch. Der Nubier erhob sich umständlich und kam in unterwürfiger Haltung näher. »Was befehlt Ihr, Herr?«

»Hör mit dem Quatsch auf.« Cyrene schürzte verärgert die Lippen und deutete auf einen freien Stuhl. »Du hast gehört, was dieser Grieche erzählt hat?«

»Selbstverständlich.«

»Dann weißt du ja auch, was es bedeutet«, fuhr DeKoba an Cyrenes Stelle fort. »Wir müssen weg. So schnell wie möglich.«

»Das stimmt«, sagte Cyrene. »Am besten noch heute.«

»Und warum?«, fragte Nogube.

»Warum?«, ächzte DeKoba. »Das fragst du doch wohl nicht im Ernst, oder? In wenigen Tagen wird hier die Hölle los sein. Ich habe keine Lust in eine Revolution hineingezogen zu werden. Unser kleines Abenteuer heute Morgen hat mir gereicht, wenn ich ehrlich sein soll. Du weißt doch, was hier passieren wird.«

»Natürlich weiß ich es«, antwortete Nogube ruhig. »Pilatus wird versuchen Jesus und seine Jünger zu verhaften, und das Volk wird ihn lynchen. Und? Glaubst du, wir könnten etwas daran ändern, wenn wir abhauen?«

»Du verstehst mich anscheinend nicht«, antwortete DeKoba wütend. »Vielleicht macht es dir Spaß, den wilden Mann zu spielen, aber mir nicht. Ich weiß nicht, wie gut du im Geschichtsunterricht aufgepasst hast, aber es wird ein paar tausend Tote geben. Und nicht nur auf Seiten der Römer.«

Nogube verschränkte die Hände auf der Tischplatte und

seufzte gelangweilt. »Du vergisst, dass wir zufällig wissen, wer der Sieger sein wird. Und damit …« Er klopfte bezeichnend auf die Stelle, an der sich die Laserwaffe unter seinem Burnus befand. »… dürfte es uns nicht allzu schwer fallen zu überleben.«

»Ich kann mich nicht an Berichte erinnern, nach denen die Aufständischen mit Blitzen geschleudert hätten«, konterte DeKoba trocken.

Nogube zuckte mit den Achseln. »Vielleicht nicht. Aber wenn du schon so versessen darauf bist zu fliehen, dann erzähl mir doch bitte auch, wohin.«

DeKoba schwieg betroffen und Cyrene dachte nach. Es gab keinen Ort, an den sie fliehen konnten. Sie alle kannten die Geschichte zu genau, um nicht zu wissen, dass sich die Revolution binnen weniger Monate über das halbe Römische Imperium ausdehnen würde. Was sie erlebten, war der Beginn eines Weltenbrandes – eine Revolution, auf die ein halbes Jahrhundert eines zermürbenden, gnadenlosen Krieges folgen würde, der das Römische Imperium verschlingen, seine Grenzen überfluten und erst an den Küsten des eurasisch-afrikanischen Doppelkontinents Halt machen würde. Die Gewaltigkeit der Ereignisse ließ ihn schaudern. War es wirklich Zufall, dass sie ausgerechnet in diesem Moment der menschlichen Geschichte gestrandet waren? In diesem Moment und an diesem Ort? Die Chancen dafür standen eins zu unendlich, und doch waren sie gerade im rechten Moment gekommen, um die Geburtsstunde des Christlich-Römischen Reiches mitzuerleben, dem Moment, in dem aus einem bis dahin kaum beachteten jungen Mann, der durch die Lande zog und Liebe predigte, ein Revolutionär wurde, ein Mann, der die Geschichte der Welt verändern sollte wie kein anderer vor ihm.

War es wirklich Zufall?, dachte Cyrene weiter. Oder hatte das Schicksal sie hierher geführt?

Vor seinem inneren Auge rollte die weitere Entwicklung wie ein phantastisch schnell laufender Film ab. Die Revolution, die endgültige Christianisierung des Römischen Reiches, die Eroberung Afrikas, Europas, der Krieg gegen die mongolischen Horden, der mit der Errichtung der Symbole Christi über den sibirischen Steppenfestungen endete. Thor Heyerdals historische Überfahrt, die erste Begegnung mit den Otomi-Rittern Amerikas … der Krieg.

Cyrene riss sich mühsam los, aber die Bilder behielten weiter Gewalt über ihn. Plötzlich sah er Visionen des Krieges, Bilder von brennenden Städten, von einem Himmel, der in Flammen stand, von Häusern und Straßenzügen, die von Lavasalven getroffen zu brauner Schlacke verbrannt wurden. Das Doppelreich der Tolteken war dem Christlich-Römischen Imperium vom ersten Tag an ebenbürtig gewesen; ein Gegner, der zahlenmäßig unterlegen, aber von einem unbezwingbaren Fanatismus erfüllt war, Krieger, die sich unter dem Banner Quetzalcoatls immer und immer wieder in den Kampf warfen, Städte bombardierten, Schiffe versenkten … Wie viele Menschen waren in diesem Krieg bereits gestorben? Zwei Millionen? Drei? Es gab Schätzungen, aber keine von ihnen war genau. Der Krieg hatte langsam begonnen, wie eine heimtückische, schleichende Krankheit. Ein Überfall hier, ein Bombenangriff da – die Herren Thulas hatten genau gewusst, dass sie eine offene Konfrontation mit dem Christlich-Römischen Reich verlieren würden, als die beiden Völker aufeinander trafen. Zweihundert Jahre lang hatten sie still gehalten, hatten sich auf einen zermürbenden Guerillakrieg eingelassen, bis die technische Entwicklung ihre zahlenmäßige Überlegenheit wettmachte. Allein in diesen ersten zweihundert Jahren mochten hunderttausende, vielleicht Millionen Menschen getötet worden sein, sicherlich ebenso viele wie in den folgenden achtzig Jahren des offenen Krieges.

Plötzlich schlich sich ein ketzerischer Gedanke in sein Bewusstsein: Was wäre gewesen, wenn das Römische Reich ein Jahrhundert früher auf die Tolteken getroffen wäre? Wenn sie keinem technisch ebenbürtigen Gegner, sondern einem Barbarenstamm begegnet wären? Wenn das Römische Reich nicht durch die Revolution um mehr als ein Jahrhundert zurückgeworfen worden wäre, sondern sich kontinuierlich weiterentwickelt hätte?

Jemand berührte ihn an der Schulter. Er schrak zusammen und zwang sich zu einem verlegenen Lächeln, als er DeKobas vorwurfsvollen Blick bemerkte.

»Was ist mit Ihnen?«, fragte DeKoba. »Träumen Sie?«

Cyrene schüttelte den Kopf. »Nein«, antwortete er verwirrt. »Ich musste nur an etwas denken.«

»Ich kann mir schon denken, woran«, knurrte Nogube. »Ich glaube, es wird allmählich Zeit, dass wir uns einmal offen unterhalten.«

»Und worüber?«

»Worüber?« Nogube lachte hart. »Das wissen Sie genau. Wir hätten es schon gestern besprechen sollen, aber vielleicht ist dieser Moment besser.«

Cyrene blickte dem Schwarzen fest in die Augen. »Also gut«, sagte er. »Fang an. Und keine Scheu vor meinem Rang.«

»Du kannst dir deinen Rang sonstwo hinschieben«, sagte Nogube ruhig. »Wir sind keine römischen Offiziere mehr, sondern Schiffbrüchige, Cyrene. Heimatlose Schiffbrüchige. Du willst also, dass wir von hier weggehen?«

Cyrene nickte ruhig. Nogubes Stimme war gereizt und voller Aggressivität, aber er konnte den Nubier verstehen. Sie waren in einer Welt gestrandet, in der seine Hautfarbe allein ein Fluch war. Selbst mit seinem überlegenen Wissen und den fast unbeschränkten Geldmitteln, die ihm zur Verfügung standen, würde er immer ein Mensch zweiter Klasse bleiben.

»Worauf willst du hinaus?«, fragte er ruhig.

Nogube schwieg einen Moment. »Wir sollten uns trennen«, sagte er dann.

Cyrene war nicht einmal überrascht. Er hatte erwartet, dass einer der anderen früher oder später diesen Vorschlag machen würde. Nur dass es so rasch geschah, hatte er nicht erwartet. »Und?«, fragte er. »Weiter?«

»Nichts weiter«, entgegnete Nogube. »Du willst weggehen, also geh. Ich ziehe es vor, hier zu bleiben.«

»Du willst dich den Aufständischen anschließen.«

Nogube nickte. »Ja. Ich denke, ich habe eine gute Chance. Lieber Kohortenführer bei den Revolutionären als ein rechtloser Sklave in irgendeinem langweiligen Land.«

»Du wärst kein Sklave«, widersprach Cyrene. »Wir suchen uns ein ruhiges Fleckchen Erde und kaufen ein Stück Land…«

»… und stricken bis ans Ende unserer Tage Socken für fußkranke Legionäre, wie?«, fiel ihm der Nubier ins Wort. »Nein, danke. So ein Leben wäre nichts für mich. Wir können nie wieder nach Hause – aber wenn wir schon darauf angewiesen sind, in dieser Welt zu leben, dann möchte ich wenigstens auf der Seite der Sieger stehen.«

Cyrene tauschte einen langen Blick mit DeKoba. »Und du?«, fragte er nach einer Ewigkeit. »Denkst du auch so?«

DeKoba verzog gequält das Gesicht. »Ich … ich weiß überhaupt nicht, was ich denken soll«, gestand er. »Ich weiß nur, dass ich keine Lust habe umgebracht zu werden. Für mich ist der Krieg aus, und ich denke nicht daran, mich in Dinge zu mischen, die längst entschieden sind. Ich möchte nur weg hier. Wenn du willst, bleiben wir zusammen, wenigstens für eine Weile noch.«

»Und du?«, fragte Nogube nach einer Weile. »Was wirst du tun?«

Cyrene zögerte. Er wusste es nicht. Er fühlte, dass er mehr als ein zufällig anwesender Beobachter war. Er, Nogube und DeKoba waren die einzigen Menschen, die die Zukunft kannten. Diese Stadt, die jetzt noch voller pulsierendem Leben war, würde in wenigen Tagen geschleift werden. Die meisten Menschen, die sie auf ihrem Weg hierher getroffen hatten, würden sterben, aber sie waren nur die ersten Opfer eines Krieges, der weitergehen würde, weiter und immer weiter. Und sie, die Einzigen, die hätten warnen können, waren machtlos. Es gab nichts, was sie hätten tun können.

Die Geschichte war bereits geschehen, alles war festgelegt und vorausbestimmt.

Er stand auf, schob seinen Stuhl zurück und ging langsam um den Tisch herum.

»Wo willst du hin?«, fragte DeKoba.

Cyrene zuckte mit den Achseln. »Ich weiß es nicht. Ein wenig frische Luft schnappen. Allein sein und nachdenken. Wartet ihr auf mich?«

»Selbstverständlich«, nickte Nogube. »Auf eine Nacht kommt es nicht mehr an, oder?«

Es war nicht schwer, das Haus zu finden, in dem Jesus wohnte. Aber es war unmöglich hineinzugelangen. Die Straßen waren schon einen Block vorher fast unpassierbar von Menschen, und als es Cyrene endlich gelungen war, sich zu der niedrigen, schäbigen Hütte am Ende der Straße durchzukämpfen, fand er den Eingang von einer dichten Menschentraube umlagert. Der Eingang war offen, aber davor standen zwei muskulöse, finster dreinblickende Burschen, die jeden, der auch nur den Versuch machte das Haus zu betreten, grob zurückstießen. Zumindest in diesem Punkt irrte die Geschichtsschreibung, dachte Cyrene. Jesus war kein kleiner Prophet mehr, dessen Worte allenfalls bei seinen Jüngern und ein paar Bauern Gehör fanden, als er in Jerusalem einzog.

Er schob sich weiter durch die Menge, ohne auf die zornigen Blicke und die Flüche und Beschimpfungen zu achten, die ihm nachgeschickt wurden. Jemand stieß ihm mit dem Ellbogen in die Rippen und packte seinen Arm. Cyrene stieß den Mann beiseite und ging weiter. Jemand trat ihm in die Kniekehlen. Er stolperte, klammerte sich an einer Schulter fest und wankte weiter.

Was mache ich hier überhaupt?, dachte er entsetzt. Die werden mich lynchen. Aber er ging, fast gegen seinen Willen, als wäre er plötzlich nicht mehr ein unbeteiligter Beobachter, der nur rein zufällig in diesem Körper wohnte, Schritt für Schritt weiter, ohne auf die schmerzhaften Tritte und Knüffe zu achten, die ihn trafen. Er blieb erst stehen, als er die Tür erreicht hatte und einer der beiden Männer unter der Tür die Hand hob.

»Wo willst du hin?«

Cyrene versuchte sich zwischen den beiden Männer hindurchzudrängeln und taumelte unter einem schmerzhaften Rippenstoß zurück. »Ich … ich muss den Herrn sprechen.«

»Den Herrn?«

»Jesus«, keuchte Cyrene. »Jesus von Nazareth.«

Einer der beiden packte ihn grob am Arm und drückte zu. Cyrene stöhnte vor Schmerz auf.

»Das wollen viele«, erklärte er. »Aber der Herr darf nicht gestört werden. Warte bis morgen, dann kannst du ihn sehen.«

»Aber so lange kann ich nicht warten!«, begehrte Cyrene auf. Er versuchte seinen Arm loszureißen, aber die riesigen Pranken des Mannes drückten mit gnadenloser Kraft zu.

»Bitte!«, keuchte Cyrene. »Ich muss ihn sehen. Ich habe eine weite Reise unternommen, um mit ihm zu reden und …«

Der Mann schüttelte stur den Kopf. »Siehst du die da?«, fragte er mit einer Kopfbewegung auf die Menge vor der Tür. »Die meisten von ihnen sind von weit her gekommen, um den Herrn zu sehen. Und sie müssen auch warten. Wenn du etwas vorzubringen hast, dann sage es uns. Vielleicht empfängt er dich, aber du wirst dich gedulden müssen wie die anderen auch.«

Hinter Cyrenes Rücken brandete schadenfrohes Gelächter auf. Jemand warf mit faulem Obst nach ihm, ein anderer zerrte an seinem Burnus, und eine schmale braune Hand glitt in seinen Beutel und zog sich hastig zurück, als er danach schlug.

Cyrene riss sich mit verzweifelter Anstrengung los und warf sich nach vorn aber genauso gut hätte er versuchen können mit bloßen Händen die Stadtmauer einzureißen. Die beiden Männer packten gleichzeitig zu, verdrehten ihm die Arme und zwangen ihn mit brutaler Kraft in die Knie.

»Mach keinen Ärger, Freundchen!«, keuchte der Größere der beiden. »Stell dich hinten an, wie die anderen und …«

»Simon!«

Der Mann erstarrte. Sein Griff lockerte sich und auf seinen Zügen erschien ein erschrockener, schuldbewusster Ausdruck. Er ließ Cyrenes Arm los, richtete sich auf und drehte sich nervös um.

Auch Cyrene stand schwankend auf, umklammerte seine schmerzenden Handgelenke und drehte sich in die Richtung, aus der die Stimme gekommen war.

Hinter den beiden Wächtern war ein junger, in ein einfaches weißes Gewand gekleideter Mann aufgetaucht. Das Innere des Hauses war zu dunkel, als dass er sein Gesicht hätte erkennen können, aber er hatte das sichere Gefühl, dass die beiden Männer gehörigen Respekt vor ihm hatten.

»Nichts, Herr«, sagte der mit Simon Angesprochene hastig. »Der da«, er deutete mit einer nervösen Geste auf Cyrene, »wollte Ärger machen. Aber wir werden mit ihm fertig, keine Sorge.«

Der Mann schwieg einen Moment und kam dann mit zwei, drei raschen Schritten näher.

»Nun, Fremder«, fragte er sanft, »was gibt es so Dringendes?«

Cyrene warf den beiden Wächtern einen ängstlichen Blick zu. »Ich … ich muss mit dem Mann sprechen, der hier wohnt«, sagte er stockend. »Mit Jesus, dem Nazarener.«

»Das wollen viele, Freund«, antwortete der junge Mann ruhig. Ein mildes, beinahe gütiges Lächeln erschien auf seinem asketischen Gesicht. »Und viele kommen von weit her, um ihn zu sehen. Glaubst du nicht, dass er wie jeder von euch manchmal ein wenig Ruhe und Schlaf nötig hat? Auch er ist nur ein Mensch.«

»Ich weiß«, sagte Cyrene gequält. »Aber … ich bin nicht wie die anderen. Ich muss ihn sehen. Ihn sprechen. Es … es ist wichtig. Nicht nur für mich.«

Der Mann überlegte einen Moment. »Nun gut, Freund«, sagte er dann. »So tritt ein und rede.«

Cyrene machte einen Schritt zwischen den beiden Wächtern hindurch und blieb verwirrt stehen. »Aber ich ... ich kann nur mit ihm selbst sprechen«, sagte er. »Was ich zu sagen habe, ist nicht für fremde Ohren bestimmt.«

»Narr!«, zischte Simons Stimme dicht an seinem Ohr. »Du schlägst die halbe Straße zusammen, und dann erkennst du den Herrn nicht einmal, wenn du vor ihm stehst. Das ist Jesus von Nazareth!«

Cyrene erstarrte. Sein Blick richtete sich ungläubig auf das schmale, von einem dünnen schwarzen Bart eingerahmte Gesicht des Jünglings vor ihm. Plötzlich hatte er vergessen, weshalb er hergekommen war. Sein Gehirn war leer und er brachte nicht mehr als ein klägliches Stöhnen hervor.

»Vergib meinem Jünger Simon Petrus, Freund«, sagte Jesus sanft. »Er ist manchmal ein wenig grob, doch er meint es nicht so. Nun komm.« Er wandte sich um und wartete, dass Cyrene ihm folgte, aber der Zenturio rührte sich nicht, sondern starrte den grauhaarigen grobschlächtigen Mann neben sich nur sprachlos an.

»Das ... das ist Simon Petrus?«, fragte er fassungslos.

Jesus lächelte. »Ja. Du siehst aus, als hättest du einen anderen Mann erwartet.«

»Und der andere?«

»Das ist Andreas, sein Bruder. Sie gehören zu meinen treuesten Jüngern.«

»Ich weiß«, keuchte Cyrene mühsam. »Ich hatte sie mir nur anders vorgestellt.«

Zwischen Simon Petrus' buschigen Augenbrauen entstand eine steile Falte, aber er ging nicht auf seine Worte ein. Cyrene riss sich mühsam vom Anblick der beiden zukünftigen Apostel los und folgte dem Nazarener den kurzen Gang entlang. Sie betraten einen niedrigen, spärlich möblierten Raum, in dem vier weitere Männer beisammensaßen und miteinander redeten. Bei ihrem Eintreten sahen sie auf und sprangen erschrocken von ihren Stühlen. Cyrene wurde plötzlich klar, dass diese vier nichts anderes als weitere Apostel waren; einfache Männer, die in wenigen Jahren schon zu Königen und Kaisern werden würden. Auf den Schultern dieser einfachen Bauern und Fischer vor ihm würde ein gigantisches Weltreich entstehen.

»Herr!«, sagte einer von ihnen erschrocken. »Ihr seid wach? Ihr ...«

»Es besteht kein Grund zur Aufregung, Bartholomäus. Dieser Fremde wollte mich sprechen, und ich glaube, ich sollte ihm diesen Wunsch erfüllen.«

Obwohl er sanft gesprochen hatte, wirkten seine Worte wie ein Befehl. Die Männer verließen hintereinander das Zimmer und ließen ihn und Cyrene allein.

»Nun?«, fuhr er fort, als Bartholomäus die Tür hinter sich ins Schloss gezogen hatte und sie allein waren. »Wir sind allein. Bringe dein Anliegen vor. Doch erst verrate mir deinen Namen.«

»Cyrene«, antwortete Cyrene hastig. »Ich ... ich heiße Cyrene. Simon Cyrene.«

Jesus nickte. »Simon Cyrene«, wiederholte er lächelnd. »Einer meiner Jünger trägt den gleichen Namen wie du. Simon. Du hast ihn kennen gelernt.«

»Ich weiß«, antwortete Cyrene. »Mein Vater benannte mich nach ihm.« Die Worte taten ihm im selben Augenblick schon Leid, aber es war zu spät.

Zu seiner Erleichterung reagierte Jesus nicht auf die Worte. Nur in seinen Augen glomm ein seltsamer Funke auf. »Und woher«, fragte er, »kommst du, Simon Cyrene? Du sagst, du hast eine weite Reise hinter dir.«

»Das ... das stimmt, Herr«, erwiderte Cyrene. Verdammt – warum fiel es ihm plötzlich so schwer zu reden und auch nur einen vernünftigen Gedanken zu fassen? Was war an diesem einfachen, stillen jungen Mann, der ihn so lähmte, ihn so vollkommen verwirrte wie nie etwas zuvor in seinem Leben?

»Ich komme von weit her«, wiederholte er mühsam. »Und ich weiß nicht, ob es überhaupt richtig war, zu Euch zu kommen. Ich komme aus einem Land, das ... anders ist, als Ihr Euch vorstellen könnt. Ich kam, um Euch eine Frage zu stellen, aber ich weiß nicht ...«

»Rede«, antwortete Jesus sanft. »Wenn ich sie dir beantworten kann, so werde ich es tun. Wenn nicht, werden wir gemeinsam nach der Antwort suchen.«

Cyrene schwieg. Vergeblich versuchte er dem Blick der sanften braunen Augen seines Gegenübers standzuhalten. Er war schon vielen starken Männern in seinem Leben begegnet, Männern, die die Verantwortung für ganze Völker auf ihren Schultern trugen, und er hatte geglaubt, in Jesus von Nazareth einen ähnlichen Menschen anzutreffen.

Er hatte sich geirrt.

In den Augen des jungen Nazareners war keine Kraft. Nicht der ungebrochene Wille zur Macht, nicht der Wunsch zu herrschen, sondern nur Güte. Güte und Liebe von solcher Reinheit, dass Cyrene schauderte. Herrgott im Himmel, dachte er, wie hat es dieser Heilige geschafft, ein Imperium zu stürzen und ein neues, zehnmal mächtigeres an seiner Stelle zu errichten!

Er versuchte vergeblich sich diesen Mann auf dem Thron des Imperators in Rom vorzustellen. Der Gedanke erschien ihm absurd, völlig aberwitzig. Und doch würde es so sein. In weniger als fünf Jahrzehnten würde er diesen Thron besteigen, der erste Herrscher der Weltgeschichte, der nicht Tod, sondern Liebe auf seine Fahne geschrieben hatte. Er stand dem Begründer eines Imperiums gegenüber, das anderthalb Jahrtausende lang die Welt beherrschen sollte, aber was er sah, war kein Feldherr, sondern ein Heiliger.

»Ich möchte Euch eine Geschichte erzählen«, begann er unsicher. »Eine Geschichte, die sich vor langer, langer Zeit in meiner Heimat abgespielt hat. Es ist die Geschichte eines Königs. Er ... er begann wie Ihr, Herr. Er wurde von einfachen Leuten geboren und aufgezogen, aber in einem unterschied er sich von seinen Mitmenschen. Anders als die anderen predigte er Güte und Sanftmut statt Gewalt und Unterdrückung. Zu Anfang verspotteten ihn alle, aber nach und nach fanden immer mehr Menschen zu ihm, so viele, dass die Könige, die damals in meinem Lande herrschten, Angst vor ihm bekamen und beschlossen ihn zu töten. Doch dieses Unternehmen schlug fehl und die Anhänger jenes jungen Königs töteten die Schergen der Unterdrücker und schleiften ihre Burgen. Das Volk stand nach Jahrhunderten der Unterdrückung auf und befreite sich von seinen Beherrschern. Es war ein langer und blutiger Krieg, in dem viele Menschen starben oder zu Schaden kamen, doch an seinem Ende stieg der junge König auf den Thron, der Jahrhunderte lang von blutigen Tyrannen besetzt gewesen war. Das Reich wuchs und wuchs, und weil er die Liebe auf seine Fahne geschrieben hatte statt der Tyrannei, konnte ihm kein Feind Widerstand leisten, bis das Reich den Kontinent von einer Küste zur anderen beherrschte. Der König alterte und starb, und die Menschen sprachen ihn heilig und lebten in seinem Sinne weiter. So lange, bis sie eines Tages auf ein anderes Volk trafen, ein Volk, das jenseits eines großen Ozeans lebte und beinahe ebenso mächtig war wie sie selbst. Sie fuhren mit großen Schiffen über das Meer und versuchten den Heiden ihren eigenen Glauben zu bringen, doch diese wollten die fremden Götter nicht und wehrten sich, und so kam es wieder zu einem Krieg, einem Krieg, der blutiger und grausamer als alle anderen zuvor war und fast hundert Jahre tobte. Da sagten die einen im Lande: Genug des Kriegs! Wir wollen nicht mehr töten! Lasst ihnen ihren Glauben! Aber die anderen sagten: Nein! Wir wirken im Sinne des jungen Königs. Darauf die anderen wieder: Ihr tötet! Und warum ihr tötet, bleibt sich gleich! Es ist Sünde, so oder so! Darauf wieder die anderen: Er war der Sohn Gottes. Gott der Herr selbst sandte ihn, dieses Reich zu errichten, und wir sind nicht mehr als Diener, die seinem Befehl folgen. Und so hielt der Streit an, und der Krieg dauerte fort, und die Menschen wurden getötet und Städte zerstört im Namen eines Herrschers, der Liebe gepredigt hatte und seinen Mitmenschen sagte: Ihr sollt nicht töten.«

Cyrene brach erschöpft ab. Seine Kehle fühlte sich trocken an, und selbst wenn er gewollt hätte, hätte er kein Wort mehr hervorgebracht.

Aber das war auch nicht nötig.

»Ich verstehe dich, mein Sohn«, sagte Jesus sanft. »Und ich weiß auch, welche Frage du mir stellen wolltest. Doch auch ich kann dir nicht sagen, ob es die Schuld des jungen Königs war, dass es so weit kam. Hätte er gewusst, welche Wirkung sein Tun hat – sicher. Doch welcher Mensch kennt die Zukunft?«

Ich, dachte Cyrene verzweifelt. Verdammt, warum kann ich es nur nicht sagen? Warum bin ich nur unfähig dir die Wahrheit ins Gesicht zu schreien. WARUM BIST DU SO VERDAMMT GUT?

Aber er sagte nichts.

Er konnte nichts sagen.

»Aber du brauchst die Antwort auch nicht von mir zu hören«, fuhr der Nazarener fort, »du kennst sie. Frage dein Gewissen und du wirst sie erkennen.«

Cyrene starrte den jungen Mann fassungslos an. Wusste er, was er sagte? Gott, dachte er, weiß er es?

Jesus Christus lächelte ein sanftes, weiches, fast ein bisschen wehmütiges Lächeln, das Cyrene erschaudern ließ.

»Nun, Simon Cyrene«, sagte Jesus sanft. »Ich muss meine Jünger zum Abendmahl versammeln, und du brauchst Zeit, um die Antwort auf deine Frage zu finden. Doch überlege gut, bevor du dich entscheidest. Wäge nicht Gründe der Vernunft gegen die der Logik ab, sondern gehorche nur einer Stimme: deinem Gewissen.«

Cyrene nickte, wandte sich um und ging mit schleppenden Schritten zur Tür.

»Simon«, sagte Jesus, als er die Hand nach dem Riegel ausstrecke. Cyrene drehte sich noch einmal um. »Ja?«

Jesus zögerte. »Ich … ich danke dir, dass du gekommen bist«, sagte er schließlich. »Vielleicht habe ich nichts für dich tun können, doch du hast mehr für mich getan, als du jetzt schon weißt. Lebe wohl. Wir werden uns wieder sehen.«

»Das … glaube ich nicht«, entgegnete Cyrene stockend. »Ich verlasse die Stadt noch heute.«

»Wir sehen uns wieder, Simon«, widersprach Jesus. »Schon bald. Eher, als du glaubst. Vielleicht wirst du mir dann helfen meine Last zu tragen.«

Cyrene verstand den Sinn der Worte nicht.

In ihm war nichts als Leere, als er das Haus verließ.

Obwohl Mitternacht bereits vorüber war, als Cyrene zurück zur Taverne des Griechen kam, schien in Jerusalem noch niemand zu schlafen. Die Stadt brodelte. Tausende von Menschen bevölkerten die winkeligen Straßen und Gassen, und das Gebrüll der Marktschreier schien kaum weniger laut und nervtötend als am Tage. Die drei Attraktionen, die Jerusalem zu bieten hatte – der Markttag, das bevorstehende Osterfest der Juden und die Anwesenheit des Propheten aus Nazareth –, hatten mehr Menschen angelockt, als die Stadt zu fassen vermochte. Die Gasthäuser und Tavernen waren hoffnungslos überfüllt und nicht wenige Menschen übernachteten auf den Straßen oder schliefen gleich gar nicht.

Trotz der großen Zahl fremder Besucher sah Cyrene überraschend wenige Soldaten. Einmal begegnete ihm ein Trupp von fünf Legionären, die von einem Zenturio angeführt wurden. Der Anblick erinnerte ihn schmerzhaft an die Szene vom Morgen und er ertappte sich dabei, wie er stehen blieb und den Männern nachstarrte, bis sie im dichten Menschengewühl auf der Straße verschwunden waren.

Auch in Thassos' Lokal herrschte noch reges Leben, als er endlich zurückkam. Dutzende von Männern umlagerten die grobe Holztheke oder drängten sich an den wenigen Tischen, und nicht wenige hatten es sich auf den Strohsäcken oder dem nackten Lehmboden bequem gemacht, lärmten und schrien um die Wette und schütteten Unmengen von Wein in sich hinein. Er entdeckte DeKoba und Nogube an einem Tisch in der hintersten Ecke des Raumes und drängte sich mühsam zu ihnen durch. Die Luft roch jetzt noch unerträglicher als zuvor; dicke, blaugraue Rauchschwaden zogen aus dem Verschlag, den Thassos Küche zu nennen sich erdreistete, zum Ausgang, und eine Anzahl kleiner, stinkender Öllampen verpestete das wenige, was an Sauerstoff blieb, vollends. Er hustete, schob einen Mann, der an einem Weinbecher nippte und ihm aus glasigen Augen entgegenstarrte, beiseite und ließ sich neben DeKoba am Tisch nieder.

»Wir haben schon kaum noch geglaubt, dass du überhaupt wiederkommst«, sagte Nogube halb im Spaß. »Wo warst du?«

Cyrene zuckte mit den Achseln. »Überall und nirgends«, erwiderte er ausweichend. »Ich wollte ein wenig allein sein und nachdenken.«

»Allein? Dort draußen?«

Cyrene nickte. »Du würdest dich wundern, wie einsam man zwischen all den Menschen sein kann.«

»Schreib das auf«, meinte DeKoba lächelnd. »Vielleicht wird man dich als großen Philosophen im Gedächtnis behalten. Ist dir mittlerweile klar geworden, was wir tun sollen?«, fügte er ernst hinzu.

Cyrene griff nach Nogubes Becher, drehte ihn einen Moment nachdenklich in den Händen und leerte ihn dann mit einem Zug. Der Wein schmeckte schal, zu bitter und zu schwer. Wahrscheinlich würde er Kopfschmerzen davon bekommen, wenn er mehr als einen Becher trank.

»Nogube hat Recht«, sagte er, ohne den Schwarzen anzusehen. »Wir sollten uns trennen. Es ist besser. Zusammen erregen wir zu viel Aufsehen. Wenn wir uns trennen, hat vielleicht einer von uns eine Chance. Ich denke, ich werde nach Osten gehen. Persien – vielleicht in die Türkei. Dort ist für die nächsten sechzig, siebzig Jahre Ruhe. Und ich denke«, setzte er nach kurzem Überlegen hinzu, »dass es das Beste sein wird, wenn ich noch heute Abend die Stadt verlasse. In ein paar Tagen steht das ganze Land hier in Flammen. Mir wäre wohler, wenn ich bis dahin möglichst weit weg bin. Kommst du mit?«

Die Frage war an DeKoba gerichtet, der während seiner kurzen Ausführung stumm dagesessen und in seinen Becher gestarrt hatte. »Ich glaube nicht«, erwiderte er nach einer Weile. »Ich möchte in die andere Richtung. Weißt du«, sagte DeKoba mit einem knappen, nervösen Lachen, »ich möchte in meine Heimat. Wenn ich schon nicht mehr in meine Zeit zurückkann, dann möchte ich wenigstens unter der Sonne Kataloniens sterben.«

Cyrene nickte. »Ich verstehe dich, Juan. Aber der Weg, den du zurücklegen musst, ist gefährlich. Ägypten, Marokko, die Säulen des Herkules …«

»Ich weiß«, seufzte DeKoba. »Aber ich werde es schon schaffen. Irgendwie. Zur Not habe ich immer noch ein paar Überraschungen bei mir, um mich meiner Haut zu wehren.«

»Sei vorsichtig«, mahnte Cyrene. »Du weißt, dass wir die Waffen und die übrige Ausrüstung gar nicht mehr haben dürften.«

DeKoba lachte leise. »Wenn es irgendjemandem nicht passen sollte«, meinte er leichthin, »können sie ja eine Strafexpedition aussenden und mich verhaften und ins Gefängnis werfen. Vielleicht komme ich auf diese Weise doch noch zurück.«

»Ich meine es ernst«, widersprach Cyrene, ohne auf DeKobas scherzenden Ton einzugehen. »Misch dich nicht in Dinge, die den Lauf der Geschichte verändern könnten. Du …«

»Hört auf euch zu streiten und seht zur Tür«, unterbrach ihn Nogube leise. »Ich glaube, wir bekommen Ärger.«

Cyrene runzelte die Stirn und drehte sich bewusst langsam um.

Unter dem Eingang waren fünf römische Legionäre erschienen. Die Gespräche im Raum erloschen nach und nach; fast als gehe von den rot gekleideten Gestalten eine Welle des Schweigens aus, die nach und nach jeden Anwesenden erfasste. Die Männer blieben einen Moment reglos stehen und setzten sich dann auf einen Wink ihres Anführers hin in Bewegung. Cyrene fuhr unmerklich zusammen, als er den Mann an ihrer Spitze erkannte. Für einen Moment klammerte er sich an den Gedanken, dass die Soldaten vielleicht nur hierher gekommen waren, um nach getanem Dienst einen Becher Wein zu trinken und zu feiern, aber diese Hoffnung erlosch fast so schnell, wie sie aufgeflammt war. Die Legionäre drängten sich rücksichtslos durch und nahmen in einem lockeren Halbkreis um den Tisch herum Aufstellung.

»Marcus Victimus«, nickte Cyrene, als der hoch gewachsene Römer näher trat und sich neben ihm aufbaute.

»Ihr erinnert Euch an meinen Namen, Simon«, knurrte der Legionär. »Das ist gut.«

Cyrenes Gedanken überschlugen sich. Aus den Augenwinkeln sah er, wie DeKobas Hand unter den Burnus glitt. Nein, dachte er verzweifelt. Nicht schon wieder!

»Warum sollte ich Euren Namen vergessen, Marcus«, sagte er mit erzwungener Ruhe. »Schließlich wart Ihr es, der uns dieses Lokal empfohlen hat.«

Der Römer nickte. »Dumm genug von Euch wirklich hierher zu gehen«, sagte er drohend. »Für einen so geschickten Betrüger, wie Ihr es seid, ein grober Fehler.«

»Betrüger?«, wiederholte Cyrene verblüfft. »Ich verstehe nicht, was Ihr meint.«

Marcus Victimus beugte sich vor, stützte sich mit den Fäusten auf der Tischplatte ab und brachte sein Gesicht ganz nahe an Cyrenes. »Ihr versteht mich nicht?«, wiederholte er lauernd. »Die Münze, die Ihr mir gabt – sie ist wertlos.«

»Wertlos? Aber ...«

»Ihr sagtet, sie sei aus Gold«, fuhr der Legionär wütend fort. »Das war gelogen. Ich war bei einem Goldschmied, um sie einzutauschen. Der Mann sagte, er hätte nie ein solches Metall gesehen. Gold ist es jedenfalls nicht.«

»Aber ... aber sagtet Ihr nicht selbst, dass sie wertlos für Euch ist?«, murmelte Cyrene, verzweifelt darum bemüht, Zeit zu gewinnen.

Der Römer blinzelte verwirrt. Dann verzerrte Wut seine Züge. »Ihr ...«

»Erregt Euch nicht, Marcus«, fiel ihm DeKoba hastig ins Wort. »Es war nicht unsere Absicht, Euch zu betrügen. Simon wird Euch den Silberling, den Ihr ihm gabt, zurückgeben.«

Cyrene griff hastig unter seinen Gürtel und nahm eine Hand voll Münzen hervor. »Natürlich«, sagte er. »Ihr bekommt ihn zurück – und zwei andere dazu. Wir wollen keinen Streit mit Euch. Hier, nehmt.« Er drückte dem verblüfften Legionär drei der kleinen silbernen Münzen in die Hand und winkte nach Thassos, dem Wirt. »Bring den Herren zu essen und zu trinken, so viel sie wollen, Thassos«, sagte er. »Und schreibt es auf meine Rechnung. Diese Herren sind meine Gäste. Bringt ihnen nur vom Besten.«

Marcus Victimus schien verwirrt. Für einen Augenblick schwankte er sichtlich zwischen dem Verlangen, sich für die vermeintliche Schmach zu rächen und seiner Geldgier. Die Geldgier siegte. Er grinste, richtete sich auf und ballte die Faust um die Münzen.

»Ihr gefallt mir, Simon aus dem Land der Nabatäer«, sagte er. »Ihr wisst, wann es besser ist, sich geschlagen zu geben.« Er lachte, gab seinen Kameraden einen Wink und scheuchte einen Mann von einem Stuhl, um sich selbst darauf niederzulassen. »Ich hoffe, Ihr habt nichts dagegen, wenn meine Kameraden und ich an Eurem Tisch Platz nehmen, wenn Ihr uns schon zum Trinken einladet«, sagte er. »Hoffentlich bereut Ihr diesen großzügigen Entschluss nicht. Die fünf, die ich mitgebracht habe, sind die größten Saufbolde der gesamten römischen Legionen.« Er lachte erneut, warf einen Blick auf die Münzen in seiner Hand und erstarrte plötzlich.

Das Grinsen auf seinen Zügen gefror. »Das ist seltsam«, murmelte er.

Cyrene spürte plötzlich einen harten, bitteren Kloß in seiner Kehle. »Was … ist seltsam?«, fragte er stockend.

Victimus sah auf. »Diese Münzen«, antwortete er. »Wisst Ihr, ich habe die Angewohnheit, alle meine Münzen zu kennzeichnen. Mit einer kleinen Kerbe an der Seite. Seht Ihr? Hier?« Er hielt Cyrene den Silberling hin und deutete auf die kaum sichtbare Einkerbung am Rand.

Cyrene schluckte mühsam. »Ich … sehe es«, murmelte er.

»Und hier«, fuhr der Legionär fort, eine zweite, absolut identische Münze emporhaltend.

Der Transformator, dachte Cyrene entsetzt. Das Gerät konnte Kopien nur nach Vorlage herstellen. Absolut identische Kopien. Jede Münze, die er, DeKoba oder Nogube besaßen, hatte diese Einkerbung.

»Und auch bei dieser dritten«, sagte Victimus lauernd. »Sagt, Simon, wie kommt es, dass ich Euch eine Münze gab, und Ihr gebt sie mir gleich dreimal zurück? Seid Ihr ein Zauberer?«

Cyrene spürte, wie sich die Körper der Legionäre spannten. Eine Hand glitt zum Schwert und verhielt dort, eine zweite folgte.

»Ich kann das erklären«, sagte er nervös. »Ihr müsst wissen, dass …«

»Nichts muss ich wissen«, fiel ihm Victimus grob ins Wort. »Und Eure Erklärungen könnt Ihr dem Präfekten unterbreiten.« Er sprang auf, verstaute die Münzen im Gürtel und zog mit einer fließenden Bewegung sein Schwert. »Ich hatte gleich ein sonderbares Gefühl, als ich Euch sah mit Euren seltsamen Kleidern und Eurer Geschichte von einem Land, von dem noch nie ein Mensch gehört hat. Wir haben hier unsere eigenen Methoden, mit Zauberern fertig zu werden, das werdet ihr merken.«

Er hob sein Schwert und trat drohend näher.

DeKoba erschoss ihn. Der Laserblitz brannte ein millimetergroßes Loch zwischen seine Augen und verdampfte sein Gehirn. Sein Hinterkopf explodierte und überschüttete die beiden hinter ihm stehenden Legionäre mit einem Hagel von Knochensplittern und kochendem Blut.

Cyrene ließ sich vom Stuhl fallen, rollte herum und trat einem Legionär die Beine unter dem Körper weg. Der Mann schrie auf, stemmte sich mit überraschender Behändigkeit wieder hoch und fiel gleich darauf ein zweites Mal auf den Rücken. In seiner Brust war ein winziges, schwarz gerändertes Loch.

Und dann brach die Hölle los. Männer schrien in Panik durcheinander. Möbel polterten. Ein Schwert zischte durch die Luft und bohrte sich splitternd in die Tischplatte. Ein Laserstrahl schnitt durch die Luft, durchbohrte einen weiteren Legionär und tötete noch einen Mann hinter ihm. Cyrene schrie, rollte sich unter den Tisch und versuchte verzweifelt an seine Waffe zu kommen, aber seine Hand verfing sich im dicken Gewebe seines Burnusses. Die Männer im Raum gerieten in Panik und versuchten alle gleichzeitig die Taverne zu verlassen. An der Tür entstand ein heftiges, kurzes Handgemenge. Cyrene kam endlich an seine Waffe, zerrte sie unter dem Kleidungsstück hervor und stemmte sich hoch.

Aber es gab nichts mehr, auf das er hätte schießen können. Die Legionäre waren tot, ebenso drei der anderen Gäste – zwei durch Laserstrahlen, der dritte durch einen fehlgeleiteten Schwertstreich getötet. DeKoba lag halb auf dem Tisch. Seine Augen waren weit geöffnet, und aus einer hässlichen Schnittwunde an seinem Hals sickerte Blut in einem dunklen, pulsierenden Strom.

Cyrene wollte sich über ihn beugen, aber Nogube hielt ihn mit einem raschen Griff zurück. »Nicht«, sagte er. »Es ist sinnlos. Er ist tot.«

»Nein«, keuchte Cyrene. »Nicht er. Nicht Juan. Er ...«

»Simon!« Nogube riss ihn grob an der Schulter zurück und schlug ihm mit der flachen Hand ins Gesicht. Der Hieb schleuderte seinen Kopf in den Nacken, aber der brennende Schmerz riss ihn auch in die Wirklichkeit zurück.

Er stöhnte, betastete seine brennende Wange und senkte den Blick. »Danke«, murmelte er.

»Bedank dich später«, knurrte Nogube. »Wir müssen hier raus. Und zwar schnell. In ein paar Minuten ist die Hölle los!« Er packte Cyrenes Oberarm und zerrte ihn zur Tür.

»Der Laser!«, keuchte Cyrene. »Juans Laser! Sie dürfen ihn nicht finden!«

Nogube fluchte, ließ Cyrenes Arm los und eilte zu DeKoba zurück, um die Waffe und die übrigen Ausrüstungsgegenstände an sich zu nehmen. Dann lief er, eine Laserpistole in der Hand, zur Tür. »Komm!«, stieß er hervor.

Die Straße war voller Menschen, aber die Menge wich mit einem ängstlichen Aufschrei vor ihnen zurück, als sie aus der Taverne stürmten. Nogube feuerte einen Warnschuss dicht über die Köpfe der Fliehenden ab und deutete auf eine schmale Seitenstraße. »Dort hinein!«, keuchte er. »Schnell!«

Sie rannten los, Cyrene mehr von dem Schwarzen mitgeschleift als aus eigener Kraft. Nogube stieß ihn in die Seitenstraße, warf einen sichernden Blick nach hinten und forderte ihn dann mit einer Handbewegung auf weiterzulaufen. »Schnell!«, drängte er. »In ein paar Augenblicken wimmelt es hier von Soldaten!«

»Wir haben alles falsch gemacht«, sagte Cyrene, ohne Nogubes Worte überhaupt zu beachten. »Alles, was wir anfangen, endet in einer Katastrophe.«

»Erzähl mir das später!«, drängte Nogube. »Wenn wir noch lange hier rumstehen und reden, können wir es bald gar nicht mehr. Komm!« Er wollte wieder nach Cyrenes Arm greifen und ihn mitzerren, aber diesmal riss sich Cyrene los und schüttelte den Kopf.

»Nein«, sagte er entschlossen.

Nogube starrte ihn an, als zweifelte er an seinem Verstand. »Was soll das heißen?«

»Ich komme nicht mit«, entgegnete Cyrene mit einer

Ruhe, die ihn beinahe selbst überraschte. »Ich will nicht mehr. Wir haben schon zu viel Schaden angerichtet.«

»Sie werden dich umbringen, wenn sie dich hier erwischen!«

»Vielleicht. Aber ich laufe nicht mehr davon. Diese Welt ist nicht unsere Welt. Wir sind Eindringlinge hier, Fremdkörper, die nicht überleben können. Ich will niemanden mehr töten müssen.« Er griff unter seinen Burnus, löste den Materietransformer und die anderen Geräte vom Gürtel, warf alles in seine Tasche und legte den Laser obenauf. »Nimm. Du wirst es brauchen.«

Nogube griff verblüfft nach dem Beutel, warf einen nervösen Blick über die Schulter zurück und bewegte sich unruhig. »Behalte wenigstens die Waffe«, sagte er.

Cyrene schüttelte den Kopf. »DeKoba hat sie auch nichts genützt«, sagte er. »Geh. Versuche dein Glück. Vielleicht ... vielleicht kannst du dich verborgen halten, bis die Revolution ausbricht.«

Nogube starrte ihn einen Herzschlag lang stumm an, dann wandte er sich mit einem Ruck ab und verschwand mit schnellen Schritten in der Dunkelheit.

Alles, was Cyrene fühlte, war eine tiefe, beinahe schmerzhafte Müdigkeit. Irgendwie war es ihm gelungen, aus dem Stadtviertel zu entkommen, bevor die Soldaten eintrafen. Er wusste nicht, wie. Und irgendwie hatten ihn seine Schritte hierher getragen, obwohl er den Weg selbst am hellen Tage kaum wieder gefunden hätte, hätte er danach gesucht.

Seine Blicke saugten sich im Dunkel der Gasse vor ihm fest, aber seine Augen sahen Bilder, die nicht da waren. Bilder einer Welt, die er niemals wieder sehen würde. Weder er noch Covacz oder DeKoba oder Nogube. Sie waren mehr als Schiffbrüchige. Sie waren Verdammte.

Sie? Nein, dachte er, nur ich. Nicht die anderen. Er wusste nicht, wie lange er schon hier stand. Stunden, Minuten, Jahre. Es war gleich. Er würde diesen Ort nie wieder verlassen. Lange, endlos lange hatte er nachgedacht, immer und immer wieder derselbe quälende Gedanke, der gleiche Schluss, der ihn umso mehr schreckte, als er wusste, dass ihm keine Wahl blieb. Es musste sein.

Er dachte an die Kriege, die im Namen dieses gütigen, sanften Mannes ausgetragen worden waren. Wie viele waren es gewesen? Zehn? Fünfzig? Wie viele Menschen waren in seinem Namen hingemordet worden, gestorben im Namen eines Mannes, der viel zu gut für diese Welt gewesen war, der eher sein eigenes Leben gegeben als zugelassen hätte, dass in seinem Namen auch nur das geringste Leid gestiftet worden wäre.

Habe ich Recht?, dachte er verzweifelt. Herrgott im Himmel, wenn es dich gibt, wenn dieser Mann dein Sohn oder auch nur dein Prophet ist, dann sag mir, ob ich richtig handle!

Aber der Himmel schwieg.

Er wartete, bis er die Schritte hörte und der Mann vor ihm in der Dunkelheit auftauchte. Dann trat er mit einer raschen Bewegung aus dem Schatten heraus und hob die Hand. Ich muss es tun, dachte er gequält. Im Namen der zehn Millionen, die in anderthalb Jahrtausenden des Krieges in seinem Namen gestorben sind.

Ich muss! Im Namen der Menschlichkeit!

Seine Linke glitt in die Tasche und schloss sich um die Münzen, die noch darin waren. Er hatte sie gezählt. Es waren dreißig.

»Warte einen Moment«, sagte er zu dem Mann, der aus dem Hinterausgang des einfachen Hauses gekommen war. »Du bist Judas Ischariot, nicht? Ich habe mit dir zu reden.«

Bernhard Hennen

MONDTRÄUME

Frank hatte den Lärm des Festes hinter sich gelassen. Die Mauern aus verwittertem Ziegelstein und die Stallungen schirmten ihn gegen die aufgesetzte Fröhlichkeit der anderen ab. Sie alle waren einmal seine Freunde gewesen. Vor langer Zeit jedenfalls. Sie hatten gemeinsam studiert und sich dann fast zwanzig Jahre lang nicht mehr gesehen. Wie hatte Rolf nur glauben können, dass sie noch zusammen feiern könnten! Sie prahlten damit, wie weit sie es im Leben gebracht hatten oder tauschten hohle Höflichkeiten untereinander aus.

Frank schlenderte die Reihe der Autos entlang, die vor der Scheune standen. Er lächelte. Sie sagten mehr als viele Worte über ihre Besitzer aus. Da war Annas alte Ente mit dem vergilbten Anti-Atomkraft-Aufkleber auf dem Heckfenster. Sie war eine geschiedene Sozialarbeiterin in Birkenstock-Schuhen und ließ auch heute noch keine Demonstration aus. Direkt daneben Manfreds Porsche. Das neueste Modell natürlich! Er leitete eine Werbeagentur in München. Hier gab es keine Aufkleber, keine Plüschfiguren … Das einzige individuelle Accessoire war das Handy, das auf dem Beifahrersitz lag.

Ein Stück weiter stand Franks alter Diesel. Die Sitze abgewetzt, eine Straßenkarte auf der Ablage über dem Armaturenbrett, zwei zerknüllte Strafzettel für Falschparken und eine leere Colaflasche auf der Rückbank. Was würde ein Fremder daraus wohl auf den Charakter des Wagenbesitzers schließen?

Doch der Wagen passte zu ihm. Frank nahm einen Schluck aus der Weinflasche, die er vom Fest mitgenommen hatte. Zu den frustrierendsten Erkenntnissen des Älterwerdens gehörte, dass Klischees in der Regel stimmten. »Zeig mir dein Auto, und ich sage dir, wer du bist«, murmelte er leise und schlenderte weiter, bis er die Ecke der großen Scheune erreichte. Der Mond stand hoch am Himmel und man konnte weit über die abgeernteten Kornfelder sehen. Rechts von der Burg leuchtete ein zweites, fahles Auge am Nachthimmel. Einer der Scheinwerfer des riesigen Braunkohlebaggers, der keinen Kilometer entfernt am Rand der großen Grube stand. Sein Schaufelrad zeigte drohend auf den Bergfried. Die Belagerung durch Raubritter, die marodierenden Söldnerhaufen des Dreißigjährigen Krieges und zwei Weltkriege, all das hatte die kleine Burg überstanden, und jetzt würde sie mitten im Frieden zerstört werden. Ein Jahr noch und der Bagger würde dort stehen, wo sie jetzt stand.

Das war der Grund, warum Rolf sie zu diesem Fest eingeladen hatte. Er wollte Abschied nehmen von Burg Reuschenberg. Seit einem halben Jahr waren die Stallungen und Wirtschaftsgebäude schon verlassen. Er hatte das Grundstück ohne Schwierigkeiten anmieten können, um auf seine Art Abschied zu nehmen.

Like a Sex Machine dröhnte es über die niedrigen Dächer der Ställe. Ob Musik, ein bisschen Gras und Rotwein wohl reichten, um die alten Zeiten noch einmal heraufzubeschwören? Sie hatten die wilden 68er damals nur um drei Jahre verpasst, und obwohl die Uni noch das Flair der Hippiezeit atmete, hatten sie doch nicht mehr richtig dazugehört.

Hinter den Scheunen lag dichtes Unterholz, und Frank musste einen Bogen über den Acker machen, um auf die Rückseite der Burg zu gelangen. Dort standen alte Kastanien, deren Wipfel sich fast so hoch wie das spitze Schieferdach des Bergfrieds erhoben. An der Mauer vorbei lief ein ausgetrockneter Wassergraben. Frank kletterte hinunter.

Seine Finger strichen über die rissigen Mauersteine und er prostete mit der Flasche den alten Ziegeln zu. Was diese Steine wohl schon alles gesehen haben mochten?

»Ein schöner Platz hier, nicht wahr?«, erklang hinter ihm eine Stimme. Frank drehte sich um und spähte zu den Kastanien hinüber. Eine Gestalt löste sich aus dem Schatten der Bäume und stieg die Böschung zu ihm hinab. Es war Rolf.

»Du bist nicht auf deinem Fest?«

»Du bist doch auch nicht dort. Es war mir zu laut und …« Er schüttelte den Kopf. »Vielleicht war es ein Fehler, die alten Zeiten noch einmal heraufbeschwören zu wollen. Ich glaube, ich hätte allein Abschied nehmen sollen.« Er legte den Kopf in den Nacken und blickte zum Mond. »Eine schöne Nacht, nicht wahr? Ich liebe das Licht des Vollmonds. Es gehört zu Feenmärchen, zu Geistergeschichten und … zur großen Liebe. Was glaubst du, wie viele Pärchen sich in dieser Nacht und unter diesem Mond ewige Treue schwören? Und wie viele dieser Schwüre werden halten?«

Frank zuckte mit den Schultern. »Ich denke, die meisten werden schon bald nur noch Geschichte sein. Eine romantische Erinnerung …« Er nahm einen Schluck aus der Flasche.

»Ja, Geschichte …« Rolf seufzte leise. »Weißt du, manchmal glaube ich, dass im Mondlicht Vergangenheit und Gegenwart nicht mehr so streng voneinander getrennt sind. Sie fließen ineinander über … Jedenfalls an Orten, die eine lange Geschichte haben, so wie die Feenhügel in Irland oder diese Burg. Die Menschen und das Land, sie sind eins.«

Frank musterte seinen Freund verstohlen und fragte sich, was für ein Kraut er wohl geraucht haben mochte. Für einen Endvierziger hatte Rolf sich ganz gut gehalten. Zumindest äußerlich … Er war schlank, fast schon hager. Sein schulterlanges, schwarzes Haar war von grauen Strähnen durchzogen. Er war glatt rasiert. Ein wissendes, fast zynisches Lächeln spielte um seine Lippen und stand im

Gegensatz zu seinen dunklen, melancholischen Augen. Er war ein ausgemachter Frauentyp, doch schien er sich daraus nichts zu machen. Er war weder verheiratet, noch hatte er Affären. Er hatte sich ganz der Kunst verschrieben. Rolf liebte Klimt, Schiele und die Kunst der Jahrhundertwende. Seine mystischen Bilder standen seit einigen Jahren bei den Kölner Galeristen hoch im Kurs und er lebte gut von seiner Kunst.

Rolf strich fast zärtlich über die Mauer des Bergfrieds. »Jeder dieser Steine könnte dir eine Geschichte erzählen, Frank. Trotzdem wird man sie zu Staub zermahlen. Es gibt nichts, was sie vor dem Bagger dort hinten bewahren könnte. Und so wie sie vergehen, werden auch die Geschichten aufhören zu bestehen. Siehst du das zugemauerte Fenster dort oben? Einer dieser Steine kennt meine Geschichte. Ich habe sie nie jemandem erzählt, und doch bin ich sicher, dass es hier an diesem Ort etwas nicht Greifbares gibt, das um mich weiß.«

Ein Windstoß fuhr rauschend durch die Blätter der Kastanien. Frank fröstelte es. Er blickte den Bergfried hinauf. Das zugemauerte Fenster war deutlich zu erkennen. Die Steine wirkten alt ... »Willst du deine Geschichte nicht mit mir teilen? So wird sie weiterbestehen ... Zumindest für eine Weile.«

Rolf sah zu den Kastanien hinüber, so als suche er dort Rat. Eine Weile standen sie schweigend nebeneinander. Die Stille wurde beklemmend.

»Wie viel hast du eigentlich getrunken?«

»Was soll die blöde Frage?« Frank hielt die fast leere Flasche hoch. »Willst du jetzt die Zeche eintreiben?«

Rolf sah ihn mit versteinerter Miene an. Offenbar war ihm seine Frage sehr ernst. »Ich will wissen, wie betrunken du bist. Wenn du noch zu nüchtern bist, werde ich dir meine Geschichte nicht erzählen. Ich möchte, dass du mir glaubst. Trink auch den Rest und ich werde dir sagen, warum ich seit zwanzig Jahren immer wieder an diesen Ort komme.«

Einen Moment lang maßen sie einander mit Blicken. Rolf wirkte völlig ruhig.

»Ich kenne ein paar Leute, die dich für ziemlich verrückt halten würden.« Frank blickte auf die Flasche in seiner Rechten. Es war weniger als ein Glas voll übrig geblieben. Er würde sich auf dieses Spiel einlassen. »Auf der anderen Seite habe ich schon immer etwas für Verrückte übrig gehabt.« Er lachte, hob die Flasche an die Lippen und leerte sie mit einem Zug.

»Gut.« Rolf wirkte erleichtert. »Erinnerst du dich noch an Anna?«

»Was heißt hier, erinnerst du dich noch? Sie ist doch oben auf der Party? Ich habe sie erst vor einer halben Stunde gesehen.«

»Ich meine, ob du dich noch daran erinnerst, wie sie früher war. Sie war wie eine Göttin! Alle haben sie angebetet. Freie Liebe und Unschuld, Drogen, der Traum von Kalifornien ... Sie war die Verkörperung aller Hippie-Ideale für mich. Und einen Sommer lang waren wir beide zusammen!«

»Ich weiß ...«, brummte Frank halblaut. Der Wein war ihm zu Kopf gestiegen. Er musste sich setzen und lehnte sich dabei an die Mauer. Durch sein dünnes Hemd spürte er die Wärme, die die Ziegelsteine den Tag über gespeichert hatten. Rolfs Stimme schien etwas Körperliches bekommen zu haben. Wie ein warmer, sanfter Strom spülte sie durch seinen Kopf und ließ ihn zu fremden Gestaden treiben. Rolf hatte Recht gehabt. Die Vergangenheit schien plötzlich näher gerückt zu sein. Die unbeschwerten Sommer ...

»Am Ende des Sommers war sie dann plötzlich mit Janosch zusammen. Ich konnte es damals nicht fassen. Sie hat mich einfach so sitzen lassen. Er war in Indien gewesen ... Er kannte die Welt, und ich, ich habe mich eine ganze Woche lang nur noch betrunken. Dann bin ich mit der Bahn raus aufs Land gefahren, weil ich es in der Stadt nicht mehr aushalten konnte. Dort habe ich weitergetrunken und bin von Kneipe zu Kneipe gezogen. Ich war völlig am Ende. Ich wollte mir sogar das Leben nehmen. Ein Messer in der Hand lag ich irgendwann unter einem Baum. Ich sehe es noch so deutlich vor mir, als sei es erst gestern gewesen. Es war ein Brotmesser. Das Mondlicht schimmerte silbern auf der Klinge. Ich kämpfte mit mir … Nicht, dass ich Angst vorm Sterben gehabt hätte. Ich habe mich nur davor gefürchtet, dass ich Schmerzen haben würde. Wahrscheinlich habe ich eine ganze Weile so gesessen und auf das Messer gestarrt. Dann plötzlich erklang eine Frauenstimme hinter mir. ›Du musst die Hand in kaltes Wasser halten, dann wird es nicht wehtun‹, sagte sie.«

»Sie hat dir eine Anleitung zum Selbstmord gegeben? Hat sie sonst nichts gesagt?«

Rolf schüttelte den Kopf. »Sie stand einfach nur da und sah auf das Messer. Sie war ein wenig kleiner als ich und von zierlicher Statur. Ihr rotblondes Haar fiel ihr über die Schultern bis auf den Rücken. Sie trug ein langes, weißes Kleid, das hell im Mondlicht leuchtete. All meine Gedanken an den Tod waren mit einem Mal dahin. Sie erschien mir wie das Leben selbst. Ich warf das Messer weg, weil ich ihr keine Angst machen wollte.« Rolf lachte leise. »Was sie damals wohl von mir gehalten hat?« Schweigend blickte er zu den Kastanien.

»Und weiter? Was ist dann geschehen?«

»Sie hat sich neben mich ins Gras gesetzt und hat mich in den Arm genommen. Ich weiß nicht, ob du so etwas schon einmal erlebt hast. Wir brauchten nicht zu reden, um einander zu verstehen. Sie sah mich an und wusste, was war.«

»Und was ist aus deiner geheimnisvollen Fremden geworden? Das hört sich ja an, als hättest du in dieser Nacht deine Frau fürs Leben gefunden. Wie kommt es dann, dass du immer Junggeselle geblieben bist.«

Rolf ignorierte die Frage. »Ich war ziemlich betrunken in dieser Nacht. Irgendwann bin ich eingeschlafen. Als ich am nächsten Morgen erwachte, lag ich nackt im Gras. Meine Kleider waren ordentlich zusammengefaltet und auf ihnen lag eine verwelkte, weiße Rose. Dort vorne, unter dieser Kastanie, bin ich aufgewacht.« Rolf zeigte auf einen der mächtigen Bäume, die am Burggraben wuchsen.

»Du meinst, du kannst dich an gar nichts mehr erinnern? Du weißt nicht, ob ihr miteinander geschlafen habt?« Frank lächelte. So betrunken könnte er niemals sein! »Was ist aus ihr geworden?«

»Als ich wieder halbwegs bei Sinnen war, bin ich losgezogen und habe sie gesucht. Auf der Burg kannte sie niemand. Auch in den Nachbardörfern hatte sie noch nie jemand gesehen. Fast schien es, als sei sie in jener Nacht genauso unter den Kastanien gestrandet wie ich. Ich habe sogar monatelang eine Suchmeldung in die Zeitung gesetzt. Doch alles war vergebens. Sie blieb spurlos verschwunden. In den Dörfern ringsum fing man langsam an mich für einen Verrückten zu halten, aber das war mir egal. Auch wenn ich sie nicht wieder finden konnte, hatte sie meinem Leben einen neuen Halt gegeben. Ich fing an zu malen und hatte auch einigen Erfolg. Nachts aber bin ich immer wieder zur Burg hinausgefahren und habe hier im Schatten des Turmes gesessen und auf sie gewartet.«

»Hast du sie denn jemals wieder gesehen?«

»Ja. Fast drei Monate waren vergangen. Es war eine kalte Herbstnacht und ich hockte wieder einmal hier unter dem zugemauerten Fenster. Der Mond stand hell wie eine Laterne am Himmel. Ich hatte mir einen Joint gedreht, um die Kälte zu vergessen, und wartete. Es muss weit nach Mitternacht gewesen sein. Ich wollte gerade gehen, als sie plötzlich zwischen den Bäumen stand und mir zuwinkte. Wir waren bis zur Morgendämmerung zusammen …

Drei Tage später bekam ich wegen einer meiner Suchanzeigen, die ich in die Zeitung gesetzt hatte, einen Brief. Er war von einem Bauern aus Angelsdorf. Neugierig bin ich zu ihm herausgefahren, denn obwohl ich nun schon zwei Nächte mit der schönen Fremden verbracht hatte, wusste ich noch nicht einmal ihren Namen. Alles Mögliche habe ich mir ausgemalt auf dem Weg zu dem Bauern. Dass sie seine Tochter sei und schwanger war oder dass er sie aus irgendeinem Grund einsperrte. Schließlich kannte sie ja niemand auf den Dörfern und den Höfen. Aber es kam alles ganz anders. Der Bauer, ich glaub, er hieß Mertens oder so ähnlich, hat mich freundlich empfangen. Er nahm mich mit sich in ein kleines Zimmer voller Bücher und Antiquitäten und kochte mir einen ziemlich mörderischen Kaffee. Er war so etwas wie ein selbst ernannter Dorfschreiber. Er sammelte Geschichten über die Gegend und wetterte gegen die großen Bagger, die das Land zerstörten. Irgendwann fing er dann an mich über das Mädchen auszuhorchen, und je mehr ich ihm erzählte, desto ernster wurde er. Schließlich riet er mir mich nicht mehr mit ihr zu treffen. Sie sei mein Verderben, behauptete er. Dann erzählte er mir eine krause Geschichte über eine Isabelle, die vor über dreihundert Jahren auf der Burg gelebt hatte. Ich hab ihm natürlich nicht geglaubt. Dennoch waren seine Worte wie ein schleichendes Gift. Ich begann mich zu fragen, warum sie sich nur bei Vollmond mit mir treffen wollte oder warum niemand sie kannte.

Ich war mir nicht mehr sicher, ob ich noch Traum von Wirklichkeit unterscheiden konnte. Zwar nahm ich mir vor sie bei unserem nächsten Treffen genau zu befragen. Doch als sie dann endlich wieder vor mir stand, waren meine Lippen wie versiegelt. Nur an meine Fragen zu *denken*, schnürte mir die Kehle zu und machte mir Angst. Ich ahnte schon damals, dass unsere Beziehung etwas ganz Besonderes sein würde. Etwas, das sich nicht an den gewöhnlichen Vorstellungen von Glück, vom Zusammensein mit Frauen messen ließ. Natürlich war ich oft einsam in all den Nächten, die ich ohne sie war. Aber ich hatte die Kunst … Ich habe gemalt, und seit ich sie kannte, habe ich jegliches Interesse an anderen Frauen, an so genannten *normalen* Beziehungen verloren. Sie hat mich in die Geheimnisse dieses Landes eingeweiht und ich lernte, dass die Wunden, die der Bagger in die Erde reißt, nie mehr verheilen werden. Der Boden ist wie ein

Geschichtsbuch und jede Generation lässt ein paar Seiten in diesem Buch zurück, die der Kundige noch nach Jahrhunderten zu lesen vermag. Isabelle hat mich zu lesen gelehrt. Sie wusste, wo einst die Gutshöfe der römischen Grundherren gelegen hatten, kannte das verschwundene Dorf Kutzde und führte mich tief in den Wald zur Ottersenke, wo die bleichen Äste der abgestorbenen Eichen wie Knochenhände zum Himmel ragten. Vieles von dem, was ich in meinen Bildern malte, habe ich wirklich gesehen, wenn ich mit Isabelle nachts durch das Land streifte. Ich weiß, wo die Ubier einst zu ihren Göttern gebetet haben, kenne die Mithras-Schreine der Legionäre und die …«

Frank war der Kopf schwer vom Wein geworden. Die Stimme seines Freundes klang wie von Ferne und seine Geschichte erinnerte an die Märchen aus Kindertagen. Zuletzt glaubte er sogar Isabelle hinter Rolf stehen zu sehen …

Als Frank erwachte, waren seine Kleider klamm vom Morgentau. Neben ihm lag die leere Weinflasche im Gras. Er war allein. Noch immer klang ihm Rolfs Stimme im Ohr. Er konnte sich nur noch vage an die Geschichten seines Freundes erinnern. Auch konnte er nicht mehr unterscheiden, was noch Erzählung gewesen war und was schon zu seinen Träumen gehörte.

Wahrscheinlich war es Rolfs Absicht gewesen, ihn zu verwirren. Deshalb auch die Sache mit der Weinflasche. Er hatte ihn in eine ganz spezielle Stimmung bringen wollen, in der er für die krausen Geschichten, die er erzählte, empfänglicher war. Man brauchte sich ja nur Rolfs Bilder anzusehen, um zu wissen, was in seinem Kopf vor sich ging.

Müde rappelte Frank sich auf. Hoffentlich war in der Burg schon jemand wach. Er würde jetzt einen großen Kaffee brauchen oder vielleicht ein paar Stunden in einem richtigen Bett. Er war zu alt, um einfach so eine Nacht im Freien zu verbringen. Jeden Knochen spürte er.

Im Hof der Burg herrschte Chaos. Überall standen leere

Flaschen und Gläser herum. Niemand war mehr zu sehen. Vermutlich hatten die meisten letzte Nacht länger ausgehalten als er und schliefen jetzt in den Feldbetten, die Rolf besorgt hatte, ihren Rausch aus.

Am Ende des Hofes erhob sich der mächtige, grau verputzte Bergfried. Die Fenster, die zum Hof zeigten, waren mit rotem Sandstein eingefasst. Früher war der Turm ein Symbol für Macht und Schutz gewesen, doch diesmal würde er die Herren von Reuschenberg nicht mehr retten.

Neugierig erklomm Frank die Stiege zum Rittersaal. Von dort musste es einen Zugang zum Turm geben. Er hatte sich gestern Abend nicht die Burg angeschaut und die frische Morgenluft hatte seine Unternehmungslust geweckt. Schlafen konnte er immer noch.

Die Tür zur Treppe des Turms stand weit offen. Zwei Bahnen rotgoldenen Lichtes stachen durch die Finsternis. Irgendwo draußen zwischen den Kastanien ertönte der keckernde Ruf eines Eichelhähers. Vorsichtig stieg Frank die Stufen hinauf. Die hölzerne Stiege knarrte unter jedem seiner Schritte.

Auf einem Absatz, an dem eine halb geöffnete Tür lag, machte er Halt, um zu verschnaufen. Keuchend lehnte er sich neben eine Fensternische. Durch den Türspalt wirkte das Zimmer auf der anderen Seite des Treppenabsatzes völlig dunkel, als seien dort Vorhänge vor die Fenster gezogen. Oder sollte dort jene Kammer mit dem zugemauerten Fenster liegen, das er gestern Nacht gesehen hatte?

Ein flatterndes Geräusch ließ Frank aufschrecken. In der Fensternische war ein bunter Vogel gelandet. Der Eichelhäher! Neugierig stellte er den Kopf schief und lugte zu Frank herein. Der Vogel schien genau zu wissen, dass die Scheibe ihn schützte. Ja, er pickte sogar herausfordernd mit dem Schnabel gegen das Fenster. Oder wollte er ihm den Weg in das dunkle Zimmer weisen? Frank lachte leise. Ein Vogel, der ihm den Weg wies! Das hörte sich an wie eine von Rolfs phantastischen Geschichten!

Entschlossen trat er zur Tür. Sie war nur einen Spalt geöffnet. Es reichte gerade aus, um sich hindurchzuzwängen. Frank konnte den Schatten einer Gestalt erkennen, die inmitten der Kammer vor einem wuchtigen Himmelbett zu stehen schien.

»Wer ist da?«

Schweigen.

Frank griff nach dem eisernen Knauf und wollte die Tür weiter aufziehen, damit mehr Licht in die Turmkammer fiel. Doch sie bewegte sich kaum. Es war, als seien ihre Angeln festgerostet. Wütend verpasste ihr Frank einen Stoß mit der Schulter, sodass die eisernen Scharniere ein kreischendes Geräusch von sich gaben. Doch der Erfolg war minimal. Die Tür hatte sich nur um wenige Zentimeter bewegt.

Dann eben nicht, dachte er wütend und drückte sich durch den Spalt. Seine Hand glitt über die Wand links vom Türrahmen und tastete nach einem Lichtschalter, doch dort war nichts.

»Wer bist du?« Die Gestalt in der Kammer hatte sich ein wenig in seine Richtung gedreht. Ihr Kopf war seltsam angewinkelt. Er schien fast auf der rechten Schulter aufzuliegen.

»Komm schon, was soll dieses Spiel? Bist du es, Rolf?«

Frank trat vor und packte die Gestalt am Arm. Wie schwerelos schwang sie ihm entgegen. Jetzt erst sah er den kurzen, armlangen Strick, der um den Deckenbalken geschlungen war. Die Gestalt hatte sich ihm vollends zugedreht und er blickte in das leblos lächelnde Gesicht Rolfs. Ein umgestoßener Stuhl lag neben ihm.

»Du verdammter Idiot …« Frank packte seinen Freund bei den Hüften und stemmte ihn hoch. Doch jeder Rettungsversuch war sinnlos. Der Körper war kalt und steif.

»Warum …« Vorsichtig ließ er den Leichnam wieder hinab. Rolfs Zehenspitzen berührten fast den Boden. Er musste den Strick sehr genau bemessen haben. Aber warum … Was war der Grund für seinen Selbstmord?

Franks Blicke wanderten durch den karg möblierten

Raum. Seine Augen hatten sich jetzt an die Dunkelheit gewöhnt. Es gab ein Himmelbett, dessen Pfosten bis zur niedrigen Decke hinaufreichten. Eine schön geschnitzte Kommode stand an einer der Wände. Neben dem umgestürzten Stuhl lag etwas Helles.

Frank kniete nieder und griff danach. Es war eine welke, weiße Rose.

Drei Monate waren seit Rolfs Selbstmord vergangen, als Frank seinen Wagen vor dem großen Gutshof parkte. Er hatte lange gezögert hierher zu kommen. Selbst jetzt war er sich nicht sicher, ob er das Richtige tat.

An den Wänden des alten Backsteinhauses waren blinkende Sicheln aufgehängt. Zwei alte eiserne Pflüge standen vor den Stallungen.

Jetzt, da er hier war, sollte er wenigstens fragen. Frank öffnete die Wagentür und trat durch das hohe Tor auf den Innenhof. Rechts aus den Stallungen war das Klappern von Blecheimern zu hören.

»Was wollen Sie hier, junger Mann?« Ein alter Mann in zerschlissener Kordjacke und blauen Arbeitshosen trat aus dem Stall. Sein faltiges Gesicht sah aus, als habe ihm ein ganzes Jahrhundert seinen Stempel aufgeprägt. Nur seine grauen Augen wirkten noch jugenhaft.

»Ich suche einen Herrn Mertens. Er soll sich mit der Geschichte dieser Gegend auskennen. Man hat mir gesagt, ich könne ihn hier finden.«

»Und was wollen Sie von Mertens?«

»Ich habe ein paar Fragen zur Burg Reuschenberg.«

Der Alte hustete und spuckte auf den gepflasterten Boden. »Ich habe damit gerechnet, dass noch einer wegen des toten Malers kommen würde. Ich hatte ihn gewarnt, aber er wollte ja nicht auf mich hören. Dummer Kerl! Ich bin Mertens. Kommen Sie mit rein! Ich koch uns einen Kaffee und dann fragen Sie mich.«

Der Bauer brachte Frank in ein kleines Zimmer, dessen

Wände mit Regalen bedeckt waren, in denen sich Bücher, zerbrochene Öllämpchen, verrostete Eisenstücke, Schulhefte und aller nur erdenkliche Plunder stapelten.

»Das ist mein Museum«, erklärte der Alte stolz. »Alles, was Sie hier sehen, stammt aus den Äckern rund um Angeldorf. In den Büchern und Schreibheften finden Sie alles über die Geschichte und die Geschichten dieser Gegend. Sie kommen doch wegen der Französin, nicht wahr?«

»Isabelle?«

»Ja, so hieß sie. Jetzt setzen Sie sich erst einmal.« Der Alte schlurfte aus dem Zimmer und ließ Frank allein mit den Trophäen der Vergangenheit. Als er zurückkam, brachte er ein Tablett mit einem dampfenden Kaffeekessel und zwei angeschlagenen Tassen mit.

»Waren Sie ein guter Freund von diesem Künstler?«

»Wir kannten uns schon sehr lange. Ob wir im landläufigen Sinne Freunde waren … Sein Tod berührt mich. Ich frage mich auch immer wieder, ob ich ihn hätte verhindern können. Es scheint, als sei ich der Letzte gewesen, mit dem er gesprochen hat. Er hat mir eine seltsame Geschichte erzählt über diese Isabelle. Ich war an dem Abend schon etwas betrunken und weiß nicht, ob ich alles richtig verstanden habe. Deshalb bin ich hier. Er hat Ihren Namen genannt.«

Der alte Bauer goss sich eine halbe Tasse voll Kaffee ein, füllte den Rest mit Milch auf und versenkte dann vier Zuckerwürfel in dem hellbraunen Gebräu. »Er hätte sich nicht auf Isabelle einlassen dürfen. Sie hat schon einen Herrn von Reuschenberg das Leben gekostet. Er war der Letzte aus dem alten Stamm … Ich nehme mir die Freiheit auch Ihren Freund einen Herrn von Reuschenberg zu nennen, weil er den ganzen Besitz gepachtet hatte. Nach ihm wird es keine Burgherren mehr geben. Im Dezember werden die großen Kastanien und die anderen Bäume gefällt, dann kommen die Archäologen und zuletzt der Bagger. In einem Jahr wird es so sein, als hätte es die Burg niemals gegeben.« Mertens rührte gedankenverloren in seinem Kaffee.

»Und wer ist diese Isabelle? Wie kann sie zwei Burgherren ins Unglück gestürzt haben? Und wo steckt sie jetzt? Können Sie mir das erklären? Ich würde gerne mit ihr reden, ihr Fragen stellen über Rolf.«

Der Bauer schüttelte den Kopf. »Isabelle kann man nicht erklären. Entweder glaubt man an sie oder nicht. Sie werden sie in keinem Geschichtsbuch und in keiner Chronik aus dieser Gegend finden. Man sagt, sie sei aus Frankreich gekommen, aber auch dafür gibt es keinen Beweis außer ihrem Namen. Und was ist schon ein Name? Zu Zeiten meines Großvaters haben die alten Bauern noch viel von ihr geredet. Ich habe diese Geschichten aufgeschrieben. Heute gibt es kaum mehr jemanden, der von ihr weiß. Man sitzt eben abends nicht mehr zusammen und erzählt sich die alten Geschichten.« Mertens schlürfte geräuschvoll an seinem Kaffee und räusperte sich. »In den letzten Jahren des Dreißigjährigen Krieges haben die Kaiserlichen gegen die Franzosen kämpfen müssen. Auch hier in der Gegend hat es ein paar Scharmützel gegeben. Zu dieser Zeit muss Johann Freiherr von Reuschenberg, der Letzte dieses Zweigs der Familie, die schöne Isabelle kennen gelernt haben. Darüber, wer sie war und woher sie kam, gehen die Meinungen auseinander. Manche sagen, sie war Fähnrich unter dem Weibervolk, das die französischen Truppen begleitete, und dass sie mit dem Stecher, dem Rapier der Lanzenreiter, wie ein Mann zu fechten verstand. Andere wiederum behaupten, sie sei nur eine Marketenderin oder gar eine Trosshure gewesen. Es ist auch nicht mehr bekannt, unter welchen Umständen sie den Freiherrn Johann kennen gelernt hat und was den Obristleutnant in blinder Liebe zu ihr verfallen ließ. Ihr müsst wissen, dass der Reuschenberger ein verdienter Offizier war und angeblich der berühmte Johann von Werth zu seinen Freunden zählte. Nun, jedenfalls hat der Reuschenberger irgendwann seinen Abschied genommen und ist mit seiner Isabelle auf die Burg zurückgekehrt. Dort ließ er verkünden, dass er die schöne Fremde zum Weibe nehmen wolle.

Das war ein Skandal, denn zum einen war sie keine Dame von Stand und zum anderen auch noch eine Hugenottin. Ihr mögt darüber heute vielleicht lächeln, doch zu jenen Zeiten waren dies gleich zwei schwerwiegende Gründe sich nicht miteinander zu vermählen. Aber der Reuschenberger war ein Dickkopf. Als er merkte, welchen Unmut seine Heiratspläne hervorriefen, sagte er das Fest ab. Doch auf die Hochzeit mochte er deshalb nicht verzichten. Er bestellte sich einen lutherischen Pfaffen und wollte sich in aller Heimlichkeit im Rittersaal seiner Burg vermählen lassen. Ja, er wollte sogar zum neuen Glauben übertreten.«

Mertens unterbrach seine Erzählung und nippte noch einmal an seiner Kaffeetasse. Dann schüttelte er den Kopf. »Man sollte mit dem Reuschenberger vielleicht nicht allzu streng ins Gericht gehen. Nach allem, was man so hört, muss diese Französin schon außergewöhnlich schön gewesen sein. Und Charakter hatte sie auch. Aber ich schweife ab. Irgendwie ist der Plan zu dieser heimlichen Hochzeit Maximilian von Reuschenberg zu Setterich zu Ohren gekommen. Er war ein Schwager Johanns und gehörte zu den Deutschordensrittern. Ein erzkonservativer Mann. Am Tag der Hochzeit stürmte er an der Spitze einiger Kürassiere den Rittersaal und verlangte von Johann, dass er seine Buhle Isabelle zum Teufel schicke. Ja, er behauptete sogar, die Französin sei eine Hexe, die Johann mit einem bösen Liebeszauber belegt habe.

Doch Johann war nicht der Mann, der sich in seinen eigenen Wänden Befehle erteilen ließ. Er zog blank und drosch auf die Kürassiere ein. Im Handgemenge muss sich dann ein Schuss gelöst haben. Die Kugel schlug dem Reuschenberger durch den Hals und streifte auch noch den Pfaffen am Arm. Johann war auf der Stelle tot. Während noch alle erschrocken auf den Toten starrten, nahm Isabelle das Rapier aus der Hand ihres Liebsten und stach den Kornett nieder, aus dessen Büchse die tödliche Kugel stammte. Damit war der Bann gebrochen. Maximilian forderte, dass man die Hexe packen und auf einen Scheiterhaufen zerren solle. Wacker fechtend zog sie sich zur Turmstiege zurück und flüchtete in das Zimmer, das Johann für ihre Hochzeitsnacht hatte herrichten lassen. Es war eine kleine Turmkammer und angeblich war sie mit hunderten von weißen Rosen geschmückt worden.

Isabelle verriegelte die Tür, doch gab es aus der Turmkammer kein Entkommen für sie. Sie hörte, wie draußen die Soldaten mit schweren Äxten gegen die Tür schlugen, und sie wusste, dass man ihr keine Gnade gewähren würde. So zog sie das Laken vom Hochzeitsbett, knüpfte eine Schlinge daraus und erhängte sich an einem der Deckenbalken der Kammer.

Maximilian, der Deutschordensritter, raste vor Zorn, dass ihm die Hexe entkommen war. Als Selbstmörderin und Verfemte hat sie natürlich kein christliches Begräbnis bekommen. Sie wurde in ungeweihter Erde zwischen den Kastanien auf der Rückseite des Bergfrieds verscharrt. Weil mit Johann der letzte Spross aus der Hauptlinie der Reuschenberger gestorben war, gingen die Burg und alle anderen Güter an die Reuschenbergs zu Setterich. Böse Zungen sagen, es sei kein Zufall gewesen, dass sich ein Schuss aus der Büchse des Kürassierkornetts gelöst habe, doch darüber kann ich mir kein Urteil erlauben.

Jedenfalls behauptet das Gesinde der Burg, von diesem unglückseligen Tag an sei Isabelles Geist im Turmzimmer und unter den Kastanien umgegangen. In Vollmondnächten hat man ihr Gesicht häufig am Fenster des Turmzimmers gesehen. Deshalb ließ einer der Nachfahren des Deutschordensritters das Fenster zumauern. Auch wurde eine schwere Tür vor der Kammer angebracht, die seit der Bluthochzeit immer verschlossen gehalten wurde. Es war kein Zufall, dass Ihr Freund ausgerechnet dieses Zimmer für seinen Selbstmord ausgewählt hat. Als Pächter wird er den Schlüssel zu der Tür bekommen haben und durch mich kannte er Isabelles Geschichte.«

»Aber warum hat er das getan? Welchen Grund gab es für ihn? Er hatte Geld, er war beliebt … Manchmal war er ein komischer Kauz, doch abgesehen von dem Abend des Festes habe ich ihn nie schwermütig erlebt.«

Der alte Bauer schüttelte den Kopf. »Ich kann nicht sagen, dass mich sein Ende überrascht hat. Ich weiß nicht, ob Sie an Geister glauben, junger Mann. Er jedenfalls tat es. Er hatte sich in den Geist der schönen Isabelle verliebt. Zwei Wochen vor seinem Tod hat er mich noch einmal besucht. Er war in heller Aufregung. Er wollte von mir wissen, was mit den Geistern und dem Land geschieht, wenn die Bagger kommen. Isabelle hatte behauptet, sie würde vergehen, wenn die Burg und ihr Grab zerstört würden. Deshalb kam er zu mir. Er wollte wissen, ob ich der gleichen Meinung sei, und dabei hat er mir erzählt, dass er sich seit Jahren in jeder Vollmondnacht mit Isabelle traf und sie ein Paar seien. Er war schon verrückt, Ihr Freund …«

»Und was haben Sie ihm geantwortet?«

Mertens goss sich eine zweite Tasse ein und musterte die Wolken aus Milch, die durch den dunklen Kaffee zogen. »Was die Geister angeht, junger Mann, da müssen Sie Ihre Antwort schon selbst finden. Doch eins ist gewiss. Was hinter dem Bagger zurückbleibt, ist ein Land ohne *Geschichte*. Was bleiben könnte, wären die *Geschichten*. Sie zu behalten, liegt an den Menschen, die hier wohnen. Doch ich habe Ihnen ja schon einmal gesagt, dass man sich nicht mehr abends trifft, um von lang vergangenen Zeiten zu erzählen. Was will man auch von denen erwarten, die das Land ihrer Ahnen gegen ein bisschen Geld eintauschen? Ein Reichtum, von dem schon in ein oder zwei Generationen nichts mehr übrig sein wird. Wenn ich meinen Hof verlassen muss, dann mit den Füßen voran. Aber Angelsdorf wird wohl vorerst von den Baggern verschont bleiben. Und wie mein Sohn und meine Enkel einst entscheiden werden …« Er zuckte mit den Schultern. »Wer weiß das schon? Es ist müßig, gegen den Bagger zu kämpfen. Gegen ihn kann man nur verlieren.

Das haben alle begriffen, die hier wohnen. Die anderen sind einfach stärker. Ich glaube, auch Ihr Freund wusste das. Deshalb hat er sich am Ende der letzten warmen Sommernacht, die ihm mit Isabelle noch blieb, das Leben genommen. Er wollte nicht in einer Welt ohne sie weiterleben.« Mertens setzte seine Tasse ab. »Genug jetzt von den alten Geschichten. Ich muss mich noch um meine Kühe kümmern. Ich hoffe, ich habe Ihnen ein wenig weiterhelfen können. Mehr weiß ich jedenfalls nicht zu erzählen, und es ist nicht gut, noch nach Einbruch der Dämmerung von frisch Verstorbenen zu reden.«

Frank bedankte sich. Es war offensichtlich, dass der Alte, selbst wenn er noch mehr über Isabelle wissen sollte, nicht darüber reden wollte. Frank schlug eine halbherzige Einladung zum Abendessen aus und stieg in seinen Wagen.

Vorsichtig blickte Frank sich um. Es war früh dunkel geworden an diesem Novembernachmittag und das schmiedeeiserne Tor zum Friedhof war schon verschlossen. Er wollte nicht, dass man ihn dabei erwischte, wie er über die niedrige Mauer kletterte. Er wartete, bis der Mond hinter den Wolken verschwand.

Rolf hatte sich auf seinen Tod gut vorbereitet. Er hatte eine kleine Gruft auf einem Friedhof nicht weit von der Burg gekauft. Seine Beerdigung hatte ohne großes Aufsehen stattgefunden. Ein Notar hatte seine letzten Wünsche vollstreckt. Sein ganzes Geld hatte Rolf einem kleinen Heimatmuseum vermacht.

Franks Blicke suchten nach dem großen Baum, unter dem die Gruft lag. Er war erst einmal hier gewesen. Friedhöfe waren ihm unheimlich. Überall auf den Gräbern leuchteten kleine rote Totenlichter. Frank hatte diesen Abend mit Bedacht gewählt. Es war Vollmond und er wollte auf seine Art von Rolf Abschied nehmen. Er griff nach den Blumen, die er auf der Mauerkrone abgelegt hatte und folgte dann dem schmalen Weg zwischen den Gräbern. In der Ferne erklang der keckernde Ruf eines Eichelhähers.

Rolfs Grab lag ganz am Ende des Friedhofs, weitab von den letzten Ruhestätten der braven Bürger. Eine mächtige Kastanie streckte ihre weiten Arme über den eigenartigen Grabstein. Der Notar hatte Frank erzählt, dass Rolf das Monument auf einem alten Friedhof, der geräumt worden war, gekauft hatte. Eine bronzene Frauengestalt mit fließenden Gewändern und langen Haaren kauerte halb kniend, halb liegend über dem schwarzen Grabstein, der in verschnörkelten Buchstaben Rolfs Namen trug. Sie erinnerte ein wenig an die weiße Frau, die auf jenen Bildern auftauchte, die Rolf nicht verkauft hatte.

Hatte es den Geist der schönen Isabelle wirklich gegeben oder war er nur der überreizten Phantasie des Malers entsprungen? Eine Traumgestalt, die sich aus unerfüllten Sehnsüchten manifestiert hatte. Frank dachte an die welke Rose, die neben dem Stuhl im Turmzimmer gelegen hatte. Wie war sie dorthin gekommen? Hatte Rolf sie mitgenommen?

Frank blickte auf den Strauß von weißen Rosen, den er mitgebracht hatte. Die Blumen hatten den ganzen Tag im Wagen gelegen und ließen jetzt die Köpfe hängen. Doch er war sich sicher, dass sie Rolf so besser gefallen würden. Er legte sie auf die schwarze Grabplatte. Ein Windstoß hatte die Wolken zerrissen und fahles Mondlicht fiel auf den Friedhof.

Er wollte nicht in einer Welt ohne sie weiterleben. Die Worte des alten Bauern gingen Frank nicht aus dem Sinn. Er glaubte nicht, dass Mertens Recht hatte. Vielleicht hatte Rolf einen Weg gefunden, um mehr als nur ein paar Vollmondnächte mit Isabelle zu teilen.

Er hatte die letzten Bilder des Malers gesehen. Es waren lichtdurchflutete Sommerlandschaften gewesen, und es schien, als habe Rolf die Melancholie, die bis dahin seine Gemälde beherrscht hatte, hinter sich gelassen.

Ein schriller Vogelruf ließ Frank aufschauen. Auf dem

untersten Ast der Kastanie saßen zwei Eichelhäher. Einer der beiden Vögel nickte ihm zu. Dann flogen sie davon, dem Mond entgegen, und von Ferne klang ihr Rufen wie Gelächter.

Dieter und Uschi Winkler

BAUM DES VERGESSENS

Evelyn fühlte sich hundeelend. Sollte sie die Haustürklinke, die sie bereits in ihrer Hand spürte, herunterdrücken oder sollte sie sich auf dem Absatz herumdrehen und sich wieder auf den Weg zu ihrer Arbeit machen? Sie war sich nicht sicher.

Sie sah nach oben, die graue nichts sagende Hausfassade hinauf. Was würde sie dort erwarten? »Jetzt ist es auch schon egal«, murmelte sie und drückte die Tür endgültig auf.

Das farblose und düster wirkende Treppenhaus unterstützte sie nicht gerade in ihrem Entschluss die ausgetretenen Holzstufen in die zweite Etage hinaufzugehen. Dann stand sie vor einer schäbig aussehenden Wohnungstür. Das golden schimmernde verschnörkelte Türschild mit der Aufschrift *Tamara Wilkowski* wirkte fehl am Platz. Während sie auf den Klingelknopf drückte, klopfte ihr Herz so laut, dass sie sich noch nicht einmal sicher war, ob es in der Wohnung überhaupt geklingelt hatte. Ihre rechte Hand bewegte sich erneut in Richtung Klingelknopf, fuhr aber wieder blitzschnell zurück, als aus der Wohnung das Knarren einer Holzdiele zu hören war. Dann vernahm sie leise Schritte. Die Tür wurde mit einem einzigen Ruck aufgerissen.

»Ja, was ist?«, fragte eine tiefe, ungeduldige Stimme.

Evelyn taumelte zwei Schritte zurück. Auf ihrem Gesicht stand blankes Entsetzen. War *er* das etwa? Ihre Gedanken überschlugen sich. Diese braunen Haare, die buschigen Augenbrauen …

Der Mann machte einen Schritt auf Evelyn zu. »Was ist denn? Wollen Sie zu uns? Junge Frau, geht es Ihnen nicht gut?«

Evelyn zögerte nicht lange. Nervös drückte sie ihre Handtasche mit der linken Hand fest an sich. Mit der Rechten suchte sie verzweifelt nach der Sprühflasche mit dem Tränengas. Gleichzeitig drehte sie sich auf dem Absatz herum und stürmte die Treppe hinunter. Sie wurde immer schneller. Eine alte Frau schlurfte aus ihrer Wohnungstür. Um ein Haar hätte Evelyn sie über den Haufen gerannt.

Als die Haustür hinter ihr zufiel, lehnte sie sich völlig erschöpft dagegen. Sie schnappte nach Luft wie ein Fisch, der an Land gespült worden war. War das Verfolgungswahn oder wurde sie langsam verrückt?

Nachdem sie im Handschuhfach ihres kleinen roten Golfs die Sprühdose entdeckt hatte, fuhr sie zur Arbeit zurück. Auf dem Weg dorthin entschied sie, dass es besser war, die Tränengasflasche immer in ihrer Handtasche aufzubewahren. So hatte sie sie griffbereit, wenn es darauf ankam.

Eigentlich wollte sie in ihrer Mittagspause einen Termin mit Frau Wilkowski ausmachen. Und das Wichtigste: Sie wollte sich die Frau, die sich selbst als *Weiße Hexe* bezeichnete, erst einmal ansehen, bevor sie sich in ihre Hände begab.

Sie stellte ihr kleines Auto auf dem Firmenparkplatz ab und rannte, immer zwei Stufen auf einmal nehmend, in die erste Etage. Am Ende des Flurs lag Evelyns kleines Büro. Ihr Job als Sachbearbeiterin für Lohnabrechnung hatte seinen eigenen Automatismus. Störungen waren nicht zu erwarten. Nur wenn sie aus dem benachbarten Zimmer ein paar Ordner benötigte, konnte es passieren, dass sie einem ihrer seit vielen Jahren vertrauten Arbeitskollegen über den Weg lief. Früher hatte sie sich darüber gefreut und für jeden ein paar freundliche Worte auf den Lippen gehabt. Doch seit dieser schrecklichen Sache versuchte jeder ihr aus dem Weg zu gehen, als ob sie nicht das *Opfer* einer Gewalttat war, sondern vielmehr ein Täter. Kein Wunder: Ihre Kollegen wussten mit dem schrecklichen Ereignis, das sie so drastisch verändert hatte, nichts anzufangen. Im Grunde genommen war das Evelyn sogar ganz recht. So musste sie wenigstens keine lästigen Fragen beantworten.

In ihrem Büro angekommen, brütete sie fast eine halbe Stunde darüber, ob sie nun bei der *Weißen Hexe* anrufen sollte oder nicht. Ein Ruck ging durch ihren Körper. Sie drückte ihren Rücken durch, griff nach dem Hörer und wählte die Telefonnummer, die auf der Annonce angegeben war. Dreimal klingelte es am anderen Ende der Leitung. Ihre innere Anspannung wuchs ins Unendliche.

»Ja, bitte?« Als sich niemand meldete, fuhr die Frauenstimme am anderen Ende fort: »Hier ist Tamara Wilkowski, wer ist denn da?«

»Ah, ja«, stotterte Evelyn, »hier ist Evelyn Fritsch. Ich habe Ihre Annonce gelesen.« Wieder machte sie eine Pause und suchte nach Worten. »Ich … äh … ich würde Sie gerne sprechen.« Nun war es endlich heraus.

Nachdem sie sich auf einen Termin geeinigt hatten, schmiss Evelyn den Hörer auf die Telefongabel. Eine tiefe Erleichterung durchströmte sie. »Das wäre geschafft«, murmelte sie vor sich hin. Nun konnte sie sich wieder ihrer Arbeit widmen. So ganz gelang ihr das allerdings nicht. Immer wieder ertappte sie sich dabei, dass ihre Gedanken zu dem kleinen Haus mit der alten grauen Fassade zurückkehrten. Der Gedanke alleine reichte aus, um ihr Schweißperlen auf die Stirn zu treiben.

Verzweifelt sah Evelyn in die Runde und sagte: »Ihr wisst, den Täter hat man bis jetzt noch nicht gefunden – obwohl ich mich noch ganz genau an sein ekelhaftes Gesicht erinnern kann. Sogar eine Zeichnung hat man danach angefertigt.« Wut und Verzweiflung standen in ihrem Gesicht. »Was ist, wenn er mir noch einmal über den Weg läuft. Das halte ich nicht aus. Ich bin noch nicht einmal in der Lage die

Haustür zu öffnen, wenn es klingelt.« Evelyn legte ihr Gesicht zwischen ihre Hände und fing an zu weinen. »Braune, kurz geschnittene Haare, eine hohe Stirn, grüne, stechende Augen mit buschigen Augenbrauen, eine Narbe auf der linken Wange.« Wie unter einem Zwang wiederholte sie immer wieder die Beschreibung des Täters.

Eine Hand legte sich tröstend auf Evelyns Schultern. »Ist ja schon gut, weine ruhig, das hilft.« Ihre Stuhlnachbarin versuchte sie mit tröstenden Worten zu beruhigen.

»Nichts, aber auch gar nichts kann mir helfen! Wenn ich das alles doch nur vergessen könnte!« Die letzten Worte flüsterte sie fast.

Plötzlich richtete sie sich kerzengerade auf. Ihre Augen drückten vollkommene Entschlossenheit aus. »Und genau aus diesen Gründen habe ich mit der *Weißen Hexe* einen Termin gemacht!«

Erneut, aber dieses Mal mit Trotz in den Augen, sah sie ihre Leidensgenossinnen durchdringend an. Die Frauen erwiderten ihren Blick mit Erstaunen, ja fast Entsetzen. Während der letzten Wochen ihrer gemeinsamen Gesprächstherapie hatten sie Evelyn noch nie so erlebt.

»Ihr habt mich schon richtig verstanden. Ich werde mein schlimmes Erlebnis einfach vergessen.« Sie kramte in ihrer Handtasche und zog ein Stück Zeitung hervor. »Lest nur selbst. Da werde ich hingehen, egal was ihr davon haltet!« Sie reichte den Fetzen Zeitung an ihre Sitznachbarin weiter.

Dem Zeitungspapier war anzusehen, dass es jemand schon sehr häufig in die Hand genommen hatte. Wahrscheinlich war es schon mehrfach zusammengeknüllt und dann wieder glatt gestrichen worden. Eine der Anzeigen war mit einem roten Stift eingerahmt.

Der Text lautete: *Seriöse Weiße Hexe hilft in allen Lebenslagen. Suchen Sie einen geliebten Partner, haben Sie Liebeskummer oder wollen Sie vergessen? Ich bin gerne für Sie da!* Darunter war eine Telefonnummer angegeben.

Der Zeitungsabschnitt wurde von einer zur anderen weitergereicht. Jede schüttelte den Kopf, nachdem sie ihn gelesen hatte.

Marion, eine der beiden Therapeutinnen, sah Evelyn durchdringend an und sagte: »Ist das dein Ernst? Du wirst wahrscheinlich eine Menge Geld für diesen Unsinn bezahlen müssen, nur um anschließend festzustellen, dass man so ein Erlebnis nicht einfach vergessen kann. Du bist doch bei uns auf einem guten Weg!«

»Das mag sein, aber wie lange wird es noch dauern? Wann kann ich endlich wieder ein ganz normales Leben führen? Kann ich mich überhaupt von meinen Erinnerungen befreien?« Evelyns Stimme wurde immer schriller. Sie beugte sich zu den anderen vor, sah jede Einzelne herausfordernd an. »Ich kann und will einfach nicht mehr«, hauchte sie nur noch und brach endgültig zusammen.

Völlig erschöpft schob Evelyn ihre Wohnungstür hinter sich zu. Während sie das neue Sicherheitsschloss einrasten ließ, tastete ihre andere Hand umständlich nach dem Lichtschalter, bis sie ihn endlich unter ihren Fingern fühlte und betätigte. Im ersten Moment erschien ihr die gedämpfte Deckenbeleuchtung unerträglich grell. Geblendet schloss sie die Augen.

Sie wusste, dass das neue Schloss an der Wohnungstür so gut wie unüberwindlich war, und trotzdem fühlte sie sich alles andere als beruhigt. Eine tiefe Erregung brodelte in ihr, fast so, als hätte das Grauen plötzlich wieder in ihr Leben Einzug gehalten, als würde der mühsam errichtete Schutzwall zusammenbrechen, den sie sich in den letzten Tagen und Wochen aufgebaut hatte. Nur ganz allmählich kam das Geborgenheitsgefühl zurück, das sie sonst in ihrer Wohnung empfand.

Evelyn riss sich mühsam zusammen, ging in ihr Wohn-Schlaf-Zimmer und ließ sich bäuchlings auf die Schlafcouch fallen. Ihre Gedanken kehrten wie von selbst zu dem schrecklichen Erlebnis zurück. Sie sah sich am Fluss spazieren gehen. Ja, sie roch förmlich den Duft der Frühlingswiese mit ihren unzähligen Wildblumen, vermischt mit dem Geruch des kleinen, plätschernden Baches, der sich in sanften Biegungen hindurchschlängelte. Sie verbrachte gerne ihre Freizeit dort. Manchmal wurde sie von Gitte oder einer anderen Freundin begleitet. Evelyn verzog das Gesicht wie unter Schmerzen, als sie begriff, dass das nun endgültig der Vergangenheit angehörte. Alle ihre Bekannten und Freunde hatten sich von ihr zurückgezogen. Oder war sie es, die den Kontakt so abrupt abgebrochen hatte?

Sie drehte sich um, lag nun auf dem Rücken, die Arme unter ihrem Kopf verschränkt. Ihre Stirn hatte sich in Falten gelegt und ihr leerer Blick richtete sich auf die Zimmerdecke. Zwei Monate und fünfundzwanzig Tage war das nun her. Was war nur aus ihr geworden?

Wenn sie nicht wie heute zu ihrer Therapiestunde ging, kam sie gegen siebzehn Uhr nach Hause und verließ dann möglichst ihre Wohnung nicht mehr. Die kurzen Strecken zwischen Arbeitsplatz, Auto und Wohnung verbrachte sie in ständiger Panik *ihm* zu begegnen. Daheim stürzte sie sich in einen regelrechten Putzwahn, putzte, wo es nichts zu putzen gab – es war ja niemand da, der den Tag über etwas hätte dreckig machen können, noch nicht einmal ein Haustier. Sie war wie besessen vom Putzen. Früher, ja früher war das ganz anders gewesen. Sie hatte es geschafft, sich mit ein wenig Aufwand ein gemütliches Heim zu schaffen.

Vollkommen erschöpft von den Aufregungen und Erlebnissen des Tages rollte sich Evelyn auf die rechte Seite. Sie sah aus wie ein Embryo im Mutterleib, mit fast bis zum Kinn angewinkelten Beinen. Die Erschöpfung forderte ihren Tribut und Evelyn schlief augenblicklich ein.

»Du Idiot, geht es nicht etwas schneller?« Schimpfend wie ein Rohrspatz saß Evelyn hinter dem Steuer ihres kleinen Flitzers. Sie legte heute einen Fahrstil an den Tag, als säße sie in einem Porsche und nicht in ihrem altersschwachen Golf.

Schweißtropfen perlten auf ihrer Stirn. Ihre Hände waren unangenehm feucht.

»Die fahren heute, als hätten sie ihren Führerschein bei einem Preisausschreiben gewonnen«, schimpfte Evelyn schon wieder. »He, du, das ist meine Parklücke.« Sie kurbelte das Autofenster herunter, lehnte sich mit dem Kopf hinaus und schimpfte weiter. »Ich war zuerst hier, wenn du parken willst, such dir gefälligst einen anderen Platz. Bloß weil du ein größeres Auto fährst, hast du nicht auch mehr Rechte.«

Der Fahrer des weißen Audi 100 sah Evelyn verstört durch seine Windschutzscheibe an, schüttelte den Kopf und zeigte ihr einen Vogel, legte dann aber doch den nächsten Gang ein und machte sich auf den Weg zum nächsten Parkplatz.

Nach dem Einparkmanöver sah Evelyn gestresst auf die Uhr. »Mensch, schon fast fünf Uhr«, schimpfte sie. Eilig schloss sie die Autotür ab und rannte zu dem Haus mit der grauen Fassade. Wieder sah sie nervös auf die Uhr und murmelte vor sich hin: »Ganz ruhig, Evelyn, du bist noch gut in der Zeit.«

Während sie versuchte ruhig und gleichmäßig zu atmen, stieg sie bewusst langsam die ausgetretenen Holzstufen in die zweite Etage hinauf. Es war nicht nötig, dass sie einen völlig erschöpften Eindruck machte, wenn sie der *Weißen Hexe* gegenübertrat. Mit zittrigen Fingern zog sie ein Taschentuch aus ihrer Handtasche und tupfte sich die Stirn ab. Erst dann drückte sie auf den Klingelknopf.

Wie auch beim ersten Mal hörte sie eine Holzdiele knarren. Die Tür öffnete sich und gab den Blick frei auf eine Frau in langen, tuchähnlichen Gewändern, die ganz offensichtlich ihren gewaltigen Umfang kaschieren sollten.

»Sie sind bestimmt Frau Fritsch«, sagte die Frau mit sanfter, leiser Stimme, »kommen Sie doch herein.« Sie trat einen Schritt zur Seite und machte mit der Hand eine auffordernde Geste. Als Evelyn nicht reagierte, lächelte sie ihr mit ihren freundlichen Augen aufmunternd zu: »Bitte.«

Vorsichtig, so als würde sie jeden Moment eine unliebsame Überraschung erwarten, trat Evelyn auf sie zu. Sie reichte der *Weißen Hexe* die Hand und sagte beklommen: »Guten Tag, Frau Wilkowski. Schön, dass Sie Zeit für mich haben.«

Die *Weiße Hexe* drehte sich herum, durchquerte die Diele und betrat den angrenzenden Raum. Über die Schulter hinweg sagte sie: »Kommen Sie nur herein, hier ist es gemütlicher. Und sagen Sie ruhig Tamara zu mir.« Dann war sie auch schon verschwunden.

Eins, zwei Sekunden lang wusste Evelyn nicht genau, ob sie der *Weißen Hexe* folgen sollte oder ob es nicht besser war, wie bei ihrem ersten Besuch das Haus wieder fluchtartig zu verlassen. Doch dann schloss sie wie hypnotisiert die Wohnungstür und folgte Tamara.

Als Evelyn den Raum betrat, saß Tamara bereits auf einem monströsen Ohrensessel. Sie deutete auf einen ihr gegenüberstehenden, nicht ganz so großen Sessel und sagte: »Mach's dir bequem. Ich darf dich doch duzen, oder?«

»Natürlich«, beeilte sich Evelyn zu antworten. Sie war durch die Situation so eingeschüchtert, dass sie froh war überhaupt ein Wort herauszubringen. Während sie langsam und vorsichtig in dem Ohrensessel Platz nahm, streifte ihr Blick über die düsteren, antiken Möbelstücke, die ihr nicht unbedingt das Gefühl gaben bei einer *Weißen Hexe* zu sein.

»Ich habe uns Tee gemacht«, sagte Tamara, »der beruhigt ein wenig. Die meisten Menschen, die zu mir kommen, sind etwas nervös.«

Evelyn senkte den Blick, so, als ob man sie bei etwas Verbotenem ertappt hätte. »Ja, wissen Sie. Äh … es ist nur so …, ich weiß gar nicht so recht, wo ich anfangen soll.«

»Ich nehme an, dass du meine Dienste in Anspruch nehmen möchtest«, half Tamara Evelyn in ihrer ruhigen Art weiter. Dabei füllte sie in aller Ruhe die bereitgestellten Tassen mit herrlich duftendem Tee.

Evelyn nahm sich die Zeit ihre Umgebung einer genaueren Betrachtung zu unterziehen. Über dem Fenster hing ein

Windspiel, das sich trotz geschlossenen Fensters wie von Geisterhand bewegte und eine merkwürdige, sehr fremdartige Melodie von sich gab. Dagegen brannten die im ganzen Zimmer verteilten Kerzen ruhig und ohne jegliches Flackern. Wenn Evelyn sich auch nur einen Moment Zeit genommen hätte über diesen Widerspruch in Ruhe nachzudenken, hätte sie vielleicht wieder die Flucht ergriffen. Doch so beruhigten sie das sanfte Kerzenlicht, die ungewöhnliche Melodie und die ruhige Art der *Weißen Hexe*.

»Ja«, sagte sie nach einer Weile, »ganz recht. Stimmt es, dass Sie einen Menschen dazu bringen können, dass er bestimmte Dinge einfach vergisst?«

»Tja, ganz so einfach ist das leider nicht«, sagte Tamara und sah Evelyn tief in die Augen, fast so, als wollte sie ihr bis auf den Grund der Seele sehen. Diese senkte ihren Blick und griff schnell nach der Teetasse, um einen tiefen Schluck daraus zu trinken.

»Es ist ein altes, schon fast in Vergessenheit geratenes Geheimnis«, fuhr die Hexe fort, »über das die wenigsten meiner Zunft verfügen. Man muss sich schon sehr gut überlegen, ob man wirklich dazu bereit ist, sich selbst zu vergessen. Dafür ist ein hohes Maß an Duldsamkeit nötig. Die wenigen *Weißen Hexen,* die noch über das alte Wissen verfügen, weigern sich deshalb es anzuwenden. Die Gefahr, einem Menschen Leid anzutun, anstatt ihm zu helfen, ist einfach zu groß.«

Evelyn sank immer mehr in sich zusammen. In diesem einen Moment wünschte sie sich nur eins: möglichst weit weg zu sein.

»Ich glaube, jetzt habe ich dich erschreckt«, sagte Tamara und lächelte dabei wie eine Mutter, die ein ängstliches Kind trösten will. »Aber es ist wichtig, dass du dir ganz sicher bist. Bisher weiß ich ja noch nicht, was du gerne vergessen möchtest. Nehmen wir mal an, du hättest einen Freund, der dich besonders enttäuscht hätte. Du möchtest nun die ganze Episode mit ihm vergessen. Dann wäre mein Weg, dir zu helfen, grundverkehrt. So ein Erlebnis zu vergessen, wäre dumm, denn aus dieser Erfahrung lernst du für dein weiteres Leben.« Tamara unterbrach sich selbst, wohl um Evelyn die Möglichkeit zu geben das eben Gehörte zu verstehen. »Hattest du aber ein traumatisches Erlebnis«, setzte sie dann erneut an, »das dein Leben so sehr beeinflusst hat, dass du nicht mehr in der Lage bist es normal weiterzuführen: Dann sollten wir darüber reden. Ein solches Erlebnis könnte zum Beispiel ein schlimmer Unfall sein, den du in deinen Träumen immer wieder durchlebst. Nur in so einem Fall kann ich dir eine Stütze sein.«

»Und was passiert dann mit mir, wenn es so ein Unfall wäre wie in deinem zweiten Beispiel?«, fragte Evelyn gespannt.

»Nun, in diesem Fall könnte ich dir helfen«, sagte Tamara. »Stell dir das aber nicht so einfach vor. Die größte emotionale Anstrengung musst du vollbringen, die kann ich dir nicht abnehmen. Ich zeige dir nur den Weg dorthin.«

»Und ich würde mich an gar nichts mehr erinnern?«, fragte Evelyn.

»So ist es. Du wirst alles vergessen, keinerlei Erinnerung mehr an das Ereignis haben, die Personen, die dabei eine Rolle spielten, wirst du nicht mehr kennen, so als hätten sie für dich nie existiert.« Die *Weiße Hexe* stand auf und sprach weiter: »Für heute ist es genug. Lass dir meine Worte durch den Kopf gehen, und wann immer du bereit bist, dann melde dich wieder. Für heute bekomme ich zweihundert Euro, solltest du meine Hilfe in Anspruch nehmen, kostet es dich zweitausend im Voraus. Ich muss leider auf Vorkasse bestehen, denn selbst an mich wirst du dich anschließend nicht mehr erinnern.«

Evelyn kramte in ihrer Handtasche, zog ihr Portmonee heraus, suchte die verlangten Scheine zusammen und legte sie zögernd auf den Tisch.

»Ich muss leider so viel Geld nehmen«, sagte Tamara, die Evelyns zögernden Griff zum Geld bemerkt hatte. »Ich werde einige Ausgaben haben. Zum Beispiel brauchen wir ein Boot, eine Gummimatte und einen Schlafsack. Außerdem sollten wir uns dafür ein Wochenende aussuchen, an dem keine Störungen zu erwarten sind. Du wirst alle Einzelheiten erfahren, wenn es so weit ist.«

Wie gerädert war Evelyn am nächsten Morgen erwacht. Es waren nicht nur die Alpträume, die sie seit diesem Erlebnis verfolgten, sondern düstere Bilder der Zerrissenheit: Qualen, an die sie sich nach dem Erwachen lieber nicht mehr erinnern wollte.

Selbst bei ihrer Arbeit, die sie sonst immer abgelenkt hatte, fand sie heute keine Ruhe. Immer wieder schreckte sie aus Tagträumen hoch. Sie sah verzerrte Grimassen vor sich auftauchen. Dann das Gesicht ihres Peinigers.

»Nein«, schrie sie, ohne sich bewusst zu sein, dass das mehr als ein stummer Schrei gewesen war, dass sie tatsächlich laut aufgeschrien hatte.

»Frau Fritsch, was ist mit Ihnen?« Eine Hand hatte sich auf Evelyns Schulter gelegt und ließ sie zusammenzucken.

Ihr Chef stand neben ihr. Früher hatte es ihr überhaupt nichts ausgemacht, wenn er ihr kollegial die Hand auf die Schulter gelegt hatte. Sie hatten hier immer ein sehr gutes Verhältnis zwischen Vorgesetzten und Angestellten gehabt, ohne jeden Hintergedanken. Aber seit dem schrecklichen Erlebnis reichte eine harmlose Berührung eines x-beliebigen Mannes aus, um sie erstarren zu lassen.

»Sie sehen ja furchtbar aus. Geht es Ihnen nicht gut?« Hilflos und besorgt stand er da und legte die Stirn in Falten.

Evelyn war vollkommen in sich zusammengesunken. Sie brachte keinen Ton hervor. Mit starren Augen sah sie auf den Aktenordner vor sich und traute sich nicht einmal den Blick zu heben.

»Nein, so geht das nicht weiter. Das kann ich nicht mehr verantworten. Ihre Arbeitskollegen haben Recht. Sie brauchen Hilfe. Und wenn Sie das nicht selber sehen, dann muss ich Sie dazu zwingen. Sie suchen jetzt Ihre Sachen zusammen und gehen nach Hause – oder besser noch: Sie fahren sofort zu Ihrem Arzt. Vor Montag will ich Sie hier nicht mehr sehen. Und dann überlegen wir, wie es weitergeht.« Er sprach, ohne Luft zu holen, so als hätte er Angst vor seinen eigenen Worten. Ohne auf eine Antwort zu warten, stürmte er aus dem Büro.

Wie in Trance nahm Evelyn ihre Handtasche, verließ ohne ein weiteres Wort das Büro und fuhr nach Hause. Sie schmiss sich auf ihr Bett. Und erst hier, in der Geborgenheit ihrer vier Wände, löste sich ihr Zustand und sie konnte den Tränen freien Lauf lassen.

Sie wusste nicht, wie lange sie so gelegen hatte. Jetzt stand sie am Fenster und führte Selbstgespräche. »Was soll ich beim Arzt?«, fragte sie sich. »Der kann mir auch nicht helfen. Machen Sie erst einmal Ihre Gesprächstherapie. Vielleicht sollten Sie noch eine Einzeltherapie anfangen«, äffte sie ihn nach. »Das ist ja alles schön und gut! Aber wie lange wird es dauern? Bis dahin habe ich auch noch meinen Job verloren.« Nein, Evelyn war sich nun ganz sicher. Egal, was es kosten würde, die Einzige, die ihr eine schnelle Hilfe bieten konnte, war die *Weiße Hexe*.

Entschlossen nun eine endgültige Entscheidung zu treffen, ging sie zum Sessel und ließ sich hineinfallen. Sie wühlte in ihrer Handtasche, bis sie den Zeitungsausschnitt gefunden hatte. Erst als sie nach dem Telefon griff, zögerte sie kurz. Doch dann wählte sie mit steifen Fingern die Nummer. Sie hörte es am anderen Ende der Leitung läuten. Einmal, ein zweites Mal; nach dem dritten Mal wollte sie schon wieder auflegen, da hörte sie die ihr bekannte Stimme: »Wilkowski!«

»Guten Tag, Frau Wilkowski, hier ist Evelyn Fritsch. Ich sollte mich doch wieder melden, wenn ich zu einer Entscheidung gekommen bin.«

Am anderen Ende blieb es einen Moment lang still. »Ach Evelyn, du bist es! Ich hatte nicht so schnell mit dir gerechnet. Die meisten brauchen viel länger, um eine Entscheidung zu treffen.«

»Äh … ja …«, stotterte Evelyn. »Ich bin mir aber vollkommen sicher! Es gibt da nur ein Problem.«

»Ein Problem? Welches?«, fragte Tamara.

»Na ja, ich weiß ja nicht, ob das möglich ist, aber es wäre ganz toll, wenn wir die Sache schon an diesem Wochenende durchziehen könnten.«

»Hm …«, hörte Evelyn am anderen Ende der Leitung und dann erst mal gar nichts mehr.

»Geht das nicht ein bisschen zu schnell?«, fragte die *Weiße Hexe* schließlich. Ohne auf eine Antwort zu warten, fuhr sie fort. »Aber wenn es sein muss. Von mir aus ist das schon okay. Wenn du am Samstag bereit bist, werde ich es auch sein.«

»Was muss ich denn jetzt machen? Sie … du hast doch gesagt, du würdest es mir sagen, wenn ich eine Entscheidung getroffen habe!« Evelyns Stimme zitterte vor Aufregung.

»Das hat Zeit bis Samstag. Richte dich darauf ein, dass du erst am Sonntag wieder nach Hause kommst. Vergiss nicht dir etwas Warmes und Bequemes anzuziehen. Es könnte kalt werden. Ach ja, nimm Freitagabend lieber eine Schlaftablette, damit du ruhiger schlafen kannst. Am nächsten Tag wirst du all deine Kräfte brauchen.«

Tamaras Worte hörten sich routiniert an, wie abgespult, so als würde dies ihr Standardtext für Klienten sein, die sich für eins entschieden hatten: das zu vergessen, was sie über alle Maßen belastete.

»Und wo und wann treffen wir uns?«, fragte Evelyn zögernd. »Soll ich zu dir kommen?«

»Nein, das hat wohl keinen Zweck. Kennst du den kleinen Bootsverleih am Müritz Moor?«

»Meinst du südlich aus der Stadt raus und dann nach ungefähr fünf Kilometern links die kleine Straße rein? Nach etwa zwei Kilometern kommen ein paar alte Fischerhütten aus Holz …«

»Du kennst dich ja richtig gut aus«, sagte Tamara. »Genau

dort werde ich um elf Uhr auf dich warten. Denk bitte an die vereinbarten zweitausend. Und vergiss nicht deine Kräfte zu schonen. Du wirst sie brauchen. Also bis dann!« Mit diesen Worten verabschiedete sich die *Weiße Hexe*.

Evelyn ließ sich erschöpft in ihren Sessel sinken und schloss die Augen. Zweitausend Euro, wo soll ich die nur herbekommen? Sie stand auf, öffnete die oberste Tür ihres Wohnzimmerschrankes und hatte nach kurzer Suche ihr Sparkassenbuch in der Hand. »Fünfhundert Euro«, las sie laut vor, »das reicht nicht. Meinen Chef brauche ich momentan sowieso nicht zu fragen. Vielleicht … Ach was.« Verzweiflung stand auf ihrem Gesicht. Langsam ließ sie sich in den Sessel zurücksinken. Wieder begann sie Selbstgespräche zu führen. Das tat sie seit dieser schrecklichen Geschichte immer häufiger.

»Wenn ich den Schmuck meiner Mutter versetze, bekomme ich vielleicht die fehlenden zwölfhundert zusammen.« Ihre Stirn legte sich in Falten.

»Nein«, sagte sie laut und bestimmt, »das ist wirklich erst die allerletzte Möglichkeit.« Ein Blick auf die Uhr sagte ihr, dass sie bis zur Therapiestunde noch ein wenig Zeit hatte. Sie griff nach ihrer Handtasche, verstaute ihr Sparbuch darin und verließ die Wohnung.

Zehn Minuten später betrat sie ihre Bank. Mit einem schüchternen Blick auf die Bankangestellte legte sie ihr Sparbuch auf den Tresen und sagte: »Das sind fünfhundert Euro, ich brauche aber zweitausend. Besteht die Möglichkeit mein Gehaltskonto so weit zu überziehen? Sie wissen, so viel habe ich noch nie überzogen und es ist für mich äußerst wichtig.«

Die Bankangestellte sah Evelyn nachdenklich an. »Ihr Überziehungskredit ist zurzeit nicht hoch genug. Wenn Sie das ändern wollen, müssen Sie mit Herrn Wilbert sprechen. Der ist aber erst morgen wieder im Hause.«

Enttäuscht nahm Evelyn ihr Sparbuch zurück und steckte es wieder ein. »Gut, dann bin ich gleich morgen früh wieder da.«

»Ich will doch nicht jedes Mal zu Stein erstarren, bloß weil mein Chef mir freundschaftlich die Hand auf die Schulter legt!«, sagte Evelyn mit erhobener Stimme.

Sie war noch vollkommen aufgeregt von den Geschehnissen dieses Tages. Und dann auch noch das mit dem Geld. Diese Ungewissheit bis morgen. Das alles zehrte an ihren Nerven. Da fehlte es ihr gerade noch, sich von den Therapeuten Vorwürfe anhören zu müssen. Das war einfach zu viel für sie.

»Ihr versteht mich einfach nicht! Ich verlange ja gar nicht von euch, dass ihr es genauso machen sollt wie ich.« Bei diesen Worten war sie aufgesprungen und rannte wie ein aufgescheuchtes Huhn im Zimmer herum. »Bei dir, Kathi, kann ich es ja noch nachvollziehen. Du kannst nicht hingehen und deinen Mann so einfach vergessen. Auch wenn er dich noch so häufig schlägt oder dich gar …«, sie stockte einen Moment und man merkte ihr an, das es ihr schwer fiel, dieses Wort auszusprechen, »… vergewaltigt! Was wäre mit euren Kindern. Da muss man einen anderen Weg einschlagen. Das ist mir klar!«

Eine der Therapeutinnen stand auf, ging auf Evelyn zu und legte ihr die Hand auf den Arm. »Komm, setz dich doch wieder und lass uns darüber sprechen.«

Evelyn setzte sich zwar wieder auf ihren angestammten Platz, war aber keinesfalls ruhiger. Sie fühlte sich einfach nicht verstanden. Schuldbewusst sah sie in Kathis Richtung.

»Entschuldige, Kathi, ich wollte dir nicht wehtun. Ich wollte euch allen nur meine Situation klarmachen. Aber vielleicht ist das ja auch für andere nicht zu verstehen.« Resigniert lehnte sie sich nach hinten an die Stuhllehne und verschränkte die Arme vor der Brust.

Nun war es Kathi, die reagierte, obwohl sie sonst eher ruhig und verschlossen war. »Was bildest du dir eigentlich ein? Als ob wir uns das nicht allzu gut vorstellen könnten. Einfach alles vergessen! Das wär's doch. Ich kann ja nur für mich sprechen, aber ich muss dir sagen ...«, und dabei betonte sie jedes einzelne Wort: *»Ich beneide Dich*!!!«

»Aber Kathi«, sagte Marion empört, »was sagst du denn da?«

»Ich sage nur das, was ich denke«, entgegnete Kathi. »Und nun zu deinem Geldproblem, Evelyn. Solltest du nicht den gesamten Betrag auftreiben können, ruf mich an. Ich werde dich mit allem unterstützen, was mir zur Verfügung steht. Auch wenn du dich anschließend nicht mehr an mich erinnerst. Allein das Wissen, dir dabei geholfen zu haben, gibt mir ein gutes Gefühl. Nach der Sitzung gebe ich dir meine Telefonnummer.« So viel und so deutlich hatte Kathi noch nie etwas ausgesprochen.

Evelyn war vollkommen perplex, sodass sie nicht in der Lage war etwas darauf zu sagen. Tränen stiegen ihr in die Augen. Es war das erste Mal, das jemand ihr eine Bestätigung dafür gab, das sie das Richtige tat. Und dann auch noch Kathi.

»Jetzt mal ehrlich, Evelyn, wie, meinst du, soll das denn gehen? Die *Weiße Hexe* macht einfach etwas und schon ist alles vergessen?« Renate zog das Ganze ins Lächerliche und sprach schnell weiter, damit niemand auf die Idee kam darauf zu antworten. »Ich glaube, dieses Problem werden wir in unserer Runde nicht mehr lösen können. Liebe Evelyn, du kannst natürlich jederzeit deine Therapie weiter fortführen. Sollten wir dich aber nicht mehr sehen, wünschen wir dir viel Glück für die Zukunft.«

Niemand traute sich mehr etwas zu Evelyns ungewöhnlicher Problemlösung zu sagen, geschweige denn die *Weiße Hexe* zu erwähnen. Für den Rest der Therapiestunde wurde das Thema bewusst von allen gemieden, obwohl einige der anwesenden Frauen Evelyn offensichtlich gerne noch ein paar Fragen gestellt hätten.

Mit einem heftigen Ruck saß Evelyn aufrecht im Bett. Schweiß perlte auf ihrer Stirn und ihr Nachthemd fühlte sich unangenehm feucht an. Sie brauchte ein paar Minuten, um sich darüber klar zu werden, wo sie sich befand. Dann wandte sie den Kopf nach rechts und warf einen Blick auf die Uhr.

5:30 Uhr zeigten die Leuchtziffern ihres Weckers. Eigentlich viel zu früh, um aufzustehen, dachte sie. Trotzdem tat sie es, stellte sich unter die Dusche und genoss das herrlich erfrischende Nass. Evelyn hätte sowieso nicht mehr schlafen können. Fürs Zurechtmachen wollte sie sich besonders viel Zeit lassen. Wenn es ihr auch widerstrebte, aber dieser Herr Wilbert von der Bank war einfach zu wichtig für sie. Es hing viel von seiner Entscheidung ab.

Die Kaffeemaschine, die sie zwischendurch angestellt hatte, schien bereits durchgelaufen zu sein. Ein angenehm frischer und vertrauter Geruch zog durch die ganze Wohnung. Sie zog sich ihren Bademantel über und machte es sich in ihrer kleinen Essecke gemütlich. Es ist schon ein merkwürdiges Gefühl, heute nicht zur Arbeit zu fahren, ging es ihr durch den Kopf. Was soll ich nur machen, wenn ich den Job verliere?

»Häng nicht deinen trüben Gedanken nach, es wird schon alles gutgehen«, sagte sie dann laut zu sich selbst und durchbrach damit die Stille in ihrer Wohnung. Sie stand auf und räumte alles wieder an seinen Platz. Das Abspülen des Frühstücksgeschirrs war schnell erledigt, genauso wie das Säubern des Badezimmers.

Als Evelyn vor dem Kleiderschrank stand, fiel ihr die Wahl sehr schwer. Sollte sie sich für das blaue Kostüm entscheiden oder eher etwas Sportliches anziehen? Abwechselnd hielt sie sich die Kleidungsstücke vor den Körper und sah sich das Ergebnis im Spiegel an. Ich glaube, für den heutigen Zweck ist das blaue Kostüm das Beste. Damit sehe ich am seriösesten aus, dachte sie. Ein Blick auf die Uhr zeigte ihr, dass es Zeit wurde, den letzten Schliff vorzunehmen. Sie eilte ins Badezimmer, nahm sich Föhn und Bürste und in null Komma nichts hatte sie ihren kurzen Blondschopf zu einer ordentlichen Frisur geföhnt.

Nachdem sie sich angezogen hatte, warf sie noch einen kontrollierenden Blick in den Spiegel. Nur noch das Sparkassenbuch und die Kontoauszüge der letzten Monate fehlten, dann konnte es losgehen. Vor lauter Aufregung hätte Evelyn fast vergessen den Schlüsselbund vom Bord zu nehmen.

»Mensch, das hätte mir noch gefehlt«, schimpfte sie mit sich selbst. »Jetzt aber los. Je früher ich da bin, desto eher weiß ich Bescheid.«

Die Fahrt zur Bank verlief ohne weitere Komplikationen. Als sie den Schalterraum betrat, schoss ihr vor lauter Aufregung die Röte ins Gesicht und eine unangenehme Hitzewelle machte sich in ihr breit. Zögernd ging sie auf eine der weiblichen Bankangestellten zu.

»Ich hätte gerne Herrn Wilbert gesprochen«, sagte Evelyn mit einem schüchternen Unterton in der Stimme.

»Herrn Wilbert?«, fragte die Angesprochene. »Da müssen Sie schon etwas Geduld haben. Der ist erst in ungefähr ...«, dabei sah sie auf ihre Armbanduhr, »... na ja, erst in etwa zehn Minuten wieder zu sprechen. Aber nehmen Sie doch bitte Platz, dort in der Sitzecke. Ich werde ihm Bescheid sagen, dass Sie ihn zu sprechen wünschen.«

Was für ein hochtrabendes Gequassel, dachte Evelyn, ging aber gehorsam zu der Sitzecke und setzte sich so, dass sie den Schalterraum im Auge behalten konnte. Zwischendurch warf sie immer wieder einen Blick auf ihre Armbanduhr, damit sie feststellen konnte, wann die zehn Minuten vorbei waren. Die Zeit schien stehen zu bleiben, denn immer wenn sie auf die Uhr sah, waren erst ein paar Sekunden vergangen. Sie rutschte vor lauter Aufregung von einer Pobacke auf die andere.

Dieses verfluchte Warten. Muss der ausgerechnet heute später kommen, dachte Evelyn. Plötzlich riss sie eine Stimme aus ihren Gedanken.

»Guten Tag, Sie möchten mich sprechen?«, fragte eine Männerstimme.

»Äh ja«, war alles, was Evelyn herausbrachte.

»Bitte, wenn Sie mir folgen möchten, in meinem Büro können wir ungestört reden«, sagte Herr Wilbert. Mit großen, ausholenden Schritten eilte er voraus. Evelyn hatte Mühe mit ihm Schritt zu halten. Als sie in seinem Büro ankam, hatte er bereits hinter seinem großen Schreibtisch Platz genommen.

»Bitte, setzen Sie sich doch«, sagte er auffordernd und deutete mit seiner rechten Hand auf den Stuhl, der vor seinem Schreibtisch stand. Seine Augen taxierten sie dabei mit einem Blick, den sie nur zu gut kannte.

Dieser Mistkerl, dachte sie, will der mit mir reden oder will der mich gleich an Ort und Stelle vernaschen? Am liebsten wäre sie sofort wieder aufgesprungen und hätte mit ein paar passenden Worten sein Büro verlassen, aber das ging leider nicht. Ausgerechnet von diesem Mistkerl hing so viel für sie ab.

»Tja, es ist so, ich benötige dringend zweitausend Euro, habe aber nur fünfhundert auf meinem Sparbuch«, sagte sie so herausfordernd wie möglich und legte gleichzeitig ihr Sparbuch vor sich auf den Schreibtisch. »Das heißt, ich müsste mir eintausendfünfhundert Euro leihen.« Sie warf einen kurzen Blick auf ihre Bankauszüge und reichte sie ihm dann über den Schreibtisch hinweg. »Das sind meine Kontoauszüge der letzten Monate. Sie werden sehen, dass ich regelmäßig mein Gehalt bekomme. Ich bin also in der Lage Raten pünktlich zurückzuzahlen.«

Kaum hatte sie ihr Sprüchlein aufgesagt, begriff sie auch schon, dass sie einen Fehler gemacht hatte. Wilbert schien, ganz im Gegensatz zu Evelyns erstem Eindruck, eher schüchtern als forsch zu sein und mit dem aggressiven Unterton in ihrer Stimme überhaupt nichts anfangen zu können. Aber so erging es ihr in letzter Zeit immer: Alle Männer erschienen ihr als reißende Wölfe, die nichts anderes im Sinn hatten, als über sie herzufallen. Dass es auch andere Männer gab, fiel ihr immer erst dann auf, wenn sie schon ihre Krallen gezeigt hatte.

Wilbert prüfte die Bankbelege aufmerksam. »Na, so wie Sie regelmäßig Ihr Konto überziehen, dürfte es Ihnen nicht gerade leicht fallen, irgendwelche Raten zurückzuzahlen«, sagte er, während er die Stirn in Falten legte. Offensichtlich war das seine Art der Retourkutsche. »Wofür benötigen Sie eigentlich das Geld?«

Evelyn zuckte zusammen. Auf diese Frage war sie überhaupt nicht vorbereitet. Fieberhaft suchte sie nach den richtigen Worten.

»Ich brauche das Geld eben«, sagte sie. »Ich … ich … wollte mir … ich wollte mir einen Urlaubstraum erfüllen.« Endlich war ihr die passende Ausrede eingefallen.

»Urlaub ist eine tolle Sache«, sagte er lahm. »Viele Menschen nehmen dafür einen Kleinkredit auf. Wenn Sie dafür bereit sind einige Monate kürzer zu treten … Also gut, ich habe heute auch noch etwas anderes zu tun und der Betrag ist ja nicht allzu hoch. Wir werden Ihnen das Geld leihen. Wenn Sie bitte vorne an den Schalter gehen und kurz warten. Ich werde alles vorbereiten und meinen Mitarbeitern dementsprechende Anweisungen geben.«

»Vielen Dank«, war das Einzige, was Evelyn hervorbrachte. Sie hätte vor Freude am liebsten einen Luftsprung gemacht. Eilig nahm sie ihre Unterlagen und verabschiedete sich.

Ungeduldig wartete sie, bis alle Formalitäten erledigt waren. Endlich hielt sie ihr Geld in den Händen. Das war ja einfacher, als ich geglaubt habe, dachte sie, und das Beste daran ist, dass ich nun Kathi nicht mehr anbetteln muss. Das wäre mir schon sehr unangenehm gewesen.

Dem Gefühl unendlicher Erleichterung folgten aber schon bald erste Zweifel. Hatte sie wirklich den richtigen Weg eingeschlagen oder war sie im Begriff sich auf ein nicht mehr rückgängig zu machendes Abenteuer einzulassen, vielleicht sogar einer Betrügerin aufzusitzen? Vielleicht war diese angebliche *Weiße Hexe* nur an ihrem Geld interessiert und machte sich über alle Berge, sobald sie die zweitausend Euro eingesackt hatte.

Am Abend befolgte sie dennoch den Rat der *Weißen Hexe* und nahm gleich zwei Schlaftabletten. Bereits nach kurzer Zeit fiel sie in einen tiefen, traumlosen Schlaf.

»Schon fast halb elf«, sagte Evelyn. Sie saß alleine in ihrem Auto und war auf dem Weg zum vereinbarten Treffen mit der *Weißen Hexe.*

Wie war das noch mal? Müritz Moor, etwa fünf Kilometer südlich. Sie sah auf den Kilometerzähler. Genau, gleich musste links eine Straße kommen.

»Ja, richtig. Da ist die Straße schon«, sagte Evelyn in die Stille hinein, die nur vom Geräusch des Motors unterbrochen wurde. Jetzt schaltete sie in den zweiten Gang runter und bog langsam in die Straße ein. Sie schwitzte fürchterlich. Ihr T-Shirt klebte regelrecht am Körper. Mit der rechten Hand griff sie auf den Beifahrersitz, um die dort vor Antritt der Fahrt platzierten Taschentücher zu suchen. Sie fingerte so lange herum, bis sie das kleine Päckchen fand, zog fahrig eines der Tücher hervor und trocknete ihre Stirn damit.

Weit und breit war niemand zu sehen. Sie war vollkommen allein auf dieser gottverlassenen Straße. Die Bäume am Horizont wirkten wie eine grüne, undurchdringliche Wand. Wäre es ein ganz gewöhnlicher Ausflug gewesen, hätte sie diesen urwaldähnlichen Anblick genossen. Doch unter diesen Umständen hatte sie kein Auge für die Schönheit irgendeines Naturschauspiels. Im Gegenteil, sie fröstelte bei dem Gedanken, in dieses Grün einzutauchen.

Als sie die ersten Bäume erreichte, blitzten durch das Grün der Blätter braune Flecken. Das mussten die Fischerhütten sein. Ihre Anspannung wuchs ins Unermessliche. Der Gedanke an die *Weiße Hexe* und den Anlass ihrer Fahrt verursachten ihr fast körperliche Schmerzen. Evelyns Magen krampfte sich zusammen. In ihren Ohren hörte sie ihren eigenen Herzschlag wie Buschtrommeln schlagen. Dann hatte sie die Fischerhütten fast erreicht. Das Auto parkte sie gleich vor der ersten Hütte, sodass es vom Wasser aus nicht sofort gesehen werden konnte. Das gab ihr die Gelegenheit selbst zu entscheiden, wann sie der Hexe gegenübertrat.

Langsamen Schrittes ging sie Richtung Anlegesteg, die ganze Zeit über darauf bedacht, im Schatten und damit im Schutz der alten Fischerhütte zu bleiben. Der See mit seinen dicht bewachsenen Ufern war in ein märchenhaft unnatürliches Licht getaucht, mit bizarren Grün- und Gelbtönen und einem wie gemalt wirkenden Panorama, und trotz seiner unbestreitbaren Schönheit hatte er etwas fast Bedrohliches an sich. Jetzt sah sie Tamara, die groß und wuchtig wirkte, wie das Zentrum dieses Naturschauspiels – und irgendwie war sie das ja wohl auch. Unterstützt von weit ausholenden Armbewegungen redete sie auf einen vom Alter gebeugten Mann ein.

Evelyn nahm allen Mut zusammen und trat aus dem Schatten der alten Hütte. »Hallo, Tamara«, rief sie der Hexe mit zittriger Stimme zu, »pünktlich auf die Minute, so wie du es wolltest.«

Ungeduldig drehte sich diese zu ihr um. »Hallo! Warte dort im Schatten auf mich, ich komme gleich zu dir.«

In Evelyns Ohren hörte es sich fast wie eine Drohung an. Eingeschüchtert setzte sie sich auf einen alten Baumstumpf im Schatten der Bäume und wartete ungeduldig. Ein eiskaltes Frösteln durchlief sie und ihr Magen krampfte sich zusammen bei dem Gedanken, was sie noch alles erwarten mochte. Plötzlich war sie sich gar nicht mehr so sicher, ob es richtig gewesen war, nur auf den Ruf einer Hexe hin in diese Abgeschiedenheit zu kommen, und der Anlass ihrer bevorstehenden Bootsfahrt erschien ihr mit einem Mal nur noch verrückt und vollkommen absurd.

Doch bevor sie es sich anders überlegen konnte, kam Tamara auch schon mit weit ausholenden Schritten auf sie zu. Ihr massiger Körper drückte mit jeder Bewegung Verärgerung aus. »Um alles muss man sich selber kümmern«, schimpfte sie. »Wir müssen noch ein wenig warten – der alte

Narr hat vollkommen vergessen das Boot für uns fertig zu machen. Na, ist ja auch egal.« Sie machte eine Handbewegung, als würde sie ihren Ärger beiseite wischen und sprach in ruhigerem Ton weiter. »Wir haben Wichtigeres vor. Es ist dein Leben, um das es geht.«

Bevor Evelyn etwas sagen konnte, schloss Tamara die Augen. Von einer Sekunde auf die andere schien sie ihre Umgebung vollkommen vergessen zu haben. Ihre Worte wurden zu einem unverständlichen Murmeln, während sie gleichzeitig ihre Arme hob und wie in einer fernöstlichen Meditationsübung ausbreitete.

Mit weit aufgerissenen Augen sah Evelyn ihr dabei zu. Was macht sie denn jetzt?, dachte sie. Warum kann ich sie nicht verstehen? Vielleicht setze ich mich lieber wieder in mein Auto und vergesse die ganze Angelegenheit! Ihr Blick wanderte suchend in die Richtung, wo sie ihren alten Golf abgestellt hatte. Ihr wurde immer unbehaglicher zumute.

»Du brauchst dich nicht zu fürchten, ich werde nichts tun, was du nicht selber willst.« Tamara hatte ihre Augen wieder geöffnet und sah Evelyn eindringlich an.

»Bist du bereit zu vergessen?« Ihre Stimme hörte sich bei diesen Worten fast sanft an.

Evelyn war irritiert darüber, dass die Hexe ihre Gedanken so genau erraten hatte. Betroffen senkte sie den Blick, doch auf einmal durchströmte sie ein neues Gefühl der Zuversicht. »Ich vertraue dir, Tamara, und ich bin bereit zu vergessen.« In diesem Moment war sich Evelyn zum ersten Mal vollkommen sicher, das sie das Richtige tat. Kein Zweifel war in ihr.

»Also gut«, sagte Tamara, »Wir werden gleich ins Boot steigen und losrudern, sobald der Typ da unsere Sachen verstaut hat. Ich werde dir unterwegs dann alles erklären. Hast du warme Klamotten eingesteckt?«

»Ja, sie liegen noch im Auto. Ich habe in meinem Rucksack ein paar Sachen verstaut. Die kann ich gleich holen.«

»Okay. Ich glaube, Tommy hat das Boot fertig. Hole jetzt

deinen Rucksack und komm zum Boot. Ach ja, kannst du eigentlich schwimmen? Ich meine, nur für den Notfall?«

Evelyn nickte. »Klar doch.« Sie erhob sich und ging mit raschen Schritten zum Auto zurück. Es wäre jetzt überhaupt kein Problem gewesen einzusteigen, loszufahren und die ganze Sache damit ein für alle Mal abzublasen. *Weiße Hexe*? So ein Blödsinn. Sie erinnerte sich an einen Artikel, den sie letztens gelesen hatte und in dem es um Magier, Teufelsaustreiber und Hexen gegangen war, die von Verwünschungen bis zum bösen Blick alles zu kurieren versprachen. Damals hatte sie noch gedacht: Was müssen das nur für Idioten sein, die auf so etwas hereinfallen.

Als sie die Autotür aufgeschlossen hatte, fuhr ihre Hand wie von selbst über den Rucksack. Sollte sie oder sollte sie nicht? Zögernd und immer noch unschlüssig zog sie den Rucksack vom Rücksitz und hängte ihn sich über die Schulter. Dabei versuchte sie in sich hineinzuhören, suchte nach einer Bestätigung ihrer inneren Stimme, nach einem Hinweis, der ihr die Zuversicht gab das Richtige zu tun. Doch stattdessen nahm sie plötzlich die kleinen Geräusche um sich herum mit unglaublicher Schärfe wahr, das von Kleintieren verursachte Rascheln, das Knacken von Ästen, das Säuseln der vom Wind bewegten Blätter. Ihre Phantasie gaukelte ihr Schreckgestalten vor, und dann sah sie ihn wieder vor sich, ihren Peiniger, die buschigen Augenbrauen, dieser schreckliche, gnadenlose Blick ...

Das gab den Ausschlag. Wie von Furien gehetzt, lief sie zu Tamara zurück, nur weg von den Geräuschen und der Erinnerung, die ihr ihr ganzes Leben zu einem einzigen, nicht enden wollenden Alptraum machten.

Nur wenige Minuten später saß sie bereits neben der Hexe im Boot. Der größte Teil des Gepäcks war hinter und unter Evelyns Sitzbank im Heck verstaut. Nur ein paar Kleinigkeiten, die dort keinen Platz mehr gefunden hatten, lagen ganz vorne im Bug des Bootes.

»Wir werden schon eine ganze Weile rudern müssen, bis wir unser Ziel erreichen«, sagte Tamara. »Kannst du mich zwischendurch ablösen?«

»Aber sicher doch«, beeilte sich Evelyn zu antworten. »Ich habe zwar schon lange nicht mehr gerudert, aber so was verlernt man ja nicht.«

Tamara nickte knapp und tauchte die Ruder wieder und wieder tief ins Wasser, um sie mit kraftvollen Bewegungen durchzuziehen. Evelyn war überrascht, woher diese so ganz und gar nicht sportlich wirkende Frau die Kraft dazu nahm. Aber sie wagte es nicht, eine entsprechende Frage zu stellen: Es erschien ihr wie ein Sakrileg, die Stille zu unterbrechen, in der man nur das Eintauchen der Ruder hören konnte und das leise platschende Geräusch, mit dem das kleine Boot die Wellen teilte.

Ab und zu drehte sie sich zum Bootssteg um und es schien ihr in diesen Augenblicken beinahe so, als ob sie damit die letzte Verbindung zu ihrem alten Leben durchtrennte. Gleich, sobald sich die erste Insel ins Sichtfeld schob, würde der Bootssteg aus ihrem Blickfeld verschwinden – und damit vielleicht auch ihr ganzes bisheriges Leben. Was würde sie erwarten?

»Wenn du morgen zurückruderst, wird für dich ein neues Leben beginnen«, durchbrach Tamara die Stille, »doch jetzt müssen wir uns darauf konzentrieren, was vor uns liegt. Mach dich bereit und öffne dich. Heute Nacht wirst du noch einmal das erleben, was dein Leben aus seiner ursprünglichen Bahn geworfen hat. Es ist wichtig, dass du dich dabei völlig fallen lässt.«

Evelyn zuckte erschrocken zusammen. Diese grausame Tat noch einmal erleben! Alles in ihr sträubte sich dagegen. Sie rutschte nervös auf ihrer Sitzbank hin und her. Ihr Herzschlag dröhnte in ihren Ohren so laut, dass er selbst das helle Zwitschern der Vögel übertönte, das jetzt einladend von der Insel herüberschallte.

»Keine Sorge, du wirst nicht allein sein. Ich werde dich

dabei begleiten. Immer und überall werde ich in deiner Nähe sein. Selbst deine Schmerzen werde ich mit dir teilen. Aus diesem Grunde ist es auch nicht nötig, mir vorher mehr von deinem traumatischen Erlebnis zu erzählen. Ich werde es hautnah miterleben, so als würde ich *du* sein.« Tamara sprach diese Worte in einem Singsang, der Evelyn an eine Beschwörungsformel erinnerte. »Löst du mich jetzt bitte beim Rudern ab?«

»Aber ja doch«, antwortete Evelyn so atemlos, als wäre *sie* bislang die ganze Strecke gerudert. Ohne zu zögern, tauschte sie mit der Hexe den Platz; ein Manöver, dass durch Tamaras Geschicklichkeit problemlos gelang, ohne das dabei stark schwankende Boot zum Kentern zu bringen.

Das Gebiet, in das sie jetzt kamen, war wie ein Labyrinth, bestehend aus Wasserläufen und mehreren kleinen Inseln, die mit dicht wucherndem Baumbestand, Schilfgras und dornigen Büschen nicht gerade sehr einladend, dafür aber umso malerischer wirkten. Evelyn wusste schon seit geraumer Zeit nicht mehr, wo sie sich befanden, und konnte sich nur auf die knappen, präzisen Anweisungen verlassen, mit denen ihr Tamara den Weg wies. Normalerweise hätte sie die durch Bojen gekennzeichneten Wasserwege nicht verlassen, doch die Hexe schien dabei keine Bedenken zu haben. Sie wusste offenbar ganz genau, wo sie hinwollte. Dennoch war Evelyn beunruhigt. Hoffentlich finden wir den Weg wieder zurück, dachte sie. Ich wäre hier alleine vollkommen aufgeschmissen.

»Keine Sorge, ich kenne den Weg zurück«, sagte die *Weiße Hexe.*

Evelyn war total verwirrt. *Kann sie etwa meine Gedanken lesen?*

»Ja. So ist es. Weißt du, je näher wir unserem Ziel kommen, um so mehr verschmelzen wir miteinander«, erklärte Tamara. »Und wenn du nicht Acht gibst, paddelst du uns geradewegs ins Schilf.

»Ist mir auch egal, wenn ich dann nicht mehr rudern

muss«, keuchte Evelyn völlig erschöpft. »Ich bin fertig. Ich kann nicht mehr.«

»Schon gut. Wir sind auch schon fast da.« Tamara hob den Arm und deutete mit dem ausgestreckten Zeigefinger auf eine ganz bestimmte Stelle. »Siehst du da, das freie Uferstück zwischen dem Schilf? Da müssen wir anlegen.«

»Heute bewege ich mich kein Stück mehr von dieser Stelle«, sagte Evelyn. Sie saß vollkommen erschöpft am Ufer der Insel, im ersten Moment nur froh, dass sie diese etwas abenteuerliche Überfahrt hinter sich gebracht hatten. Immerhin spendeten die Fichten und Buchen des fast bis ans Wasser ragenden Waldes wohltuenden Schatten und gaben ihr damit die Möglichkeit erst mal wieder etwas zu sich zu kommen.

»Okay! Dafür habe ich Verständnis. Ich werde uns erst mal eine kleine Stärkung zubereiten und dann ...«, Tamara sah bei diesen Worten auf die Uhr, »ja ... so gegen fünf Uhr müssen wir aufbrechen.«

Evelyn entspannte sich und streckte sich auf dem Waldboden aus. Sie fühlte sich äußerst seltsam, auf der einen Seite beklommen und fürchterlich aufgeregt und auf der anderen Seite entspannt, als hätte sie nur einen harmlosen Tagesausflug vor sich. Ohne richtig zu merken, was um sie herum geschah, döste sie vor sich hin. Erst als Tamara sie leicht an der Schulter berührte, fand sie wieder in die Wirklichkeit zurück.

»Ich hatte nichts von schlafen gesagt. Du brauchst heute Nacht einen intensiven und langen Schlaf, also verausgabe dich nicht schon vorher!«

Gehorsam, aber immer noch etwas benommen, richtete sich Evelyn auf. »Ich kann mich überhaupt nicht konzentrieren. Mein Kopf ist wie hohl.«

»Mach dir darüber keine Gedanken. So ergeht es allen, die mit mir hierher kommen. Das liegt an dieser Insel.«

Evelyn nickte zwar, aber sie war weit davon entfernt zu

begreifen, was hier vor sich ging und was sie in den nächsten Stunden noch erwarten mochte.

»Dies ist ein magischer Ort«, sagte Tamara und so etwas wie Stolz schwang in ihrer Stimme mit. »Die Insel lässt nur den hierher, der in seinem Innersten dazu bereit ist und die Sprache der Magie spricht, die hier, aber nur hier wirkt.« Sie warf einen kurzen Blick auf die Uhr. »Nimm jetzt deinen Rucksack, den Schlafsack, die Gummimatte und vergiss das Geld nicht. Es wird Zeit, dass wir aufbrechen.«

Ohne weiter auf Evelyn zu achten, hob sie einen ihrer kleinen Beutel auf und ging los.

»Warte doch, gleich habe ich alles!«, rief ihr Evelyn zu. »Nicht, dass ich dich verliere.«

Rasch raffte sie ihre Sachen zusammen und rannte hinter Tamara her. Sehen konnte sie sie nicht mehr, aber dort, wo die Hexe entlanggegangen war, hatte sie deutliche Spuren hinterlassen. Es dauerte dennoch geraume Zeit, bis Evelyn den bunten Stoff von Tamaras Kleid durch die Blätter des Waldes hindurchwehen sah. »So warte doch auf mich!«

Die Hexe blieb einen Moment lang stehen, wandte sich kurz zu ihr um und setzte dann unvermittelt ihren Weg weiter fort. Evelyn fluchte innerlich; warum hetzte Tamara sie durch diese einsame Gegend, warum hatte sie es plötzlich so eilig, nachdem sie alles andere so ruhig hatte angehen lassen? Sie beschleunigte ihre Schritte abermals, bis aus schnellem Gehen ein fast panischer Laufschritt wurde.

Endlich hatte sie Tamara eingeholt. Ohne ein Wort zu sprechen, gingen sie nebeneinander her, jede in ihre eigenen Gedanken versunken. So unterschiedlich sie auch waren, so sehr näherte sich ihr Schritt schon innerhalb weniger Sekunden an: Es war jetzt fast so, als würde nur ein Lebewesen den Wald durchqueren. Nur wenn sich ein Zweig oder ein größerer Busch ihnen in den Weg stellte, wurde dieser Gleichklang für einen Moment unterbrochen.

Am Rande einer Lichtung blieb Tamara abrupt stehen. »Wir sind da«, sagte sie fast ehrfurchtsvoll.

Evelyn, die fast die ganze Zeit über den Waldboden nicht aus den Augen gelassen hatte, um nicht über eine Wurzel zu stolpern, war fasziniert von dem sich ihr bietenden Anblick. Es war eine merkwürdig gleichförmige Lichtung, die sich da vor ihr auftat, fast kreisrund und mit nur einem Baum in der Mitte. Der mächtige, knorrige alte Baum, der mit weit verzweigten und weit in den Himmel hineinragenden Ästen inmitten einer blühenden Waldwiese stand, übte eine seltsame Anziehungskraft auf sie aus. Seine runden Blätter, die in ihrer kräftigen, dunkelgrünen und satten Farbe nur so vor Leben strotzten, erinnerten Evelyn an nichts, was sie kannte. Sie war sich absolut sicher, einen Baum dieser Sorte noch nie in ihrem Leben gesehen zu haben.

Durch die letzten Sonnenstrahlen des Tages entstand ein unwirkliches Bild mit gebrochenen, wie mit einem zarten Pinsel gemalten Farbwirbeln. Die ganze Lichtung wirkte wie verzaubert, ein Eindruck, der sich durch die unnatürliche Stille noch verstärkte. Es war einfach nichts zu hören; die für eine so üppig blühende Wiese typischen Geräusche, das Zirpen von Grillen, das Summen von Bienen, das sanfte Streicheln des Windes über die Gräser, das Zwitschern eines Vogels – alles war verstummt.

Evelyn blieb keine Zeit, um sich darüber Gedanken zu machen. Tamara hatte sich bereits in Bewegung gesetzt und sie musste sich beeilen, um mit ihr Schritt zu halten. Das Überqueren der Lichtung bis zum Baum hatte etwas Traumhaftes. Evelyn hatte beinahe das Gefühl, als würde sie wie in Zeitlupe über die Wiese schweben, ihre Füße schienen den Boden kaum zu berühren. Ihr Körper fühlte sich vollkommen schwerelos an.

Unter dem Baum angekommen, ließ sie ihren Rucksack von der Schulter gleiten. Er fiel auf weiches, saftiges Moos. Sie hielt in einer etwas verkrampften Stellung inne und richtete den Kopf gen Himmel. Ihr Blick verfing sich im endlosen Wirrwarr der alten, knorrigen Zweige und Blätter. Beinahe andächtig sank sie auf die Knie.

»Richte dir dein Bett«, sagte Tamara mit leiser Stimme, »ich werde dich bald verlassen. Bis dahin muss alles fertig sein.«

Evelyn gehorchte wortlos.

Die *Weiße Hexe* ließ sich vor einer weißen Steinplatte nieder. Das Erste, was sie aus ihrem Beutel zog, war ein verschnörkelter Zinnbecher. Danach zog sie einige kleine, mit bunter Flüssigkeit gefüllte Glasfläschchen aus ihrem Beutel und stellte sie daneben. Mit flinken Fingern mixte sie aus deren Inhalt einen Trank zusammen.

»Und bist du nun so weit?«, fragte sie Evelyn.

Diese nickte nur.

»Ich werde dich gleich alleine lassen und zum Boot zurückgehen. Aber keine Sorge, meine Gedanken werden die ganze Zeit über bei dir sein. Morgen früh, wenn alles überstanden ist, werde ich dich hier wieder abholen. Warte also auf mich.«

Evelyn war in einem traumähnlichen Zustand, so als wäre das alles gar nicht wahr, als wären der Baum und das Versprechen weißer Magie nicht mehr als der Hauch einer Vision, wie man sie in manchen, unendlich kostbaren Augenblicken kurz vor dem Einschlafen hat. Nachdem Evelyn Tamara das Geld überreicht hatte, reichte ihr die Hexe im Tausch den Zinnbecher mit der geheimnisvollen Flüssigkeit. Evelyn setzte den Becher an ihre Lippen und es war ihr, als fände sein Inhalt wie von selbst in ihren Mund. Zu ihrer Verblüffung schmeckte sie überhaupt nichts. Mit kleinen Schlucken nahm sie die Flüssigkeit auf, die mit einem angenehm warmen Gefühl ihre Kehle hinabrann.

Es war eine seltsame Haltung, in der Evelyn noch lange verharrte. Wenn sie erwartet hatte, dass sich der Himmel auftat, dass mit Blitz und Donner eine gewaltige Veränderung eingeleitet wurde oder das zumindest *in ihr selbst,* in ihrem tiefsten Inneren etwas auf den brennenden Wunsch, die grauenvollen Minuten, die sie durchlitten hatte, zu vergessen, reagierte, dann hatte sie sich getäuscht. Sie merkte kaum, dass Tamara wartete, bis sie auch wirklich den letzten Tropfen in sich aufgenommen hatte, bevor sie ihre Utensilien wieder in ihrem Beutel verstaute und sich nach einem kurzen Gruß auf den Rückweg machte.

Nun war Evelyn vollkommen auf sich allein gestellt.

Wild mit den Armen schlagend, den schweißnassen Kopf von einer Seite auf die andere werfend, lag Evelyn unter dem magischen Baum des Vergessens. Bis eben hätte ein zufälliger Beobachter vielleicht gedacht: Was für ein friedliches Idyll. Wie geschaffen für einen Maler. Eine junge, hübsche Frau, schlafend unter einem alten knorrigen Baum.

Doch dieses Bild hatte sich rasch gewandelt!

Evelyns Traum hatte genauso friedlich angefangen wie damals, als sie von der Arbeit gekommen war ...

Rasch hatte sie sich in ihren Freizeitdress geschmissen. Wie fast jeden Tag machte sie sich auf den Weg zum Fluss, nicht ahnend, dass sie bereits seit geraumer Zeit beobachtet wurde. Der junge Mann, der ihr wie zufällig entgegenkam, hatte sie nicht weiter beunruhigt. Er kam ihr vage bekannt vor. Irgendwo hatte sie ihn schon mal gesehen. Vielleicht beim Einkaufen? Oder war es ein Vertreter, der von Tür zu Tür ging und auch bei ihr sein Glück versucht hatte?

Als er aus ihrem Blickwinkel verschwand, hörte er auch auf in ihren Gedanken zu existieren.

Der Überfall kam vollkommen überraschend.

Hände legten sich von hinten um ihren Hals, drückten ihr die Luft ab und zerrten sie rücklings hinter das nächstgelegene Gebüsch. Sie versuchte verzweifelt sich aus dieser Situation zu befreien. Vollkommen sinnlos!

Mit unbarmherziger Kraft wurde sie bäuchlings auf die Erde gepresst. Die Hände um ihren Hals drückten wie ein Schraubstock ihre Kehle immer mehr zu, bis sie die Besinnung verlor.

Das Nächste, was sie wahrnahm, waren Schmerz und Ekel. Er musste sie, während sie bewusstlos war, auf den Rücken gedreht haben. Sie spürte seinen ekelhaften, keuchenden Atem im

Gesicht, der sich mit dem Geruch billigen Rasierwassers vermischte. Immer noch spürte sie seinen festen Griff um ihren Hals und seine Hände nahmen ihr die Luft zum Atmen.

Evelyn hatte keine Kraft mehr sich zu wehren. Sie sah über sich das Gesicht dieses Mannes, an dem sie soeben arglos vorübergegangen war. Doch jetzt war es zu einer Grimasse verzerrt. In den kalten, irrsinnig wirkenden grünen Augen unter den buschigen Augenbrauen funkelte krankhafte Begierde. Seine Narbe auf der linken Wange war ihr vorhin gar nicht aufgefallen. Doch jetzt machte sie das Gesicht noch bedrohlicher. Verzweifelt paddelten ihre Arme durch die Luft. Erst versuchte sie seine Hände, die sich wie Stahlfesseln um ihren Hals klammerten, wegzureißen. Als das nicht gelang, wollte sie sich in die braunen, kurz geschnittenen Haare krallen, um diese Grimasse von sich wegzuzerren. Aber vergebens. Die Hände drückten immer fester zu, bis sie endlich wieder in eine fast befreiende Bewusstlosigkeit fiel. Wie lange sie so dagelegen hatte, wusste sie nicht.

Wie durch Watte hörte sie eine fremde Stimme, lautes Rufen. Sie konnte die Worte nicht verstehen. Sie war auch nicht in der Lage sich zu bewegen, obwohl der Mann, der eben noch auf ihr gelegen hatte, nun nicht mehr da war.

Plötzlich war ein großer Schatten über ihr. »Nein, bitte nicht«, flehte Evelyn und rollte sich wie unter Schmerzen gekrümmt zur Seite. Etwas Feuchtes berührte ihre Wange und ließ sie entsetzt aufschreien: »Nein, nicht!«

Dann hörte sie wieder die Stimme und dieses Mal verstand sie, was sie sagte: »Hasso, komm sofort hierher! Was machst du denn da? Nein, oh Gott!«

Danach tauchte Evelyn wieder in schwarzes Nichts ab. Sie kam erneut zu sich, als die von dem fremden Mann herbeigerufenen Sanitäter neben ihr knieten. Der Notarzt verabreichte Evelyn als Erstes ein starkes Beruhigungsmittel und die Sanitäter brachten sie ins nächste Krankenhaus. Doch statt hier Ruhe zu finden, musste sie unangenehme und demütigende Untersuchungen über sich ergehen lassen. Alles tat ihr weh. Am liebsten wäre sie eingeschlafen und nie wieder aufgewacht.

Am nächsten Tag, gleich nach der Visite, stand eine Polizistin in ihrem Zimmer. Sie gab sich zwar große Mühe sie besonders behutsam nach dem Tathergang zu befragen, aber allein die Erinnerung an den letzten Abend trieb Evelyn die Tränen in die Augen.

Ein Phantombild des Täters wurde nach ihren Angaben gefertigt – ergebnislos! Die Ermittlungen verliefen im Sande.

Und dann … immer wieder der gleiche Traum!

Rasch zog sie sich ihr Freizeitdress an. Wie fast jeden Tag machte sie sich auf den Weg zum Fluss …

Ein lautes »Hallo« riss Evelyn aus ihrem Traum. Es dauerte eine Weile, bis sie zu sich kam. Benommen und völlig durchgeschwitzt richtete sie sich auf und befreite ihre Beine aus dem Schlafsack.

Verschlafen sah sie sich ihre Umgebung an. Dann hörte sie wieder eine Stimme rufen: »Hallo, ist das nicht ein traumhaft schöner Ort?«

Eine kräftig gebaute Frau, mit einem bunten, tuchähnlichen Gewand kam über die Wiese auf sie zu.

»Mein Name ist Tamara Wilkowski. Ich hoffe, ich störe Sie nicht.«

»Äh, ja … nein«, stotterte Evelyn. »Überhaupt nicht. Ich bin nur noch nicht ganz wach.«

»Sie haben sich hier zum Campen ja ein herrliches Plätzchen ausgesucht«, sagte die Frau. Dann deutete sie auf Evelyns Rucksack. »Wie ich sehe, haben Sie gar kein Proviant dabei. Darf ich Sie zum Frühstückspicknick einladen? Es wird schon für zwei reichen und in Gesellschaft schmeckt es viel besser.«

Erst jetzt fiel Evelyn auf, dass sie einen Bärenhunger hatte. Sie warf einen Blick in ihren Rucksack und sagte: »Merkwürdig, da habe ich doch gestern tatsächlich vergessen etwas zum Essen einzupacken. Das ist sonst gar nicht meine Art.«

»Was für ein Glück für mich, ich habe gerne ein wenig Gesellschaft.«

Die wenigen Habseligkeiten von Evelyn waren schnell

zusammengepackt. Die Frau war ihr beim Tragen behilflich. Zwar erschöpft, aber gut gelaunt gingen sie gemeinsam in Richtung des Lagercamps.

Was für nette Menschen man hier trifft, dachte Evelyn.

Sie wunderte sich zwar ein wenig darüber, dass es ihr einfach nicht einfallen wollte, wie sie hierher gekommen war, aber das war dann auch gar nicht mehr so wichtig. Sie verspürte nur ein unheimlich schönes, befreiendes Gefühl, so als hätte sie nach langer Zeit eine unendlich schwere Last abgeschüttelt.

Das Angebot der fremden Frau, sie zum Anlegesteg mitzunehmen, nahm Evelyn dankbar an.

In Evelyns Leben hatte sich vieles geändert. Sie war wie ausgewechselt. Ihr war zwar nicht klar, woran es lag, aber sie lernte immer mehr Menschen kennen. Ihr Freundeskreis wuchs fast von Woche zu Woche. Wie hatte sie früher nur ohne diese Kontakte auskommen können?

Ja früher! Da war so eine merkwürdige Sache. Wahrscheinlich vollkommen belanglos. Es gab da eine Zeit in ihrem Leben, an die konnte sie sich einfach nicht mehr erinnern. Auch wenn sie sich noch so sehr anstrengte.

Und dann waren da noch die Arbeitskollegen. Eine Zeit lang verhielten sie sich ihr gegenüber schon etwas merkwürdig, sehr zurückhaltend und vorsichtig. Aber das hatte sich sehr schnell wieder gelegt.

Am Wochenende war Evelyn meistens mit Verabredungen voll eingedeckt. So auch heute.

Es war Freitagnachmittag. Sie hatte eine Stunde früher frei genommen. Zum Glück war auch ihr Chef ein Rolling-Stones-Fan und konnte daher gut nachvollziehen, wie schwierig es war, Karten für das große Stones-Konzert zu bekommen. Um achtzehn Uhr wollte sie sich mit ihren Freunden treffen. Bis dahin hatte sie noch genügend Zeit.

Nach einem entspannenden und ausgiebigen Bad stand sie nun nur mit ihrer Jeans bekleidet vor dem Spiegel. Sie nahm sich besonders viel Zeit für ihr Äußeres. Wer weiß, vielleicht kam sie nah genug an ihre Idole heran, um ein Autogramm zu bekommen.

Als es an der Haustür klingelte, war sie fast fertig. Eilig warf sie sich die Bluse über die Schultern und knöpfte sie rasch zu.

»Ja, bitte«, sagte Evelyn freundlich lächelnd, nachdem sie die Tür geöffnet hatte.

Ein Mann stand vor ihrer Tür. Er wirkte verwirrt, seltsam eingeschüchtert, fast so, als sähe er ein Gespenst vor sich. Eine Woge billigen Rasierwassers schlug ihr entgegen.

Wohl ein Vertreter, dachte Evelyn amüsiert, und zwar einer der nicht so begabten Sorte. Aber da war noch etwas anderes ... braune, kurz geschnittene Haare, eine hohe Stirn, grüne, stechende Augen mit buschigen Augenbrauen, eine Narbe auf der linken Wange ... Nur ganz flüchtig blitzte in ihr ein Erkennen auf, sah sie sich selbst am Boden liegen, diesen Mann über sich gebeugt ... doch dann verschwand die Vision schlagartig und so vollständig, dass alle Beklemmung von ihr abfiel, und im Überschwang ihres neu gewonnen Freiheitsgefühls sagte sie: »Kommen Sie doch rein!«

THOMAS GÖRDEN

DER DELFIN

Jedes Mal versetzt es mir einen Stich ins Herz, wenn ich lese, dass die Treibnetzfischerei kein Ende nimmt und nach wie vor in allen Weltmeeren riesige Netze ausgebracht werden, in denen tausende von Delfinen qualvoll sterben müssen. Ich habe zu diesen geheimnisvollen Geschöpfen des Meeres eine ganz besondere Beziehung. Schuld daran ist ein sonderbares Erlebnis, das ich vor einigen Jahren an der Südküste Kretas hatte, am Libyschen Meer.

Ich bin Schriftsteller und hatte mich für ein paar Wochen nach Ierápetra zurückgezogen, um in der orientalischen Ruhe dieser Stadt, wo schon der warme Wind Afrikas herüberweht, einen Roman fertig zu stellen. Tagsüber saß ich auf dem Balkon meines Hotelzimmers vor der Schreibmaschine und schwamm anschließend im Meer, dessen Wasser mir in diesem Jahr außergewöhnlich klar und mild zu sein schien. Abends erfreute ich mich dann, vor einer der Strandtavernen sitzend, am Anblick der vielen über die Uferpromenade spazierenden Menschen.

Als ich an einem solchen Abend an der Promenade saß, rauchte und Rotwein trank, ging eine junge Frau dicht an mir vorbei. Sie trug ein kurzes, ozeanblaues Sommerkleid und sie war außerordentlich schön, mit einem fein gezeichneten Gesicht, schimmernden, gewellten dunklen Haaren und dem kräftigen, sonnengebräunten Körper einer geübten Schwimmerin. Was meine Aufmerksamkeit fesselte, war jedoch nicht in erster Linie ihre Schönheit. Hübsche junge Touristinnen gab es in Ierápetra recht viele.

Das Besondere an dieser jungen Frau war ihre Traurigkeit. Es mag übertrieben klingen, aber ich konnte mich nicht erinnern je zuvor einen so traurigen Menschen gesehen zu haben. Traurigkeit zeigt sich nicht nur im Gesicht, sondern ebenso in der Art, wie eine Person den Kopf und die Schultern hält und wie sie geht. Und die junge Frau war geradezu in eine dunkle Aura der Schwermut gehüllt, die in völligem Gegensatz zu der friedlichen Abendstimmung am Meer stand.

Nicht weit von mir entfernt setzte sie sich auf eine Bank hinter dem Geländer der Ufermauer und schaute hinaus aufs Wasser. Ich konnte nicht anders, als immer wieder zu ihr hinzusehen, tief berührt von dem traurigen Schleier auf ihrem schönen Gesicht. Geraume Zeit später, als es schon dunkel wurde, stand die junge Frau, nachdem sie so lange still dort gesessen hatte, ganz plötzlich auf und ich sah sie eilig davongehen, hastig in den Gassen der Stadt untertauchen.

Während ich meinen Wein austrank, dachte ich über ihre seltsame Traurigkeit nach. Wie konnte jemand in diesem sonnigen Urlaubsklima in einer solchen Gemütsverfassung sein? Hatte ihr Freund sie betrogen? Hatte sie eine schreckliche Nachricht von zu Hause erhalten?

Am folgenden Abend setzte ich mich vor der Taverne an denselben Tisch, erfüllt von der vagen Hoffnung, die junge Frau möge wieder auftauchen. Und das Wunder geschah. Ungefähr zur gleichen Zeit wie am Tag zuvor kam sie, im selben blauen Kleid, setzte sich wieder auf ihre Bank und blickte melancholisch aufs Wasser. Ich zahlte, stand auf und ging zu ihr, was mich einige Überwindung kostete, denn ich bin von Natur aus schüchtern. Ich fragte auf Deutsch, ob der Platz neben ihr noch frei sei. Sie drehte sich zu mir um, sagte: »Ja, bitte«, und schaute dann wieder schweigend übers Meer.

Eine Weile saß ich neben ihr, dann sagte ich, in der Hoffnung, sie würde es nicht als plumpen Annäherungsversuch auffassen: Ich hätte sie gestern Abend schon von der Taverne aus beobachtet. Sie sehe sehr traurig aus. Ob es sie erleichtern würde, darüber zu sprechen. Sie blickte mich aus azurblauen Augen mit einem wehmütigen Lächeln an und sagte, es gebe eine Traurigkeit, die sich nicht durch Worte lindern lasse. Ich lud sie zu einem Glas Wein ein. Zu meiner Überraschung nahm sie die Einladung an und kam mit mir.

Während der Abend herabsank und an den Tavernen die Lichter eingeschaltet wurden, saßen wir bei einer Flasche Wein. Ich bot ihr von meinen Zigaretten an, doch sie lehnte mit einem sanften Lächeln ab. Sie, ihr Name war Doris und sie sprach fließend Deutsch, überließ das Reden weitgehend mir, hörte aber aufmerksam zu, schien meine Worte regelrecht zu trinken, als eine willkommene Ablenkung von ihrem Kummer. Ich erzählte ihr von dem Roman, an dem ich schrieb. Von sich gab sie nicht viel preis, nur dass sie als Urlauberin auf Kreta sei, dass sie immer am Meer Urlaub mache. Als sie vom Meer sprach, leuchteten ihre Augen für einen kurzen Moment auf. Sie sagte, sie sei eine leidenschaftliche Schwimmerin.

Trotz ihrer Schwermut strahlte Doris Freundlichkeit und Wärme aus. Und ein paarmal während unserer Unterhaltung lächelte sie, doch ich spürte deutlich, dass sie das mir zuliebe tat, und nicht weil es mir gelungen wäre, sie aufzuheitern. Schließlich wollte sie aufbrechen. Ich sagte ihr, dass ich sie gerne wieder sehen wollte. Dabei war wohl vor allem Neugierde im Spiel. Mir schien, dass sich hinter Doris' Traurigkeit ein ungewöhnliches Geheimnis verbarg, und welcher Schriftsteller fühlte sich nicht von Geheimnissen angezogen?

Doris zögerte einen Moment, dann sagte sie, eine halbe Busstunde von Ierápetra entfernt gebe es eine einsame kleine Bucht. Dort wolle sie morgen schwimmen gehen und ich könne sie ja begleiten. Wir machten eine Uhrzeit aus, wann wir uns an der Busstation treffen wollten. Als ich am nächsten Tag dorthin ging, bezweifelte ich sehr, dass Doris tatsächlich kommen würde.

Doch sie war da. Den braun gebrannten, etwas breitschultrigen Schwimmerinnen-Körper wieder im selben ozeanblauen Sommerkleid, schaute sie mich aus ihren blauen

Augen schwermütig an. Während der Bus über die kurvige Küstenstraße rumpelte, überließ sie wie schon am Abend zuvor weitgehend mir das Reden, schenkte mir lediglich hin und wieder ihr sanftes, melancholisches Lächeln. Der Bus hielt bei einem leer stehenden Haus und einigen halb verfallenen Gewächshäusern, deren Plastikplanen der Wind zerfetzt hatte. Wir stiegen aus und Doris sagte: »Komm!«

Sie lief so rasch einen schmalen Pfad zum Meer hinunter, dass ich Mühe hatte ihr zu folgen. Dort lag tatsächlich eine kleine, ganz einsame Bucht mit schmalem Sandstrand.

Doris schien meine Gegenwart völlig vergessen zu haben. Von einer mir unerklärlichen Unruhe befallen, rannte sie zum Strand, riss sich ihr Kleid regelrecht vom Leib. Darunter kam ein Badeanzug in einem noch leuchtenderen Ozeanblau zum Vorschein. Dann stürzte sie sich ins Wasser, als sei sie vor irgendetwas auf der Flucht, und schwamm mit raschen, kräftigen Zügen hinaus. So schnell ich konnte, zog ich mich bis auf die Badehose aus und folgte ihr.

Etwa in der Mitte der Bucht drehte sich Doris zu mir um. Zu meinem Erstaunen lachte sie plötzlich über das ganze Gesicht und winkte mir fröhlich zu! Ich holte sie ein und nun planschte sie mit mir so ausgelassen und vergnügt im Wasser herum, dass ich es kaum glauben konnte. Wie durch ein Wunder schien das Meer alle Traurigkeit von ihr abgewaschen zu haben.

Ich halte mich für einen geübten Schwimmer, aber nie zuvor hatte ich einen Menschen sich mit solcher Gewandtheit und Geschmeidigkeit im Wasser bewegen sehen wie Doris. Sie drehte sich auf den Bauch, auf den Rücken, tauchte elegant wie ein Fisch, um dann prustend und lachend wieder an die Oberfläche zu kommen. Es war eine Freude, ihr dabei zuzusehen. Dann bezog sie mich in dieses Spiel mit ein und wir tanzten fröhlich im klaren, an diesem Tag besonders ruhigen Wasser.

Schließlich, als ich anfing müde zu werden – Doris schien im Wasser über unbegrenzte Ausdauer zu verfügen –, schwammen wir zum Strand zurück. Während wir unsere Körper von der Sonne trocknen ließen, erzählte Doris, deren offenbar im Meer wiedergewonnene Fröhlichkeit zunächst anzuhalten schien, mit begeistert leuchtenden Augen und lebhaften Gesten von den großen blauen Delfinen im Palast von Knossos, diesem eindrucksvollen Überbleibsel aus der Zeit der Minoer.

»Nach ihren Wandgemälden zu urteilen, müssen die Minoer ein sehr buntes, lebensfrohes Volk gewesen sein«, sagte ich.

»Ja«, erwiderte Doris, »und sie haben das Meer und seine Geschöpfe geliebt, ganz besonders die Delfine. Sie glaubten, dass Delfinseelen und Menschenseelen eng verwandt sind, nur dass dem Menschen ein Körper aus dem Lehm der Erde gegeben wurde, während der Körper des Delfins aus dem Schaum des Meeres gemacht ist.«

Besorgt beobachtete ich, wie sich wieder der beunruhigende Schleier der Traurigkeit über Doris' Gesicht legte, trotz der idyllischen Schönheit, von der wir hier in der kleinen Bucht umgeben waren.

Sie stand auf, sagte leise und rasch: »Lass uns zurückfahren.« In ihren Augen schimmerten Tränen. Sie wandte sich ab, zog eilig ihr Kleid über und lief, ohne sich nach mir umzudrehen, den Pfad zur Bushaltestelle hoch.

Im Bus war sie so schweigsam wie auf der Hinfahrt, doch jetzt lächelte sie nicht einmal mehr und wich meinen Blicken aus. Ich bestand darauf, sie zu ihrem Hotel zu begleiten. Als wir dort ankamen, gab sie mir ihre Hand, die sich trotz der Sommerwärme kühl anfühlte, und sagte: »Mach's gut. Ich danke dir für deine Freundlichkeit. Du hast mir noch einen wunderschönen Tag geschenkt.«

Den ganzen Abend verbrachte ich vor der Schreibmaschine, um meinen durch den Ausflug mit Doris entstandenen Rückstand aufzuholen. Zwischendurch dachte ich immer wieder an sie und ihre sonderbaren Stimmungsumschwünge. Es muss schon weit nach Mitternacht gewesen sein, als ich endlich die Schreibmaschine ausschaltete und mich ins Bett legte.

Nun ergriff ein Gedanke von mir Besitz, der mich zusehends quälte und wach hielt: Plante Doris am Ende Selbstmord zu begehen, sich im Meer zu ertränken? War sie deshalb hierher gekommen? Es gab beunruhigende Anzeichen: Da war ihre unergründliche Schwermut. Und sie hatte diese seltsame Formulierung gebraucht: *noch einen* wunderschönen Tag.

Schließlich fiel ich doch in einen unruhigen Schlaf. Irgendwann sah ich im Traum, wie Doris am Strand ihr blaues Kleid abstreifte und nackt und unendlich traurig, in die Wellen stieg.

Abrupt wachte ich auf. Draußen schien bereits die Sonne. Ich sprang aus dem Bett, zog mich rasch an und rannte durch die morgendlichen Straßen Ierápetras, so schnell ich konnte, zu ihrem Hotel. Ich wollte alles tun, was in meiner Macht stand, um sie von ihrem Vorhaben abzubringen. Und ich betete, dass ich noch rechtzeitig kam.

An der Rezeption saß ein älterer, grauhaariger Kreter. Zum Glück stellte sich heraus, dass er recht gut Englisch sprach. Ich fragte ihn nach Doris, von der ich ja nur den Vornamen wusste. »Sorry«, sagte er, »die junge Dame ist heute ganz früh abgereist.« Er schaute auf die Uhr. »Schon vor etwa zwei Stunden.«

Also kam ich zu spät. Oder war sie tatsächlich abgereist, hatten sich meine Befürchtungen als unbegründet erwiesen? Der Portier lächelte plötzlich. »Sind Sie Robert, der Schriftsteller?«, fragte er. Ich nickte. Er hielt mir einen Brief hin. »Hier. Sie sagte: ›Wenn Robert, der Schriftsteller, nach mir fragt, geben Sie ihm das.‹« Er schüttelte den Kopf. »Sie war ein lieber Gast, immer freundlich. Aber leider so traurig.« Also hatte auch er es bemerkt.

Ich bedankte mich, ging nach draußen, lehnte mich gegen die kühle, weiße Hauswand und riss den Brief auf. Er war mit leuchtend blauer Tinte geschrieben, in einer feinen, harmonischen, wie Meereswellen geschwungenen Handschrift. Der Inhalt bestätigte, was ich befürchtet hatte:

Lieber Robert,
weil ich sicher war, dass du nach mir fragen würdest, habe ich diesen Brief für dich hinterlegt. Noch einmal möchte ich dir von Herzen für deine Freundlichkeit danken. Du hast es mir ermöglicht, diese letzten Stunden in der Gesellschaft eines mitfühlenden menschlichen Wesens zu verbringen. Dennoch steht mein Entschluss unabänderlich fest. Ich fahre zu der Bucht, wo wir gestern zusammen geschwommen sind, und beende ein Leben, in dem ich nicht glücklich sein kann. Mach dir bitte keine Vorwürfe. Du hättest nichts sagen oder tun können, um mich von diesem Vorhaben abzubringen.
Leb wohl,
Doris
PS: Da ist etwas, worum ich dich bitte: Ich lasse meine Sachen am Strand zurück. Würdest du sie für mich verbrennen, als Abschiedsritual zum Ende meines bisherigen Lebens?

Ich stürzte wieder ins Haus zur Rezeption und erklärte dem Portier rasch, und so gut ich es auf Englisch konnte, die Lage. »Wie furchtbar!«, rief er. »Schnell, kommen Sie!«

Er eilte mit mir in den Innenhof des Hotels zu einem alten, verbeulten Fiat. Ich beschrieb ihm die Stelle und wir brausten zunächst laut hupend durch die Gassen Ierápetras und dann in halsbrecherischem Tempo über die Kurven der Küstenstraße. Doris hatte vor zwei Stunden das Hotel verlassen, dann vermutlich den ersten Bus genommen. Das bedeutete, dass sie schon fast eine Dreiviertelstunde an der Bucht sein musste. Meine einzige Hoffnung war, dass sie mit ihrem Vorhaben zögerte, unschlüssig am Strand saß. Vielleicht kamen wir gerade noch rechtzeitig.

Der Portier stoppte mit quietschenden Reifen an der Bushaltestelle. Wir rannten hinunter zum Strand. Da stand ein Rucksack. Da lag Doris' blaues Kleid. Meine Augen suchten verzweifelt das Wasser der Bucht ab. Ich hoffte, dass es noch nicht zu spät war, dass sie noch irgendwo dort draußen schwamm. Ich winkte, rief nach ihr. Aber es war niemand zu sehen.

Nachdem ich eine Weile vergeblich Ausschau gehalten hatte, setzte ich mich traurig in den Sand.

»Da ist keine Hoffnung mehr, fürchte ich«, sagte der Portier. »Kommen Sie, wir fahren zurück. Ich benachrichtige vom Hotel aus die Polizei.«

Ich schüttelte den Kopf. »Ich möchte noch eine Weile hier bleiben. Allein sein. Ich fahre später mit dem Bus zurück.«

»Das kann ich sehr gut verstehen.« Er schaute einen Moment schweigend über das Meer. »Da sind Delfine draußen«, sagte er. »Ungewöhnlich, dass sie hier so nah an die Küste kommen.« Er deutete weit hinaus, aber er stammte aus einem Geschlecht von Fischern und Seefahrern und seine Augen waren offenbar schärfer als meine. Ich sah nur eine endlose Wasserfläche mit kleinen, weißen Wellenkämmen. Schließlich legte er mir mitfühlend die Hand auf die Schulter, wandte sich ab und ging davon.

Verzweifelt fragte ich mich, ob ich nicht doch irgendetwas hätte tun können, um ihren Selbstmord zu verhindern. Ich beschloss wenigstens ihren letzten Wunsch zu erfüllen, stand auf und sammelte etwas trockenes Treibholz, das aussah wie in der Sonne gebleichte Knochen. Es ging kaum Wind, sodass ich leicht ein Feuer entfachen konnte. Als es hell brannte, nahm ich Doris' Kleid und warf es in die Flammen. Ich hatte gehofft in ihrem Rucksack einen Ausweis oder ein Adressbuch zu finden, doch er enthielt keine Hinweise auf ihre Identität, lediglich ein paar leichte Kleidungsstücke, die ich ebenfalls ins Feuer warf.

Eine plötzliche Böe kam vom Meer und trieb den Rauch davon. Als ich mein Gesicht in den Wind drehte, sah ich einen Delfin. Er schwamm aus der offenen See in die Bucht hinein. Der Portier hatte also Recht gehabt, es waren tatsächlich Delfine da draußen.

Was dann geschah, erstaunte mich so, dass ich einen Moment meine Bestürzung über Doris' Tod vergaß. Mit aus dem Wasser gehobenem Kopf schwamm der Delfin schnurgerade auf den Strand zu, genau zu der Stelle, wo ich stand und der Rauch des Feuers aufstieg. Mein Herz begann heftig zu klopfen. Noch nie hatte ich draußen in der Natur einen Delfin gesehen. Was hatte das zu bedeuten? Waren sie denn nicht scheu wie alle Wildtiere? Er behielt seinen Kurs bei, und ich musste an die Meldungen über gestrandete Delfine und Wale denken, wie sie manchmal in den Nachrichten auftauchten.

Doch im flachen Wasser, dicht vor dem Strand drehte er bei und schwamm nun langsam mehrere, immer enger werdende Kreise. Er reckte den Kopf empor und stieß plötzlich ein wildes Konzert von Pfeif- und Quietschtönen aus.

Und etwas *zog* mich ins Wasser. Ich habe inzwischen viele Bücher über Delfine gelesen und weiß, dass manche Forscher behaupten, sie seien telepathisch begabt und könnten durch Gedankenkraft mit uns kommunizieren. Mir kam es vor wie Magie. Da war dieser schimmernde, stromlinienförmige Körper im Wasser, völlig fremd, wie die Laute, die er erzeugte, und etwas zog mich wie durch Zauberei zu ihm. Ich legte meine Kleider ab und stieg ins Wasser.

Er wich, begleitet von einem lauten Pfeifgesang, wieder einige Meter zurück. Von dort schaute er mich an und plantschte aufgeregt herum. Er war groß, sicher an die zweieinhalb Meter lang, aber ich spürte keine Angst, nur eine kribbelnde Erregung, als sei das Wasser elektrisch geladen. Als es mir bis zur Brust ging, fing ich an zu schwimmen.

Jetzt kam er nah zu mir, umkreiste mich, tauchte unter mir her, kam laut pfeifend wieder an die Oberfläche. Wenn er seine schnabelähnliche Schnauze öffnete, konnte ich seine Zähne sehen, aber er schien dabei zu lächeln und ich fürchtete mich nicht. Ich wollte ihn berühren, streckte vorsichtig die Hand aus und er ließ sich streicheln. Seine Haut fühlte sich glatt und fein gefurcht an.

Eine ganze Weile schwammen wir so, uns gegenseitig umkreisend und berührend, in der Bucht. Es war eine Freude, die eleganten Bewegungen des Tieres zu beobachten. Wir tanzten zusammen und ich musste daran denken, wie Doris am Tag zuvor hier an dieser Stelle mit mir getanzt hatte. Sie war so sicher geschwommen wie dieser Delfin. Immer wieder schaute er mich aus seinen weichen, runden Augen aufmerksam an. Irgendwann schien er zu spüren, dass ich müde wurde. Er umkreiste mich ein letztes Mal, berührte mit seiner Schnauze ganz sanft meine Brust, drehte sich herum und schwamm rasch davon, hinaus ins offene Meer, wobei er ein paarmal übermütig hoch in die Luft sprang und mit lautem Klatschen wieder in sein Element eintauchte.

Schließlich sah ich ihn nicht mehr, kehrte an Land zurück und spürte die warmen Sonnenstrahlen auf meiner Haut. Als mein Körper abgetrocknet war, stand ich auf und wandte mich vom Meer ab. Das Feuer war heruntergebrannt, von Doris' Sachen blieben nur ein paar verkohlte Fetzen. Ich ging hinauf zur Straße und wartete auf den Bus.

Während der Bus nach Ierápetra zurückrumpelte, musste ich daran denken, wie Doris mir von dem Glauben der Minoer erzählt hatte, Delfinseelen und Menschenseelen seien eng verwandt. *Was* hatte der Delfin dort gewollt? Bei mir? Ich ging zu Doris' Hotel und erzählte dem Portier, was ich erlebt hatte. Er wiegte den Kopf. »Von alten minoischen Sagen verstehe ich nichts, aber mein Großonkel, der ist ein lebendes Geschichtsbuch.« Er bestand darauf, dass ich mit diesem Großonkel reden müsste. Wir trafen ihn in einem Kafeníon und er schien mir uralt zu sein, als sei er mit einer der minoischen Ruinen ausgegraben worden, ein Gesicht wie ein Küstenfelsen.

Als ich ihm von Doris und von dem Delfin erzählte, falteten sich seine Wangen zu einem Grinsen. »Es gibt eine Sage, die die meisten Leute vergessen haben«, sagte er in brüchigem Englisch. »Nur ein paar Alte wie ich kennen sie noch. Das heißt, sie ist mir jetzt wieder eingefallen. Weil Delfinseelen und Menschenseelen so nah verwandt sind, kommt es manchmal vor, dass sich ein Delfin in einen Menschenkörper verirrt. So ein Mensch ist an Land zeitlebens ein Fremder, mit unstillbarer Sehnsucht nach dem Meer. Irgendwann wird er hinausschwimmen und die Meergöttin bitten den Fehler zu beheben und ihm einen anderen Körper zu geben, einen, der aus dem Schaum des Meeres gemacht ist. Manchmal wird diese Bitte erhört.«

Dieser Delfin war mit mir geschwommen wie Doris. In dem Brief hatte sie von »ihrem bisherigen Leben« gesprochen. War ihre Bitte erhört worden und war sie noch einmal zurückgekommen, um sich von mir zu verabschieden?

Der Großonkel des Portiers grinste wieder zerfurcht. »Natürlich ist das nur eine dumme, alte Sage. Kein moderner Mensch glaubt so was.«

Vom Rest des Abends ist mir nur in Erinnerung, dass der Portier, der Alte und ich sehr viel Rakí tranken. Am nächsten Morgen wachte ich spät, mit einem fürchterlichen Kater in meinem Hotelzimmer auf, in das der Portier mich offenbar geschafft hatte.

Das liegt einige Jahre zurück. Bis heute weiß ich nicht, was ich glauben soll. Sind Menschen und Delfine seelenverwandt? War es ein bloßer Zufall, dass dieser Delfin am Strand auftauchte, oder können sich tatsächlich Menschen in Delfine verwandeln und womöglich Delfine in Menschen? Ein Indiz immerhin gibt es: Wenn Menschen sich in den Wellen das Leben nehmen, behält das Meer sie nicht, sondern wirft sie, wie Fremdkörper, die nicht in dieses Element gehören, nach kurzer Zeit zurück an den Strand. Doris' Körper aber wurde nie angespült.

Thomas Ziegler

ABENDS KOMMT OMA

Jeden Morgen, wenn Arthur Millner müde, deprimiert und mit den Nerven am Ende ins Badezimmer schlurfte und sein sympathisches, aber völlig übernächtigtes Gesicht im Spiegel betrachtete, fragte er sich, wie lange er Oma noch ertragen konnte. Schon vor Monaten hatte er sich diese Frage gestellt und sie mit einem eindeutigen *Nicht eine Sekunde länger!* beantwortet, und damals hatte sich Oma nur am Sonntag blicken lassen, unmittelbar nach ihrem obligatorischen Kirchenbesuch.

Aber inzwischen kam Oma jeden Abend.

Und kein Mensch konnte schlafen, wenn Oma kam.

Wie sollte er auf Dauer ohne Schlaf überleben? Der Schlafmangel schadete nicht nur seiner Gesundheit, sondern auch dem Geschäft.

Millner starrte in den Spiegel. Er bot wirklich kein freundliches Bild: Die kränkliche Blässe, die dunklen Ringe unter den Augen, der unscharfe, gehetzt wirkende Blick, der depressive Zug um den Mund – alles in allem nicht unbedingt ein Gesicht, das man Vertrauen erweckend nennen konnte. Ganz gewiss nicht das richtige Gesicht für einen dynamischen jungen Mann, der seinen Lebensunterhalt mit dem Verkauf biodynamischer Gesundheitstees aus *Omas Kräuterapotheke®* bestreiten musste.

Vielleicht sollte ich umsatteln und Bestattungsunternehmer werden, dachte Millner beim Rasieren. Oder Sargvertreter. Zum Geier, die flotten Jungs vom Sargdiscount suchen doch laufend tüchtige Verkäufer, die ihre zusammengeklebten Pressspankisten unters Volk bringen …

Aber natürlich würde Oma der Gedanke gar nicht gefallen.

Oma hasste alles, was auch nur im Entferntesten mit Beerdigung zu tun hatte.

Millner grinste hässlich. Er konnte es ihr nicht verdenken. Wirklich nicht. In ihrem *Zustand* … Er seufzte und versuchte die Müdigkeit mit einer eiskalten Dusche zu bekämpfen, aber weder der Kälteschock noch der extra starke Kaffee hinterher konnten verhindern, dass er beim Frühstück einnickte und erst vom Brandgeruch, der aus dem Toaster kam, geweckt wurde. Der Anblick der angekohlten Toastscheiben vertrieb seinen Appetit, und später, als er im Korridor die Schuhe überstreifte, war er froh nichts gegessen zu haben.

Omas Spuren waren überall.

Es war einfach furchtbar. Unglaublich, was eine alte Frau alles fallen lassen konnte. Ihr Zustand verschlechterte sich von Tag zu Tag und noch immer war Millner keinen Schritt weitergekommen. Es ist eine Schande, dachte er. Dabei bin ich ihr einziger Enkel, und nicht nur das, sondern auch Geschäftsführer ihrer gottverdammten *Kräuterapotheke®*. Wenigstens mit mir könnte sie reden. Schon im Interesse der Firma.

Bedauerlicherweise war Oma allen vernünftigen Argumenten gegenüber taub.

Millner griff nach seiner Aktentasche und überließ das Haus und Omas Spuren der Putzfrau, die sich schon seit Wochen über den Unrat beklagte, der jeden Morgen auf dem Teppich lag. Allerdings hatte sie seinen Vorschlag, sich bei Oma persönlich zu beschweren, nie befolgt.

Ein böses Lächeln verwischte den depressiven Zug um Millners Mund.

Oma war eine resolute alte Dame.

Alle Welt hatte gottverdammten Respekt vor ihr.

Und er hatte die Scherereien.

Millner kam natürlich zu spät ins Büro. Als er das Gebäude der Firma *O. K. Omas Kräuterapotheke® GmbH & Co KG* – ein überdimensionaler Teebeutel aus Glas und Aluminium – in der Morgensonne blitzen sah, war es bereits kurz nach neun, und als er endlich in der hoffnungslos verbauten Innenstadt einen Parkplatz gefunden hatte und durch die Drehtür ins teefarbene Foyer stolperte, schlug die nahe Kirchturmuhr Zehn.

Es versprach ein sonniger Tag zu werden.

Schon jetzt war es im Foyer so heiß, dass in Millner der Verdacht aufstieg, er hätte sich in der Tür geirrt und versehentlich den Großofen der hochmodernen Brotfabrik nebenan betreten. Zu allem Überfluss bewies die Klimaanlage auch an diesem Tag, dass sie ihr Geld nie wert gewesen war. In Schweiß gebadet und vor Müdigkeit so verwirrt, dass er minutenlang halluzinierte und im leeren Aufzug mit Oma sprach, schlurfte er ins Vorzimmer seines Büros.

Cindy – vollbusig, wasserstoffblond und seit Omas unerwartetem Ausscheiden aus der Firma seine Privatsekretärin – kniete vor der Fensterfront auf dem Boden und bespritzte mit einer Wasserpistole die etwa fünfzig fingerhutgroßen Bonsai-Bäumchen, die Oma mit viel Liebe gezüchtet hatte.

Und das trotz ihrer verheerenden Kurzsichtigkeit, dachte Millner. Oma ist schon eine bemerkenswerte Frau.

Vage wurden ihm Cindys wohlgeformte Oberschenkel und der Ansatz ihres rosa Spitzenhöschens unter dem knappen Lederrock bewusst, doch er war zu müde, um mit mehr als nur pflichtschuldigem Interesse hinzusehen.

Cindy richtete sich auf und schenkte ihm ein völlig unangebrachtes strahlendes Lächeln. »Hi, Arthur. Sie sehen wieder einmal *gar nicht* gut aus.«

»Ich sehe mit jedem Tag schlechter aus«, versicherte Millner. »Und ich bin fest davon überzeugt, dass es auf Dauer nicht gut gehen kann.«

Cindy bedachte ihn mit einem mitfühlenden Blick. »War Oma wieder da?«

»Natürlich war Oma wieder da«, knurrte Millner. »Oma kommt jeden Abend.« Er schlug die Tür seines Büros hinter sich zu und warf die Aktentasche auf den Konferenztisch. Dann ließ er sich in seinen Sessel fallen. Trübsinnig starrte er aus dem Fenster und dachte über sich, sein Leben und Oma nach. Dann dachte er an die frühmorgendliche Hitze und an die Glut des bevorstehenden Tages.

Oma hatte die Sonne noch nie gemocht.

Sie vertrug die Sonne einfach nicht.

Kein Wunder, dass sie nur abends kam.

Aber jetzt, da der Sommer begonnen hatte, würde ihr das auch nicht mehr helfen. Millner schauderte. Ich muss etwas unternehmen, sagte er sich grimmig. Irgendetwas. Entweder redet Oma bald oder ich steige aus. Schließlich ist es ihre gottverdammte *Kräuterapotheke®*. Ich habe nie davon geträumt, einmal den Postversand von 173 verschiedenen Gesundheitstees zu organisieren und in einem Haus zu arbeiten, das wie ein aufgeblähter Teebeutel aussieht. Ich meine, das ist nicht die Art Kindheitstraum, den eine liebende Großmutter ihrem einzigen Enkel erfüllen sollte …

Draußen brauste der Verkehr vorbei und der Motorenlärm erinnerte ihn überraschenderweise an das Brandungsrauschen jener karibischen Insel, auf der er sich zur Ruhe setzen wollte, wenn Oma endlich geredet hatte.

Vorausgesetzt, Oma redete überhaupt noch einmal.

Derzeit sah es nicht danach aus und mit jedem neuen Tag wurde die Wahrscheinlichkeit geringer.

Oma war nicht mehr die Jüngste.

Und ihr *Zustand* …

Die Tür sprang auf und Norbert Noak, der staatlich geprüfte und amtlich vereidigte Kräuterdoktor der Firma, stürmte mit wehendem Kittel ins Büro. »Nun?«, schrie er. »Nun? Nun?«

Millner schüttelte wortlos den Kopf.

Noak sank mit enttäuschter Miene auf dem Besucherstuhl in sich zusammen. Sein ausgezehrtes Gesicht mit der Raubvogelnase erschlaffte; alles Leben schien aus ihm zu entweichen. Er war hässlicher denn je.

»Lasst schöne Menschen um mich sein«, murmelte Millner. »Wer hat das noch einmal gesagt, Norby?«

»Göring«, sagte der Kräuterdoktor, während er in den Taschen seines Kittels kramte. »Hermann Göring. Allerdings sprach er von abgefeimten Bösewichten.«

»Ich wette«, sagte Millner mit grabestiefer Stimme, »ich wette, Oma hätte sich mit Göring wunderbar verstanden.«

Noak brachte eine Packung Mentholzigaretten zum Vorschein. Er rauchte und warf Millner einen düsteren Blick zu. »Du bist dir doch im Klaren darüber, dass es *so* nicht weitergehen kann. Ich meine, wir könnten mit dieser Scheißfirma ein Scheißgeld verdienen, wenn du Oma endlich zum Reden bringen würdest.« Noak reckte den Kopf; er sah wie ein gemütskranker Geier aus. »Ich begreife einfach nicht, wieso Oma nicht mit der Sprache rausrückt. Wahrscheinlich machst du alles falsch. Zum Teufel, was *treibt* ihr denn jeden Abend? Ihr müsst doch über irgendetwas *reden.*«

»Oma ist seit ihrem Ausscheiden aus der Firma nicht sehr gesprächig«, erklärte Millner. »Es fällt ihr schwer, überhaupt etwas zu sagen. Und seit sie ihr Gebiss verloren hat, ist es noch schlimmer geworden. Das letzte verständliche Wort, das sie von sich gegeben hat, war ›Bonsai‹ ... Ihre Bäumchen«, sagte Millner. »Oma hängt mehr an ihren verdammten Bonsai-Bäumchen als an ihrem einzigen Enkel. Von der Firma ganz zu schweigen.«

»Aber wir müssen etwas tun«, beharrte Noak.

»Sicher.« Millner gähnte. »Würdest du einen Sarg von mir kaufen?«

»Einen Sarg?«

»Ich spiele mit dem Gedanken die Branche zu wechseln.« Millner legte die Beine auf den Schreibtisch und verschränkte die Hände hinter dem Kopf. »Ich frage mich, ob es für uns alle nicht besser wäre, wenn ich die Leitung von *Omas Kräuterapotheke®* in unfähigere Hände legen und mein Geld mit dem Verkauf von Särgen verdienen würde. Hank vom Sargdiscount würde mich jederzeit nehmen. Hank schätzt es, wenn der familiäre Hintergrund seiner Vertreter zum Geschäft passt.«

»Soll das ein Scherz sein?« Noak rauchte. »Du als Sargverkäufer – das schreckt vom Sterben ab.«

Millner machte eine müde Handbewegung und wischte dabei den Aschenbecher vom Schreibtisch. »Ein Mann in meiner Lage macht keine Scherze«, versicherte er. »Zum Teufel, ich habe es satt, meine Tage in einem gottverdammten Teebeutel und meine Abende mit Oma zu verbringen. Das ist kein Leben für einen dynamischen jungen Mann mit meinen Fähigkeiten, Norby. Selbst meinem schlimmsten Feind würde ich ein derartiges Leben nicht wünschen, und wer meine Feinde kennt, weiß, was das bedeutet.«

»Du bist deprimiert«, erklärte der Kräuterdoktor. »Du bist fertig, Arthur. Du solltest ausspannen. Die Scheißfirma frisst dich auf.«

»Es ist Omas Schuld«, sagte Millner. »Sie bleibt immer länger. Heute ist sie erst kurz vor fünf gegangen. Und ich kann nicht schlafen, wenn Oma zu Besuch ist. Diese *Geräusche*.... Ich habe es versucht, aber ich kann nicht.«

»Probier es mit Schlaftabletten.«

»Ich ernähre mich seit Wochen nur von Schlaftabletten.« Millner strich über sein zerzaustes Haar. »Das einzige gottverdammte Ergebnis ist, dass mir tagsüber die Augen zufallen. Ich bin ein gottverdammtes Wrack, Norby.«

»Du siehst alles viel zu pessimistisch«, meinte Noak. »Wir sollten das Problem noch einmal gründlich und nüchtern durchdenken. Vielleicht finden wir eine Scheißlösung, die uns alle zufrieden stellt – Oma eingeschlossen.«

»Gut«, nickte Millner ohne echte Begeisterung. »Lass uns das Problem gründlich und nüchtern durchdenken. Ich hoffe, es macht dir nichts aus, wenn ich dir das Denken überlasse. Ich bin zu müde.«

»Cindy könnte dir einen Gesundheitstee …«

»*Nein*!« Millner kam halb hinter dem Schreibtisch hoch und fiel dann schwer in den Sessel zurück. »Nein. Es genügt, dass ich in einem gottverdammten Teebeutel arbeite. Ich muss das Zeug nicht auch noch trinken.«

»Ruhig, Arthur, ganz ruhig«, sagte Noak beschwichtigend. »Es war nur ein gut gemeinter Vorschlag.«

»An gut gemeinten Vorschlägen«, knurrte Millner, »sind im Lauf der Weltgeschichte schon mehr Menschen gestorben als an Pest, Cholera und überhöhten Steuerbescheiden zusammen.«

»Gehen wir systematisch vor.« Noak angelte nach dem Aschenbecher, drückte die Zigarette aus und zündete eine neue an. Die Spitze seiner Raubvogelnase berührte fast die Glut. »Punkt eins. Die Firma *O. K. Omas Kräuterapotheke® GmbH & Co KG* vertreibt insgesamt 173 verschiedene Gesundheitstees im umweltfreundlichen Naturfaserbeutel. Alle Gesundheitstees sind nach Omas Geheimrezepten aus teils exotischen, teils altbekannten Kräutern zusammengestellt, die allesamt auf biologische Weise angebaut und unter sorgfältiger und ständiger Überwachung verarbeitet werden. Richtig?«

»Zu meinem Bedauern kann ich dir nicht widersprechen.«

»Punkt zwei«, fuhr Noak fort. »Wir wissen, dass eine *bestimmte* Kräutermischung für Omas, hm, erstaunlich rüstigen Zustand verantwortlich ist. Richtig?«

»Gewissermaßen schuld«, bemerkte Millner. »Weniger verantwortlich und mehr schuld, wenn du weißt, was ich meine.«

»Punkt drei«, sagte Noak. »Wir wissen nicht, welche Kräutermischung diese ungewöhnlich ... belebende Wirkung hat. Richtig?«

»Richtig«, nickte Millner. »Und wir werden es nie erfahren, wenn Oma nicht den Mund aufmacht. Ich will verdammt sein, aber diese Frau hat in den letzten vierzig Jahren jeden Tag jede einzelne Sorte ihrer gottverdammten Gesundheitstees getrunken. 173 Tassen am Tag! Vielleicht ist das der Grund, warum Oma so ist, wie sie ist. Vielleicht macht es allein die gottverdammte Menge.«

»Aber wir können unsere Kunden unmöglich dazu bringen, täglich eine Badewanne voll Gesundheitstee zu trinken«, wandte Noak ein. »Wenn man einen Jungbrunnen verkaufen will, darf man die Käufer nicht in ihm ertränken. Das wäre das Ende dieser Scheißfirma.«

Die beiden Männer versanken in düsteres Schweigen.

»Manchmal«, knurrte Millner schließlich, »manchmal frage ich mich, ob wir nicht einer Wahnidee nachjagen. Was ist, wenn Oma selbst nicht weiß, welcher gottverdammten Kräutermischung sie es zu verdanken hat, dass sie noch mit neunzig jeden Abend ihren bedauernswerten Enkel heimsuchen kann?«

»Aber!«, sagte Noak und stach mit seinem knochigen Zeigefinger Löcher in die Luft. »Du vergisst den Brief, den Oma an ihrem letzten Tag in der Firma hinterlassen hat. Sie weiß, was passiert ist, und sie weiß, welche Kräutermischung dafür verantwortlich ist. Der letzte Satz in ihrem Brief ... Wenn das kein Scheißbeweis ist, was ist dann noch ein Scheißbeweis?«

»Ich kenne den Brief. Ich kenne den gottverdammten letzten Satz: *Tod und Teufel, ich hatte Recht – es liegt an der neuen Mischung!* Und das war es dann. Oma ist nicht einmal mehr zum Unterschreiben gekommen.«

»Der Schock«, vermutete Noak. »Es muss ein Scheißschock für Oma gewesen sein. Kein vernünftiger Mensch denkt nach einem derartigen Schock noch an seine Scheißunterschrift.«

»Aber die Mischung!«, rief Millner. »Wenigstens das Rezept für die gottverdammte Mischung hätte sie hinterlassen können! Schließlich geht es um die Zukunft ihres einzigen Enkels. Um die Zukunft der Firma. Um die Zukunft der ganzen gottverdammten Menschheit!«

»Alte Leute werden manchmal kauzig«, sagte der Kräuterdoktor. Er stach noch immer mit dem Zeigefinger Löcher in die Luft. »Verschroben. Bösartig. Ich könnte mir vorstellen, dass Oma die Scheißzukunft der Scheißmenschheit scheißegal ist.«

Millner maß seinen staatlich geprüften und amtlich vereidigten Kräuterdoktor mit einem missbilligenden Blick. »Für einen Mann, der sich sein Brot in der Gesundheitsteebranche verdient und angeblich in Havard studiert hat, gehst du zu freigebig mit diesen gottverdammten Analinjurien um.«

»Es war Radevormwald«, erklärte Noak. »Nicht Havard. Das heißt, ich habe damals in Radevormwald gewohnt. Ich habe meinen Doktor an der Fernuniversität Plön gemacht. Ich habe jeden Tag mindestens ein Dutzend Scheißbriefe zur Post getragen. Allein meine Portogebühren haben das Hauptpostamt Radevormwald zum reichsten Postamt in diesem Scheißland gemacht. Meine Zunge ist *jetzt* noch von den zigtausend Briefmarken verklebt.«

»Bleiben wir beim Thema«, schlug Millner vor. »Bleiben wir bei Oma.«

»Bleiben wir bei Oma«, nickte Noak. »Hör zu, Arthur, wir können uns drehen und wenden wie wir wollen – alles steht und fällt damit, dass du Oma zum Reden bringst.«

»Aber Oma will nicht reden.«

»Dann musst du sie *zwingen*.«

»Und wie stellst du dir das vor? Soll ich Oma schlagen? Ihr angespitzte Streichhölzer unter die Fingernägel schieben? Sie im Backofen rösten?«

»Arthur! Sie ist deine *Großmutter*!«

»Das ist ja das Problem«, sagte Millner deprimiert. »Wenn

Oma nicht meine Großmutter wäre, würde ich nicht in einem Teebeutel arbeiten. Ich würde auf einer Karibikinsel am Strand liegen und Tropencocktails trinken.«

Noak trommelte mit den knochigen Fingern auf die Schreibtischplatte. »Wir sind erledigt, wenn Oma nicht bald redet«, erklärte er finster. »Du weißt, dass wir erledigt sind. Die Scheißfrist läuft ab.«

»Dein Fehler, Norby, ganz allein dein Fehler. Warum musstest du auch vor der Presse damit prahlen, dass *O. K.* im Herbst einen Gesundheitstee auf den Markt bringt, der so gesund ist, dass er sogar Tote zum Leben erweckt?«

Noak hustete.

»Nur ein Scherz«, fügte Millner mit einem gequälten Lächeln hinzu. »Vergiss es. Ha, ha.«

»Ha, ha«, machte der Kräuterdoktor.

»In Wirklichkeit ist die Angelegenheit überhaupt nicht spaßig«, sagte Millner.

»Ich *weiß*. Ich leide mit dir. Seit ich in dieser Scheißfirma bin, leide ich. Zuerst unter Oma und jetzt unter dir. Und was die Presse betrifft – seit den Schlagzeilen in den Zeitungen hat sich der Umsatz verzehnfacht. Dabei ist der Jungbrunnentee noch nicht einmal auf dem Markt. Ich meine, wenn es dir endlich gelingt, Oma das Geheimnis der Kräutermischung zu entlocken, sind wir gemachte Männer. Dann schwimmen wir in Geld.« Noaks ausgezehrtes Raubvogelgesicht bekam einen gierigen Ausdruck. »Ich wollte schon immer in Geld schwimmen, Arthur.«

»Wer will das nicht?« Millner zuckte die Schultern. »Solange man dabei nicht ertrinkt …«

Der Kräuterdoktor erhob sich. »Wir sind uns also einig. Wir verlassen uns auf dich. Von dir hängt einfach zu viel ab, als dass du wie üblich versagen darfst.«

»Mach mir ruhig Mut, Norby.«

Noak wandte sich zur Tür. »Und grüße Oma von mir, wenn sie heute Abend kommt. Sie kommt doch, oder?«

Millner schloss die Augen und begann langsam im Meer

seiner Müdigkeit zu versinken. »Oma kommt jeden Abend«, murmelte er. »Jeden gottverdammten Abend.«

Die Tür fiel ins Schloss.

Millner war allein.

Er döste vor sich hin und halluzinierte einen bizarren Tagtraum: Es regnete, aber statt Regentropfen fielen durchweichte Teebeutel vom Himmel. Er sah Norbert Noak in einem Riesenberg gehäckselter Kräuter wühlen, er sah Cindy und den Ansatz ihres rosa Spitzenhöschens in einer ungeheuren Tasse voller Gesundheitstee schwimmen – in allen gottverdammten 173 Sorten, dem Geruch nach zu urteilen – und er sah Oma zahnlos in einem leeren Instantteeglas grinsen.

Cindy weckte ihn. »Die Post«, gurrte sie, warf einen Stapel Briefe auf den Schreibtisch, drehte sich schwungvoll um, ließ ihr rosa Spitzenhöschen aufblitzen und verschwand wieder im Vorzimmer – zweifellos, um Omas Bonsai-Bäumchen weiter mit der Wasserpistole zu bespritzen.

Schlaftrunken griff Millner nach dem obersten Brief. Die Buchstaben tanzten vor seinen Augen und es dauerte eine Weile, bis er den Sinn der Sätze durchschaute.

An Omas Kräuterapotheke®
zu Hd. Herrn Arthur Millner
Postfach / Im Teebeutelhaus

Hochverehrter Herr Millner,
seit zwanzig Jahren trinke ich Omas Gesundheitstees, und wie Sie lesen, lebe ich noch. Mir geht es gut, körperlich und auch geistig. Ich hasse Insekten, vor allem die großen, die auf allen Straßen herumkrabbeln und wie Menschen tun! Kein Wunder, dass auch Oma Insekten hasst.

Ganz hart hat es mich getroffen, dass Oma das Geheimnis ihres lebensverlängernden Gesundheitstees mit ins Grab nehmen will. (Ha, ha, ich denke, wir sollten unseren Humor in keiner Situation verlieren!) Jedenfalls hoffe ich, dass es Ihnen gelingt,

Ihrer verehrten Frau Großmutter klarzumachen, dass mein Leben von ihr abhängt (ich bin 77).

Ihre Elfriede Müller-Husum

PS: Kommt Oma wirklich jeden Abend?

Millner lächelte gequält und nahm das Diktafon zur Hand. Er räusperte sich und versuchte, im Nebel seiner Übermüdung die Formulierungen zu finden, die eine alte, treue Kundin wie Frau Elfriede Müller-Husum verdient hatte.

Hochverehrte gnädige Frau!
Ich weiß Ihre Anteilnahme zu schätzen und hoffe, dass Sie noch weitere zwanzig Jahre für teures Geld Omas Gesundheitstees genießen können, die im Übrigen unter ständiger Kontrolle eines staatlich geprüften und amtlich vereidigten Kräuterdoktors zusammengebraut werden.

Oma hasst nicht nur Insekten, sondern auch Würmer.

Ihre ermutigenden Worte bestärken mich in meiner Entschlossenheit all unseren treuen Kunden die Segnungen jener speziellen Teesorte zu bringen, die unser aller Dasein auf Erden verlängern wird. (Ha, ha, Sie sehen, auch wir haben Humor!) Bedauerlicherweise sind durch die Schuld eines unmaßgeblichen Mitarbeiters unserer Kräuterapotheke® in der Öffentlichkeit Erwartungen geweckt worden, die zu diesem Zeitpunkt nur durch den Genuss aller 173 Teesorten unseres Sortiments zu erfüllen sind.

Ihrer Großbestellung sehen wir ungeduldig entgegen.

Hochachtungsvoll
Arthur Millner (Geschäftsführer)

PS: Oma kommt wirklich jeden Abend!

Zufrieden legte Millner das Diktafon zur Seite, döste eine weitere Stunde und arbeitete sich dann durch den Briefstapel. Als er fertig war, schwang die Tür auf und Cindy kam herein, um die Diktafonkassette ins Schreibbüro zu bringen.

Ihr strahlendes, lebenslustiges Lächeln deprimierte ihn. »Würden Sie von mir einen Sarg kaufen, Cindy?«, fragte er.

Cindys rosa Zunge wanderte über ihre rosa Unterlippe und blieb im Mundwinkel stecken. Ihre reizende Stirn kräuselte sich, ihre blauen Augen wurden groß. »Sie wollen doch nicht Omas Sarg verkaufen, oder? Oma hängt doch so sehr an ihrem Sarg.«

»Nicht genug, Cindy, und das ist das Problem.« Millner schauderte. »Nun, es macht nichts. Es war ohnehin eine rhetorische Frage. Ich dachte nur, dass es in der Bestattungsbranche ruhiger zugeht als im Gesundheitsgeschäft.«

Aus verquollenen Augen sah er zu, wie seine Sekretärin das Büro verließ und nicht versäumte ihr rosa Spitzenhöschen aufblitzen zu lassen. Aus irgendeinem Grund deprimierte es ihn noch mehr. Dann verdämmerte er die nächste Stunde, aß lustlos zu Mittag – er war zu benommen, um zu bemerken, was er überhaupt aß – und wurde am Nachmittag von einem Anruf seines Geschäftspartners aus dem Büroschlaf gerissen, dem exilrussischen Teebeutelfabrikanten Mikail Borshmow.

»Hallo, Arthur«, sagte Borshmow. »Wie ich sehe, geht es Ihnen nicht besonders gut.«

»Ich frage mich, wie Sie das durch das gottverdammte Telefon sehen können, Iwan. Das frage ich mich wirklich.«

»Mikail, Arthur, nicht Iwan.«

»In Ordnung, Iwan. Was wollen Sie? Mir die Zeit stehlen?«

»Ich mache mir Sorgen um Sie, Arthur«, erklärte Borshmow. »Große Sorgen. Ich habe den Eindruck, dass Sie vor die Hunde gehen. Ich glaube wirklich, dass Sie am Ende sind, und das gefällt mir nicht. Schließlich sind Sie der einzige Abnehmer meiner Naturfaserbeutel Marke Glasnost.«

»Mit anderen Worten, Sie wollen eine gottverdammte Anzahlung für die nächste gottverdammte Teebeutellieferung«, knurrte Millner.

»Keine Anzahlung, Arthur. Ein Blankoscheck mit Ihrer Unterschrift würde mir schon genügen, ha, ha!«

Millner gähnte vernehmlich. »Aber ich bin zu müde, um mich in finanzielle Abenteuer zu stürzen, Iwan.«

»Ich glaube«, sagte Borshmow, »Sie sollten die Sache mit Oma ruhen lassen. Diese völlig sinnlose Jagd nach dem Geheimnis der Teebeutelmischung bekommt Ihnen nicht. Und Oma ist damit auch nicht gedient. Vergessen Sie nicht, in welcher Lage sich Oma befindet!«

Millner lachte hohl. »Und was ist mit meiner Lage? Meine Putzfrau beklagt sich schon. Wissen Sie, wie schwer es heutzutage ist, eine zuverlässige Putzfrau zu finden?«

»Nun gut, Arthur«, seufzte Borshmow. »Ich werde Ihren Untergang weiter beobachten. Hoffentlich gelingt es mir, die Grabrede rechtzeitig fertig zu stellen. Ich komme heute Abend vorbei, um mir den Blankoscheck abzuholen.«

»Abends kommt Oma«, erinnerte Millner.

»Dann morgen früh. In Ihrem Büro. Grüßen Sie Oma von mir, ha, ha!«

Borshmow legte auf. Aus Millners müder Hand fiel der Telefonhörer. Er machte sich nicht die Mühe ihn aufzuheben. Im Grunde, dachte er schläfrig, wäre all das nicht passiert, wenn Oma rechtzeitig gemerkt hätte, *was* sie da zusammengebraut hat. Noak hat Recht – der Schock muss Oma dazu gebracht haben, das Rezept für die neue sensationelle Kräutermischung zu vernichten.

Er sah auf die Uhr. Der Abend rückte näher.

Und abends …

Nun, sagte sich Millner, man muss sich ins Unvermeidliche fügen. Er kehrte heim. Erleichtert stellte er fest, dass die Putzfrau Omas Spuren beseitigt hatte. Allerdings lag ein Brief auf dem Küchentisch. Ein Kündigungsschreiben.

Herr Millner!
Es reicht! Ich kann unmöglich weiter in einem derartigen Haushalt arbeiten. Solange die abendlichen Besuche Ihrer Frau Groß-

mutter nicht aufhören, höre ich auf. Ich bin Putzfrau und keine … nun, Sie wissen schon. Rufen Sie mich an, wenn Oma nicht mehr kommt. Außerdem sollten Sie sich schämen, Oma in ihrem Zustand frei herumlaufen zu lassen!

Es ist schrecklich, dachte Millner. Jedermann macht mich für Omas Zustand verantwortlich. Dabei bin ich nur ihr Enkel. Und ich leide am meisten unter ihren Besuchen. Er gähnte ausgiebig, doch er spürte, wie seine Müdigkeit allmählich nachließ. Natürlich. Es wurde Abend. In seiner Magengegend entstand ein großer, schmerzhafter Knoten.

Und dann kam Oma.

Er hörte sie schon im Treppenhaus. Das *Schwapp-Schwapp-Schwapp* sumpfiger Schritte, begleitet von schmatzenden Geräuschen, deren Ursprung Millner unklar war und hoffentlich auch unklar bleiben würde.

Es klopfte an der Tür.

Millner öffnete. Vor zwei Monaten hatte er versucht Omas Klopfen zu ignorieren, doch sie hatte einen solchen Lärm veranstaltet, dass er sie im Interesse des Hausfriedens schließlich doch in seine Wohnung lassen musste.

Oma sah nicht gut aus.

Oma sah ganz und gar nicht gut aus.

»Die Hitze, Oma, was?«, murmelte Millner und trat zur Seite.

Oma grinste zahnlos, und als sie an ihm vorbeitappte, stieg ihm penetranter Modergeruch in die Nase.

Seit ihrem Tod litt Oma an Körpergeruch.

Während sie ziellos durch die Wohnung schlurfte, ließ sie hier und dort Erdklumpen und andere Mitbringsel vom Friedhof fallen. Millner sah ihr müde zu und fragte sich, was für ein Gefühl es für Oma gewesen war, als sie erst drei Tage nach ihrem Tod bemerkt hatte, dass sie längst gestorben war. Kein Wunder, dass sie einen Schock erlitten hatte.

Aber Schock hin, Schock her, dachte Millner, die Firma braucht Omas Kräuterrezept. Ein Gesundheitstee, der so gesund ist, dass er selbst Tote zum Leben erweckt, muss einfach ein Verkaufsschlager werden …

Er folgte Oma ins Wohnzimmer, ignorierte den Verwesungsgeruch und den Unrat, den Oma auf den Teppich fallen ließ, und versetzte ihr einen aufmunternden Klaps mit der Zeitung, der sie fast umwarf.

Oma gurgelte.

Es klang wie »Bonsai«.

»Lassen wir die Bäumchen aus dem Spiel«, schlug Millner vor. »Konzentrieren wir uns auf den Tee. Auf die Kräutermischung, Oma. Ich brauche das gottverdammte Rezept.«

Aber Oma gurgelte nur.

Millner ging zur Hausbar und kehrte mit einer vollen Flasche Scotch Whisky zurück. Der Whisky war eine gute Idee. Vielleicht würde er Omas Zunge lösen. Und wenn nicht … nun, zumindest würde ihm die Flasche helfen den immer stärker werdenden Verwesungsgeruch zu ertragen.

Michael Schönenbröcher

DER STUNTMAN

Hongkong, 5. April 2000, 23:15 Uhr

Als er die Straße hinunterlief, war der Klang seiner Schritte auf dem nassen Asphalt nicht zu hören. Neonlichter warfen harte Schatten auf die Häuserwände, doch der seine war nicht darunter. Und die wenigen Passanten, an denen er vorbeihetzte, hastige Blicke über die Schulter zurückwerfend, konnten ihn nicht sehen. Für ihre Augen war er unsichtbar.

Nicht so für die winzigen Monitore seiner Verfolger. Mit gnadenloser Präzision zeichneten sie das Echo seiner hageren Gestalt nach und warfen es in giftgrünem Licht auf die Netzhäute ihrer Träger.

Das elektronische Knacken von Helmfunkgeräten klang auf.

»Er läuft in Richtung des Lai-Yuen-Freizeitparks!«

»Zu viele Menschen dort! Wir müssen ihn vorher erwischen!«

»B-Trupp, wo seid ihr jetzt?«

»Knapp hundert Meter voraus. Wir haben seine Ortung auf dem Scanner. Bleibt dran!«

Sie folgten der schmalen Gasse, die unversehens in einen kleinen kreisrunden Platz mündete. Kopfsteinpflaster. Einige Verkaufsbuden, geschlossen um diese Uhrzeit. Im Zentrum eine Steinsäule mit einer antiken Uhr in der Spitze. Keine Zeugen!

Der A-Trupp reagierte als perfekt eingespieltes Team. Die Männer fächerten auseinander, hielten sich am Rand des Platzes und sicherten die anderen Zugänge.

»Wir haben Sichtkontakt!«, meldete der Führer des B-Trupps. »Er kehrt um und kommt auf euch zu. Bereitmachen!«

Die Männer gingen in Stellung. Die Energiespulen ihrer Waffen summten lauter, als die Regler auf volle Leistung geschoben wurden. Sekundenlang war noch das Geräusch scharrender Stiefel auf Stein zu hören, bevor sich Stille über das kleine Rund senkte.

Und dann *sahen* sie ihn! Die giftgrüne Silhouette tauchte in dem einzigen noch freien Zugang auf, stürmte einige Schritte weit auf den Platz. Als das Wild begriff, dass es seinen Jägern in die Falle gegangen war, stoppte es. Sein kürbisartiger Schädel flog herum; seine Augen suchten nach einem Ausweg.

Die Männer nahmen Maß. Durch die Zieleinrichtungen ihrer Waffen konnten sie den Fremden aus nächster Nähe betrachten. Der gehetzte Ausdruck in seinen Augen war fast der eines Menschen. Fast.

Ein greller Blitz durchschnitt die Nacht und erhellte für den Bruchteil einer Sekunde die Szenerie, als er dem Opfer quer durch die Brust fuhr. Der Fremde taumelte. Sein Mund öffnete sich, doch er blieb stumm. Die Sichtgeräte vermochten lediglich ein Bild wiederzugeben; Geräusche wurden nicht übertragen. Und so starb er in gespenstischer Lautlosigkeit. Sein schattenloser Körper fiel zur Seite und schlug hart auf den Asphalt. Blicklose Augen starrten zum Himmel empor.

Der Truppführer schulterte seine Waffe und trat an den Leichnam heran. Sekundenlang betrachtete er ihn mit beinahe wissenschaftlichem Interesse, dann zog er sich die Apparatur, die seine schmalen Augen verdeckt hatte, vom Kopf.

Der Platz vor ihm war leer. Das war das Praktische daran: Sie mussten sich nicht einmal um die Überreste kümmern. Die Stadt war inzwischen voll davon, ohne dass jemand sie bemerkte.

Der Führer der Spezialeinheit spie aus, auf die Stelle, wo

er den leblosen Körper wusste. »Diese verdammten Creeps sind wirklich überall«, knurrte er.

Hongkong, 7. April 2000, 12:30 Uhr

Der Sturmwind, den die Rotorblätter entfachten, zerrte an seinen Haaren und ließ den Kragen der hellen Sportjacke flattern. Er blickte nach unten. Vor ihm lagen exakt zehn Schritte Dachschindeln, jede einzelne auf ihren festen Sitz überprüft, dahinter der Abgrund, fünf Stockwerke tief; fast sechzehn Meter. Bis zum lotrecht stehenden Mast waren es von der Regenrinne aus lediglich drei Meter – doch die relative Nähe schwand angesichts der Tatsache, dass er sie in einem Sprung ohne Netz und Sicherungsleine überwinden würde.

Seine Lippen waren spröde und er spürte den Herzschlag bis in die Halsschlagader hinauf. Hätte er seine Handflächen nicht mit Talkum eingerieben, wären sie feucht gewesen vor Nervosität und Furcht. Dieses Gefühl war jedes Mal sein Begleiter. Es verhinderte, dass die Stunts zur Routine wurden, und das war gut so. Überlebenswichtig!

Aus der Dachluke des Nebengebäudes erhob sich Yuens Oberkörper. Der Aufnahmeleiter hob den Daumen und grinste.

Auf dem Papier sah der Stunt nicht einmal sonderlich schwer aus: die Schräge hinunterlaufen, sich abstoßen, den Pfahl ergreifen. Der vierzehn Meter hohe Fahnenmast war präpariert, sodass er in Richtung des gegenüberliegenden Gebäudes umknicken würde. Dann musste er drüben nur noch gut aufkommen, das Schrägdach hinabrutschen und in der Dachluke verschwinden. Ganz einfach …

… Wenn man lebensmüde war. Oder Filmschauspieler und Stuntman mit einem Hang zum Perfektionismus.

Jackie Sang wusste, was die Fans von ihm erwarteten. Und sie würden es bekommen, selbst wenn für ihn zwischen Drehschluss und Kinostart wieder ein paar Wochen Krankenhausaufenthalt drin waren. Nicht umsonst hatte er sich diesen Stunt für den Schluss des Drehplans aufgehoben.

Der Hubschrauber gewann an Höhe, ging in Position. Er trug zwei der insgesamt acht Kameras, die den Take aus verschiedenen Blickwinkeln aufnehmen würden. Yuen in der Dachluke sprach in sein Walkie-Talkie und formte dann mit den Fingern ein Okay-Zeichen. Jackie konnte ihm das »Und ... Action!« von den Lippen ablesen. Er wartete, bis Yuen abgetaucht war. Dann gab er sich selbst den gleichen Befehl.

Der erste Schritt war der schwerste: die geistige Barriere. Danach lief es sozusagen vollautomatisch. Ganz einfach.

Jackie beschleunigte. Drei Schritte. Vier. Die Gummisohlen seiner Turnschuhe fanden optimalen Halt auf den schrägen Schindeln. Sechs. Sieben. Beim achten Schritt hörte er das Geräusch. Es drang wie aus weiter Ferne an sein Ohr, durchbrach kaum seine Konzentration. Aber es ließ sich auch nicht ignorieren – denn es klang nach *Gefahr*!

Auf den Mast fixiert, sah Jackie nur aus den Augenwinkeln den Schatten, der plötzlich in rasender Geschwindigkeit seitlich auf ihn zukam. Der Hubschrauber! Irgendetwas ging schief!

Zum Abbruch war es zu spät. So wie für jede andere Reaktion außer dem geplanten Sprung. Jackie hörte nicht die Schreie der Filmcrew, sah nicht den fetten schwarzen Qualm, der aus dem offenen Frachtraum des Helikopters drang und im Sturmwind der Rotoren zerfaserte. Er stieß sich ab. Flog über den Abgrund. Erreichte den Mast dicht unterhalb der Spitze und packte zu.

Der Schatten fiel über ihn. Wurde zu einem brüllenden, wütenden Drachen, bereit ihn zu verschlingen. Dann traf etwas mit brachialer Gewalt das Holz, nur Zentimeter über seinem Kopf. Der kippende Mast wurde aus der Bahn gebracht, zu abrupt, als dass Jackie sich daran hätte halten können. Seine Hände rutschten ab.

Schwerelos. Für eine Sekunde. Dann der Aufprall. Nicht auf der Schräge, sondern an der Rinne. Schmerz! Jackie wurde abermals herumgeschleudert. Im Reflex suchten seine Hände Halt; irgendetwas, an das sie sich klammern konnten. Vergebens.

Im Fallen sah er noch die Silhouette des Hubschraubers über sich, sah die Rotoren in das Dach schneiden, sah Holz und Tonscherben und Glas aufwirbeln – und dann die Explosion! Ein Feuerball blühte auf, schon zu weit entfernt, um ihm gefährlich zu werden.

Fast hätte er aufgelacht.

Gefährlich? Er war so gut wie *tot*!

Die Druckwelle wirbelte ihn herum, trieb ihn mit noch größerer Geschwindigkeit nach unten. Er sah den Boden auf sich zustürzen, harten, unnachgiebigen, tödlichen Betonboden.

Das war's. Cut!

Und dann schlug er …

… die Augen auf. Fuhr mit einem Schrei in die Höhe.

Von einem Moment auf den nächsten hatte das Bild vor seinen Augen gewechselt! Vom Angesicht des Todes … zu einem klinisch sterilen Zimmer mit weißen Wänden. Panisch tastete Jackie um sich, fühlte Stoff unter seinen Händen. Er lag in einem Bett! Und er trug nicht mehr Jeans, Sportjacke und Turnschuhe, sondern ein kurzärmeliges weißes Hemd aus grobem Leinen.

Der Wechsel war so plötzlich gekommen, dass er für lange Sekunden völlig desorientiert war. Sein Geist brauchte Zeit damit klarzukommen, dass er *nicht* tot und zerschmettert war. Dass er ganz offensichtlich noch lebte. Aber wie …?

Ein Geräusch ließ ihn den Kopf wenden. Eine Tür öffnete sich, und jemand betrat den Raum. Ein glatzköpfiger Chinese in einem weißen Kittel und mit einer Kladde in der Hand. Ein Arzt. Er war in einem Krankenhaus!

»Ah, Sie sind wach, Herr Sang!«, begrüßte ihn der Glatzkopf freudig. »Wie fühlen Sie sich?«

»Was ist hier los?«, fragte Jackie zurück. »Wo bin ich?«

Der Arzt trat an sein Bett und neigte leicht und ruckartig seinen Oberkörper. »Ich bin Doktor Ho«, stellte er sich vor. »Sie befinden sich im Hongkong Medical Center.«

»Wie komme ich hierher?« Jackie wollte sich aufrichten, verwarf die Idee aber gleich wieder, als ein stechender Schmerz durch seine Bauchmuskulatur fuhr.

»Man hat Sie bewusstlos aus dem Hafenbecken gezogen, vor –«, der Arzt schaute kurz auf seine Uhr, »– etwa zwei Stunden. Sie hatten großes Glück. Bis auf einige Prellungen und eine Zerrung Ihres Bauchfells haben wir keine Blessuren festgestellt.«

»Wie spät ist es jetzt?«

»Kurz nach elf Uhr. Abends.«

Jackie versuchte seine Gedanken in halbwegs geordnete Bahnen zu lenken. Der Stunt war gegen halb eins gewesen. Ganz abgesehen davon, dass er eigentlich nur noch ein Stück rohes Fleisch auf dem Filmgelände hätte sein müssen, fehlten ihm somit, die Zeit seiner Bewusstlosigkeit abgezogen, achteinhalb Stunden!

»Für die Unterlagen, Herr Sang …«, unterbrach Ho seinen Gedankenfluss. »Können Sie mir sagen, wie Sie in das Victoria-Hafenbecken gekommen sind?«

Jackie versuchte zu grinsen; es misslang ihm gründlich. »Ich hatte gehofft, dass Sie mir das sagen würden.«

»Sie erinnern sich also nicht? Auch nicht daran, warum Sie … äh, unbekleidet waren?«

»Ich war *nackt*?!«

»So könnte man es auch ausdrücken.«

»Ich erinnere mich an …« Jackie stockte. Was sollte er dem Arzt sagen? Dass er gerade noch von einem Gebäude am anderen Ende der Stadt gestürzt war und von Rechts wegen tot sein müsste? »… nichts«, vollendete er den Satz.

Dr. Ho nickte. »Das ist nicht ungewöhnlich nach einem Schock«, versicherte er. »Meist kehrt die Erinnerung innerhalb der ersten Stunde zurück.« Er lächelte freundlich. »Schlafen Sie etwas«, riet er ihm. »Und machen Sie sich um nichts Sorgen, Herr Sang. Sie sind hier in den besten Händen.« Er blinzelte verschwörerisch. »Ich darf Ihnen verraten, dass ich ein großer Bewunderer Ihrer Filme bin. Als man Sie einlieferte, habe ich gleich für Diskretion gesorgt. Man wird Sie nicht belästigen.«

»Oh. Danke.« Mehr brachte Jackie nicht heraus. Das Rätsel wurde immer undurchsichtiger. Was hatte sein »Filmriss« zu bedeuten? Wie war er nackt in den Hafen von Hongkong geraten? Und nach wie vor: Warum zum Teufel lebte er noch?

Auch lange nachdem der Arzt gegangen war, lag Jackie grübelnd da, doch seine Gedanken drehten sich fortwährend im Kreis. Schließlich kam er zu dem Schluss, dass er hier drinnen keine Antworten finden konnte. Er musste zum Set hinaus.

Er schwang die Füße über die Bettkante. Das lange Liegen hatte ihn geschwächt und sein Bauch schmerzte; ihm wurde für einen Moment schwindlig und er schloss die Augen.

Als er sie wieder öffnete …

Ein Abgrund! Die gläserne Fassade eines Wolkenkratzers! Neonerleuchtete Nacht!

Der Schock traf ihn unvorbereitet und mit voller Wucht. Jackie schrie auf, griff zur Seite, wollte sich festhalten, um nicht abzustürzen – und fühlte das Laken unter seinen Fingern.

Die Vision verging. Er saß wieder auf dem Krankenbett im Hongkong Medical Center. Sekundenlang rang er nach Atem. Verdammt, was war los mit ihm? Verlor er den Verstand? Er musste raus hier; je früher, desto besser. Irgendwo ließen sich bestimmt ein paar Klamotten auftreiben, und dann …

Er kam hoch, war noch ein wenig wacklig auf den Beinen.

Ganz langsam!, hämmerte er sich ein. *Konzentriere dich auf dein inneres Gleichgewicht. Alles kommt zur Ruhe!*

Er verharrte gut eine Minute in Meditation; danach fühlte er sich stark genug seinen Weg fortzusetzen.

Er öffnete die Tür nur so weit, dass er den Kopf hindurchstrecken konnte. Wäre ein Arzt in der Nähe gewesen, hätte er sich schnell wieder zurückgezogen. Doktoren waren ein eigensinniges Völkchen; sie schätzten es gar nicht, wenn die Patienten ihnen einfach davonliefen.

Der Gang lag in gedämpftem Licht. Die Besuchszeit war natürlich längst vorüber und der Betrieb auf den Fluren entsprechend gering. Nur links, in etwa zehn Metern Entfernung, standen zwei junge Frauen in Schwesterntracht. Jackie drückte die Tür auf und trat in den Flur. Schnell stellte er fest, dass dieser zur Rechten schon nach wenigen Metern endete. Also blieb ihm keine Wahl: Er musste an den Nachtschwestern vorbei.

Die Ausrede von der »Suche nach dem Örtchen« parat, näherte er sich den beiden. Doch seltsam: Er konnte nicht hören, dass sie sich unterhielten, obgleich die eine den Mund geöffnet und eine Hand gestikulierend erhoben hatte.

Nach fünf Metern stockte Jackies Schritt. Er konnte nicht fassen, was er sah. Die Frauen bewegten sich nicht, standen da wie lebensgroße Schaufensterpuppen! Aber das war ... unmöglich!

So unmöglich wie dein Leben nach dem Tode?, fragte eine kleine gehässige Stimme in seinem Verstand.

War das die Erklärung? War er in Wirklichkeit tot und wandelte nun durch eine bizarre jenseitige Welt, in der die Naturgesetze keine Gültigkeit hatten?

Plötzlich verspürte er Angst. Pure kreatürliche Angst, weit mehr, als er je bei einem seiner waghalsigen Stunts empfunden hatte. Wie von selbst beschleunigten sich seine Schritte, trugen ihn den Gang hinunter und durch eine Glastür in einen Aufenthaltsbereich. Auch hier befanden sich Menschen, zwei Ärzte und eine Schwester. Ebenso reglos wie die beiden zuvor.

Jackie trat näher an einen der Männer heran und berührte ihn. Die Haut fühlte sich lebendig an, nicht kalt und starr. Auch seine Augen spiegelten eindeutig Leben wider.

Und doch …

Als Jackie noch die Pupille des Arztes betrachtete, fiel es ihm auf: Das Augenlid bewegte sich! Unendlich langsam zwar, aber doch deutlich sichtbar! Diese Menschen waren nicht erstarrt, von einer fremden Macht schockgefroren. Sie lebten. Nur war es … als liefe die Zeit extrem verlangsamt ab.

Jackie schauderte. Warum war er als Einziger von diesem Phänomen nicht betroffen? Weil er in Wahrheit … tot war?

Er weigerte sich den Gedanken fortzuführen. Stattdessen fuhr er herum und stürmte weiter, in der vagen Hoffnung, auf jemanden zu treffen, der ebenfalls von diesem Wahnsinn nicht betroffen war. Und der vielleicht Antworten wusste.

Seine Hoffnung erfüllte sich nicht. Überall standen die Menschen da wie lebensechte Wachsfiguren. Jackie zitterte am ganzen Leib, gleichermaßen vor Entsetzen wie vor Erschöpfung. Er lehnte sich an eine Wand und schloss die Augen. Schwäche stieg in ihm auf wie eine betäubende Woge und drohte ihn mit sich zu reißen. Bevor sie ihn überwältigen konnte, öffnete er die Augen wieder und stieß sich von der Wand ab. Dabei fiel sein Blick in einen Spiegel auf der anderen Seite des Flurs.

Aus dem ihm neuer Schrecken entgegenblickte.

Er hatte eine … *Kreatur* wie diese nie zuvor gesehen. Sie schien seltsam unwirklich sein eigenes Spiegelbild zu überlagern. Und sie war definitiv nur auf der *anderen Seite* zu sehen! Das Wesen war gut zweieinhalb Meter groß, von grauer Färbung und extrem dürr. Seine langen Arme liefen in endlos scheinenden Fingern aus und sein Kopf sah aus wie ein deformierter Kürbis. Nur die Augen darin wirkten fast menschlich.

Jackie wurde schwarz vor Augen. Er machte noch einen Schritt auf den Spiegel zu. Den Sturz auf die Linoleumfliesen spürte er schon nicht mehr.

»Ich *weiß*, was ich gesehen habe!«

Das Gespräch drehte sich im Kreis. Als Jackie erneut erwacht war, hatte er sich in seinem Krankenbett wieder gefunden, diesmal gleich von zwei Ärzten umringt.

»Aber das ist nicht möglich, das müssen Sie doch selbst einsehen, Herr Sang«, beschwor ihn Dr. Ho. »Wie Sie sehen können, bewegen wir uns alle ganz normal. Ich sage Ihnen, was geschehen ist: Sie stehen noch unter Schock und wollten in diesem Zustand das Krankenhaus verlassen. Durch die Anstrengung wurden Sie ohnmächtig und …«

»Aber das leugne ich doch gar nicht!«, fuhr Jackie auf. »Natürlich wollte ich raus hier. Ich muss schließlich herausfinden, was geschehen ist!«

»Dann sollten Ihre Halluzinationen Ihnen klarmachen, dass es dafür noch viel zu früh ist«, mischte sich der zweite Mediziner ein. »Sie müssen zur Beobachtung hier bleiben, Herr Sang.« Seine resolute Stimme duldete keinen Widerspruch.

Seufzend ließ Jackie sich in die Kissen sinken. »Ich bin doch nicht verrückt!«, murmelte er trotzig, obwohl er sich dessen mittlerweile selbst nicht mehr so sicher war.

»Ich mache Ihnen einen Vorschlag«, lenkte Dr. Ho ein. »Wenn Sie sich aussprechen wollen, bestelle ich einen Psychologen her. Er wird Ihnen helfen diese Visionen zu verarbeiten.«

»Einen Seelenklempner?«

»Jemand, der Ihnen helfen kann, Herr Sang. Und der Ihnen zuhören wird.«

Jackie schnaubte. »Von mir aus …« War vielleicht nicht die schlechteste Idee. Er musste mit jemandem über das Erlebte reden, sonst wurde er wirklich noch wahnsinnig.

Die beiden Ärzte nickten unisono und zogen sich zurück.

Die nächsten zehn, fünfzehn Minuten lag Jackie da und starrte die Decke an. Nicht, dass es ihm genutzt hätte. Die Fragen und die Ungewissheit wirbelten weiter durch sein Hirn.

Es klopfte. Er hob den Kopf. »Ja?«

Die Tür öffnete sich. Ein schwarzer Haarschopf lugte ins Zimmer. »Herr Sang?«

Ruckartig setzte Jackie sich auf. Es war eine junge Frau! Ein schmales, ebenmäßiges Gesicht, eine kleine runde Brille über den dunklen Augen, das lange Haar zu einem Zopf geflochten … Fast hätte er übersehen, dass sie einen Arztkittel trug.

»Ich bin Doktor Yeoh«, stellte sie sich vor. »Doktor Ho hat mich gebeten nach Ihnen zu sehen.«

»Kommen Sie rein!« Jackie setzte sein gewinnendstes Lächeln auf und bemühte sich auch in dem unkleidsamen Klinikhemd noch einigermaßen gut auszusehen. »Wie geht's Doktor Freud?«

Sie war verwirrt. »Doktor Freud? Ich wüsste nicht …« Dann fiel der Yen und sie musste lachen. »Ich werde Ihre Geschichte gern an ihn weiterleiten, wenn Sie mir seine Faxnummer geben.«

Schlagfertig war sie auch noch. Jackie lebte regelrecht auf. Für ein paar Sekunden vergaß er sogar »seine Geschichte«, wie sie es genannt hatte. Doch leider kam sie viel zu schnell darauf zu sprechen.

Anfangs scheute Jackie sich noch ihr das Erlebte zu berichten. Doch sie war eine gute Zuhörerin und deutete mit keinem Stirnrunzeln und keinem skeptischen Blick an, dass sie ihm nicht glaubte, und so redete er bald freier und fühlte sich gleichermaßen mit jedem Wort befreiter.

»Sie haben also eine Gedächtnislücke von über acht Stunden«, sagte sie, als er geendet hatte. Dass sie nicht auf die bedeutend mysteriöseren Dinge einging – wie seinen vermeintlichen Tod oder die verlangsamte Zeit –, schien ihm nur im ersten Augenblick verwunderlich. Natürlich setzte sie dort an, wo sie am ehesten eine Chance sah das Rätsel zu knacken.

»Richtig«, bestätigte er. »Meine letzte Erinnerung war der Sturz … und dann war ich plötzlich hier.«

Sie kramte in einer Tasche ihres Kittels herum und zog einen länglichen, stiftförmigen Gegenstand hervor. »Was halten Sie davon, der Erinnerung auf die Sprünge zu helfen?«, fragte sie, ließ die kleine Stabtaschenlampe aufleuchten und bewegte sie in Augenhöhe hin und her.

»Sie wollen mich … hypnotisieren?« Jackie war nicht ganz wohl bei dem Gedanken. Vor allem weil es bedeuten würde, den Todessturz noch einmal zu durchleben.

Dr. Yeoh schien seine Gedanken zu erraten. »Keine Sorge«, beruhigte sie ihn. »Sie werden das Geschehen aus einer distanzierten Warte betrachten. Und falls es zu belastend für Sie wird, hole ich Sie sofort zurück.«

Jackie blickte zweifelnd auf die kleine Taschenlampe in ihrer schlanken Hand, dann in ihre Augen. Es war eine Chance die Wahrheit zu erfahren. »Okay. Versuchen wir's!«

Dr. Yeohs monoton gesprochene Worte klangen in ihm nach und noch immer glaubte er den Lichtkegel der Taschenlampe über seine geschlossenen Lider wandern zu sehen. Doch die Szenerie hatte gewechselt. Die beruhigende Stimme wich dem Dröhnen des Helikopters, und die Lichtreflexe kamen von der Explosion, deren feuriger Pilz über ihm aufblühte.

Er stürzte! Und war dabei ganz ruhig. Als wäre nicht er es, der da unaufhaltsam dem tödlichen Betonboden entgegenfiel, sondern irgendein Akteur aus einem Actionfilm.

Ein Film, der plötzlich stoppte.

Aus seiner distanzierten Sicht glaubte Jackie im ersten Moment, das Band aus Zelluloid wäre gerissen, im Projektor hängen geblieben. Dann erkannte er seinen Irrtum.

Nur die Welt um ihn herum schien zum Stillstand gekommen zu sein! Er selbst hing wenige Zentimeter über dem Grund – und bewegte sich weiter, unendlich langsam dem Aufprall entgegen.

Déjà vu!

Hatte er das nicht schon einmal erlebt, in einem Krankenhaus, irgendwo in einer anderen (späteren?) Realität? Er kam nicht mehr dazu, darüber nachzudenken. Denn in diesem Moment erreichte er den Boden. Deutlich spürte er, wie seine Stirn den Beton berührte. Und wieder wechselte das Bild!

War er bewusstlos gewesen?

Jackie schrak zusammen, so wie man aus einem Traum erwacht, wenn man ins Bodenlose zu fallen glaubt. Er riss die Augen auf. Um ihn her war Stille. Etwas umschloss seinen Körper von allen Seiten, zähflüssig und warm. Er schlug um sich, strebte im Reflex nach oben – und durchbrach mit dem Kopf die Oberfläche.

Jackie schnappte nach Luft. Wollte sich über die Augen wischen und merkte, dass seine Bewegungsfreiheit eingeschränkt war. Dutzende von Drähten und dünnen Schläuchen waren an seinem Körper befestigt. Er lag nackt in einer Art Tank, der nach oben hin offen war.

Jackies Bewegungen stockten, als sich sein Blick klärte und er den Himmel über sich sah. Grüne Wolken bewegten sich dort, strömten wirbelförmig ineinander und pulsierten dabei auf bizarre Weise. Ihr Leuchten schien nicht von einer Sonne zu kommen, die sich hinter dem Brodeln verbarg, sondern die Wolken selbst in gleich bleibender Intensität zu erfüllen.

Noch während er diese ersten Eindrücke verarbeitete, fühlte Jackie sich angehoben. Die Drähte um seinen Körper hatten sich gestrafft und zogen ihn nun aus der grünlichen Gallertmasse, ließen ihn herumschwingen und senkten sich schließlich einer Art Schalensessel entgegen, der in einem Kegel gelben Lichts stand. Jackies Körperformen glitten passgenau hinein. Die Drähte und Schläuche lösten sich und schnellten davon.

»Willkommen!«

Die Stimme klang rauchig und tief. Ein Timbre schwang darin mit, das nicht von menschlichen Stimmbändern stammen konnte.

Vor Jackie trat ein Wesen in den Lichtkegel. Es war lang und dürr, mit schier endlosen Fingern und einem Kopf wie ein missgestalteter Kürbis. Aber es schien zu lächeln.

Jackie war weit davon entfernt, historische Worte für diese Begegnung zu finden. Stattdessen hustete er einen letzten Rest grünen Glibbers aus.

»Um Ihre vordringlichste Frage zu beantworten: Ja, Sie sind tot«, sprach die Kreatur weiter. »Zumindest nach menschlichen Maßstäben. Anders wären Sie nicht hierher gelangt.«

Jackie vergaß das Würgen in seinem Hals. »Wo bin ich? Im … Jenseits?«

»Wenn Sie damit eine Welt jenseits der Ihren meinen: ja«, erwiderte das Wesen. »Sollten Sie das Ende Ihrer Existenz meinen: nein.«

»Wer sind Sie?«

»Nennen Sie mich Chau'r, das kommt der Phonetik Ihrer Sprache am nächsten. Mein Volk lebt auf der Erde, genau wie das Ihre.«

»Auf der Erde?«, stieß Jackie hervor. »Aber …«

»Ich will versuchen es Ihnen zu erklären«, unterbrach ihn Chau'r. »Sind Sie mit den Grundsätzen der Mehrdimensionalität vertraut?«

»Sie meinen die drei Dimensionen?«, fragte Jackie. »Höhe, Breite und Tiefe?« Irgendwo am Grunde seines Verstandes war er sich der grotesken Situation bewusst, die er durchlebte. Und doch akzeptierte er das Geschehen wie in einem Wachtraum.

»Sie vergessen die vierte Dimension: die Zeit«, antwortete Chau'r. »Die Menschen können sie zwar wahrnehmen, haben aber keinen Zugriff darauf. Mein Volk dagegen existiert in einer Dimension jenseits der Zeit. Sie ist der Schnittpunkt zwischen unseren Welten, quasi das Tor in eure Dimension. Wir können die Zeit verzögern, und wir bewegen uns in ihr, ohne dass ihr uns seht.« Er machte eine kurze Pause. »Zumindest war es bislang so. Und das ist der Grund, warum wir Sie im Augenblick Ihres Todes herübergeholt haben in unsere Dimension. Wir brauchen Ihre Hilfe, Jackie Sang ...«

Jackies Gehirn war wie betäubt, kaum noch in der Lage weitere Informationen aufzunehmen. Denn was er gesehen hatte, war grausam und erfüllte ihn mit Abscheu und Wut.

Bilder der Stadt, wie er sie noch nie gesehen hatte. Und wie kein lebender Mensch sie sehen konnte. Leichen in den Straßen. Verrottende Körper fremder Wesen, ermordet von einer brutalen Polizeitruppe, die systematisch Jagd auf sie machte. Ein Sichtgerät half ihnen dabei, mit dem sie offensichtlich sehen konnten, was allen anderen verborgen blieb. »4D-Scanner« hatte Chau'r die Apparatur genannt, die wie eine Nachtsichtbrille aussah und mit Riemen über den Kopf gezogen wurde.

»Huan Lo ist der Erfinder des Scanners«, drang Chau'rs rauchige Stimme in Jackies Gedanken.

»Der Großindustrielle, der sich von der Öffentlichkeit abkapselt?« Jackie hatte von dem Industriemagnaten gehört, der in seinem Konzern-Tower am Hafen lebte und das Gebäude in den letzten zwei, drei Jahren kaum einmal verlassen hatte.

Chau'r nickte – eine menschliche Geste, die nicht recht mit seinem unförmigen Schädel harmonieren wollte. »Er hat auch die Phasengewehre entwickelt, mit denen wir Tag für Tag gemordet werden. Niemand weiß, welcher Technologie er sich bedient, aber er nutzt sie, um mein Volk auszurotten!«

»Warum unternehmen Sie nichts dagegen?« Jackie deutete hilflos auf das flirrende Bild, das frei vor ihnen in der Luft hing und die grausamen Szenen wiedergab.

Chau'rs graue, hagere Gestalt schien in sich zusammenzusinken. »Weil wir es nicht können«, gab er zurück. »Die dreidimensionale Materie befindet sich in einer anderen Phase als die unsere. Es ist uns nicht möglich, sie zu berühren. Wir leben zwar zwischen den Menschen, aber wir beobachten euch nur.«

Allmählich begann Jackie zu verstehen. »Ich dagegen …«

»Sie sind nach wie vor in der Lage, dreidimensionale Materie zu berühren«, vollendete Chau'r seinen Satz. »Sie sind unsere einzige Hoffnung dem Töten ein Ende zu machen. Werden Sie uns helfen, Jackie Sang?«

Hongkong, 7. April 2000, 20:46 Uhr

Die Rückkehr zum Ort seines Todes war nicht ganz so spektakulär wie sein Abgang. Zumal niemand auf ihn aufmerksam wurde.

Seit dem Unfall waren Stunden vergangen. Das Gelände war mit Markierungsband abgegrenzt. Zwei Polizeiwagen standen am Straßenrand, einige Schaulustige weideten sich an den Spuren des Hubschrauberabsturzes. Die Front eines der Gebäude war fast auf ganzer Länge eingerissen und an dessen Fuß schwelten noch die in sich verschlungenen Trümmer der Maschine.

Zwischen den Häusern waren mit Kreide Umrisse gezogen worden – aber nicht die eines menschlichen Körpers. Jackie brauchte einige Sekunden, um sie als die seiner *Kleidung* zu identifizieren, die hier zurückgeblieben war, während sein Körper den Wechsel in die andere Dimension vollzogen hatte.

Nun war er zurück. Chau'r hatte ihm einen Overall aus einem Material überreicht, das sich wie samtweiches Metall anfühlte, dazu Schuhe, die sich Jackies Füßen perfekt angepasst hatten.

Er rappelte sich vom Boden hoch und rieb sich Stirn und Knie. Er hatte seinen Sturz vollendet – diesmal jedoch aus einer Höhe von nur wenigen Zentimetern und ohne die tödliche kinetische Energie von sechzehn Metern freien Falls.

Jackie orientierte sich kurz. Zum Victoria-Hafen, wo Huan Los Firmengebäude stand, musste er sich in nördlicher Richtung halten. Chau'r vermutete, dass die Scanner und die Strahlengewehre von dort mit Energie versorgt wurden. Der Wan-Chai-Hafenbezirk lag nicht gerade um die Ecke; zu Fuß würde er über eine Stunde unterwegs sein. Verlorene Zeit.

Jackie sah sich um – und entdeckte an einen Laternenpfahl gelehnt ein Fahrrad. Sollte er …? Die Aussicht auf den Gewaltmarsch wischte seine Bedenken beiseite. Also schwang er sich in den Sattel und trat in die Pedale.

Schon nach wenigen Metern wurde ihm bewusst, dass er etwas Elementares übersehen hatte. Nämlich, dass er für die anderen Menschen hier unsichtbar war! Schreie wurden laut, die Gaffer wichen erschrocken zurück und deuteten in seine Richtung. Beziehungsweise in die Richtung des führerlosen Rades, das wie von selbst das Absperrband durchbrach, rasant beschleunigte und hinter der nächsten Straßenbiegung verschwand.

Dort wurde es nicht besser; im Gegenteil. Jackie fand sich auf einer dicht befahrenen Hauptverkehrsstraße wieder. Knapp gelang es ihm, einem Taxi auszuweichen, dessen Fahrer erst Augen und Mund aufriss und dann so kräftig auf die Bremse trat, dass der nachfolgende Wagen in sein Heck krachte.

Jackie bekam den Auffahrunfall kaum mit. Er war vollauf beschäftigt, unbeschadet zwischen einem Last- und Personenwagen hindurchzukommen und die Gegenfahrbahn zu erreichen. Wütende Hupfanfaren klangen auf, Menschen schrien, Bremsen kreischten. Und Jackie hatte keine Chance Rad und Straße zu verlassen.

Dann sah er einen zweistöckigen Touristenbus dicht neben sich – und handelte. Zwar musste er improvisieren – schließlich war dies kein geplanter Stunt –, aber was das Umsteigen auf fahrende Busse anging, hatte er schon einige Erfahrung aufzuweisen. Als das Heck des Fahrzeugs an ihm vorbeizog, setzte er die Füße auf die Mittelstange des Rades und ließ gleichzeitig den Lenker los. Für eine Sekunde fuhr das Rad nun wirklich führerlos weiter, bevor der Lenker herumschlug.

Diese Zeit reichte Jackie, um sich abzustoßen. Während das Rad kreischend unter einem nachfolgenden Wagen verschwand, erreichten seine Finger den oberen Rand des Busses und krallten sich fest. Er nutzte den Schwung, brachte sein rechtes Bein hoch und hakte es über den Rand des Aussichtsdecks. Mit einer letzten Kraftanstrengung zog er den restlichen Körper nach und ließ sich jenseits der Bordwand auf das offene Deck fallen.

Es waren nur wenige Touristen hier oben. Und keiner von ihnen hatte bemerkt, was unten auf der Straße geschehen war. Jackie konnte endlich zur Ruhe kommen.

Da fiel sein Blick auf die große Tafel, die zwischen den Bänken befestigt war – und ein Grinsen überzog sein Gesicht. Na also, er konnte sich noch immer auf sein Glück verlassen.

Auf dem Schild stand in fetten Buchstaben: HARBOURTOURS.

Nur die letzten dreihundert Meter musste Jackie noch zu Fuß zurücklegen. Als der Bus an der Kreuzung Glouchester Road Ecke Fleming kurz hielt, sprang er ab. Nach knapp zweihundert Metern in Richtung Hafenbecken bog Jackie auf die Seafront Road ein. Von hier konnte er Huan Los Firmensitz sehen: ein achtzigstöckiger Glaspalast, der die Lichter der Stadt wie ein monumentaler Christbaum widerspiegelte. Das Gebäude selbst war hingegen – bis auf das überdimensionale Firmensymbol aus Neonröhren – kaum beleuchtet. Merkwürdig für einen solchen Konzern, der doch eigentlich Tag und Nacht aktiv sein musste. Wenn man andererseits bedachte, *welchen* Aktivitäten Lo nachging …

Jackie pirschte sich näher heran. Nachdem er das Hauptportal eine Weile beobachtet hatte, sah er eine schwarze Limousine die weite, gebogene Auffahrt heraufkommen und vor dem Eingang halten. Die Tür zur Fahrgastzelle öffnete sich und ein Berg von einem Mann stiegt aus, fast so breit wie hoch. Jackie glaubte sein Schnaufen noch bis zu den Zierbüschen zu hören, hinter denen er in Stellung lag.

Das war seine Chance! Schnell überwand er die letzten Meter, rollte unter dem Wagen durch und blieb dicht neben dem Dicken. Hier, bei der Produktionsstätte des 4D-Scanners, konnte er nur bedingt auf seine Unsichtbarkeit vertrauen. So hielt er Ausschau nach Überwachungskameras und Wachmännern, die mit dem Gerät ausgerüstet waren.

Der Dicke war ein Glücksgriff gewesen. Zwei Kameraaugen entging Jackie, indem er sich in seinem Sichtschutz hielt. Der Portier schien den Mann zu kennen, denn er grüßte militärisch knapp und drückte ohne weitere Überprüfung auf den Knopf, der die Eingangspforte mit einem Summen öffnete.

Jackie blieb in Begleitung des Dicken, bis dieser auf seinem Weg zu den Fahrstühlen an einer nach unten führenden Treppe vorbeikam. Dort löste er sich aus seinem massigen Schatten, überwand die Entfernung mit einem Hechtsprung und kam erst wieder zur Ruhe, als er zehn, zwölf Stufen abwärts gerollt war.

Hier unten lag alles im Dunkeln. Nur winzige Notlichter durchbrachen die Finsternis entlang eines Ganges, der sich schier endlos hinzuziehen schien.

Nach knapp hundert Schritten gelangte Jackie an einen neuerlichen Abstieg und drang noch weiter in die Tiefe vor. Seit zwei Minuten vernahm er ein leises Summen, das mit jedem Meter lauter wurde. Irgendwelche Maschinen schienen dort vorn in Betrieb zu sein.

Jackie erstarrte, als plötzlich Licht aufflammte! War er entdeckt worden? Hastig blickte er sich nach einer Kamera um, konnte aber keine ausmachen.

Ein Zischen ertönte. Links von ihm schwang eine Tür auf, die er im Dunkeln nicht bemerkt hatte. Das Summen wurde abrupt lauter, schwoll an zu einem dumpfen Dröhnen. Ein

Mann im orangefarbenen Kittel trat durch die Tür, in irgendwelche Papiere auf einem Klemmbrett vertieft. Er ging so dicht an Jackie vorbei, dass dieser unwillkürlich seinen Bauch einzog und den Atem anhielt.

Bevor die Tür wieder zufiel, huschte Jackie durch den Spalt. Er hörte das Geräusch kaum, mit dem sich die einen halben Meter dicke Stahltür schloss. Für Sekunden verharrte er reglos. Was er sah, ließ ihn erstarren.

Vor ihm, im Zentrum einer gewaltigen Halle, erhob sich eine Apparatur, wie er zuvor noch keine gesehen hatte. Es war ein gut zwanzig Meter hoher, in Hellblau und Weiß pulsierender Zylinder. Ein Reaktor? Unzählige Leitungen zweigten von ihm ab, hin zu kaum weniger beeindruckenden Computerkonsolen und zu Geräten, deren Zweck Jackie nicht einmal erahnen konnte.

Die Anlage schien vollautomatisch zu laufen; Jackie konnte keinen einzigen Techniker entdecken. Umso besser.

Ein Schaltbord gewann seine Aufmerksamkeit. Vor allem deshalb, weil es mit einem Hochspannungszeichen versehen war und die großen freundlichen Buchstaben DANGER! darüber prangten.

Jackie trat näher und ließ den Blick über dutzende von Schaltern, Anzeigen, Drehreglern und Hebeln wandern. Schließlich entdeckte er einen Knopf mit der Aufschrift »Überlastungskontrolle«.

Jackie schaltete ihn auf »Off«, bevor er daranging, wahllos an den Kontrollen herumzuwerkeln. Mit jeder veränderten Einstellung schien sich das Brummen, das den Raum erfüllte, zu wandeln. Bald klang es äußerst ungesund und wurde von wiederholten Aussetzern begleitet. Jackie beendete sein Werk, indem er drei Hebel so abbrach, dass sie nicht mehr umzulegen waren.

Nun wurde es höchste Zeit, diesen Ort zu verlassen. Es konnte nicht allzu lange dauern, bis ein Alarm losgehen und das Gebäude in einen Bienenstock verwandeln würde. Er hoffte darauf, dass man es rechtzeitig evakuieren würde.

Schließlich lag ihm nur daran, diese Tötungsmaschinerie zu vernichten.

Auf seinem Rückweg konnte er sich allzu große Vorsicht nicht mehr leisten. Die Zeit drängte. Und so geschah, was früher oder später geschehen musste. Jackie hatte eben den zweiten Treppenaufgang passiert und den Ausgang schon vor Augen, als von der anderen Seite der Empfangshalle ein Schrei ertönte.

»Eindringlingsalarm!«

Jackie fuhr herum – und sah sich drei Wachmännern gegenüber, 4D-Scanner auf den Köpfen. Und während er noch erschrocken verharrte, stürmten sie auch schon auf ihn los. Ein Alarmton schrillte. Gleichzeitig hörte Jackie, wie die Eingangstüren mit einem dumpfen Klang verriegelt wurden.

Er entschied sich für die Flucht nach vorn – und überraschte damit seine Verfolger. Er preschte auf sie zu, stieß sich ab und rammte dem ersten Wachmann den Fuß in den Magen, bevor dieser seine Waffe in Anschlag bringen konnte.

Wieder war das Überraschungsmoment auf seiner Seite – sie hatten nicht damit gerechnet, dass er sie berühren konnte. Zudem mussten sie auf ihren Scannern erkannt haben, dass er keines der fremden Wesen war, sondern menschliche Konturen besaß.

Bevor sie sich auf die neue Situation einstellen konnten, hatte sich Jackie abgerollt, dem zweiten Mann die Beine unter dem Körper weggesichelt und dem dritten einen Ellbogenstoß vor die Brust versetzt, dass ihm die Luft wegblieb.

In diesem Augenblick öffnete sich eine der Fahrstuhlkabinen. Ein Mann im blauen Kittel stieg aus. Jackie stieß ihn beiseite, drückte wahllos einen der Knöpfe und presste sich dicht an die Wandung des Aufzugs. Ein greller Blitz zuckte herein und verfehlte ihn nur um Haaresbreite. Dann schloss sich die Tür und der Lift setzte sich in Bewegung.

Bis er achtzehn Stockwerke höher wieder anhielt, hatte Jackie Zeit sich zu sammeln und sein weiteres Vorgehen zu planen. Wenn es nur etwas zum Planen gegeben hätte! Der einzige Fakt war: Er saß in der Falle.

Der Lift hielt, die Tür glitt auf. Jackie lugte vorsichtig ins Freie, bevor er sich auf den Gang hinauswagte. Das Schrillen des Alarms durchzog das ganze Gebäude, und mit Schrecken wurde ihm bewusst, dass man darüber womöglich den weit wichtigeren Alarm überhören könnte: den, der die Überlastung des Generators im Keller anzeigte!

Für einen Moment nur war er unaufmerksam gewesen. Einen Moment zu lange!

»Da ist er!« Die Stimme erklang hinter ihm. Jackie fuhr herum und sah zwei Wachmänner durch die Tür zum Treppenhaus stürmen. Er hatte gerade noch Zeit sich zur Seite zu werfen. Ein Blitz durchschnitt grell gleißend den Gang – und folgte ihm, zwang ihn weiter in Richtung …

Das Fenster! Jackie konnte nicht mehr rechtzeitig abstoppen. Und wenn es ihm gelungen wäre, so wäre es sein Tod gewesen.

Er durchbrach die Scheibe mit der rechten Schulter.

Splitterndes Glas. Sturmwind in seinem Gesicht. Und dann der Blick in den Abgrund. Unter sich die Glasfassade. Das Hafenbecken. Neonerleuchtete Nacht.

Irgendwie schaffte er es, sich herumzuwerfen. Der Sturz kam zum Stillstand, als sich die Finger seiner linken Hand um die Kante des stählernen Simses schlossen, das unterhalb der Fenster rund um das Gebäude lief. Der Ruck wollte ihm den Arm aus dem Gelenk kugeln, doch er ließ nicht los, auch wenn ihm der Schmerz einen Schrei von den Lippen riss.

Er griff mit der Rechten nach, fand Halt und sah nach oben.

Genau in die Mündung des Strahlengewehrs. Ein gelbliches Licht pulsierte in der Tiefe des Laufes. Und dreißig Zentimeter weiter krümmte sich ein Finger um den Abzugshahn …

»Stopp!« Der zweite Wachmann legte dem Schützen die

Hand auf die Schulter. Er trug ein Helm-Mikro und schien zu lauschen. Dann nickte er. »Ay.« Und an seinen Kollegen gewandt: »Hol ihn rein! Der Boss will ihn. Lebend.«

Unter anderen Umständen hätte Jackie sich vielleicht sogar geehrt gefühlt, dem mächtigen Huan Lo vorgestellt zu werden. So aber hielt sich sein Vergnügen in Grenzen.

Zu den beiden Kerlen mit den Scannern hatten sich fünf weitere gesellt, als sie in Los Vorzimmer im dritten Stock des Gebäudes ankamen. Sie gingen kein Risiko ein und hielten ihn ständig im Fadenkreuz ihrer summenden Waffen. Und sie würden abdrücken, sobald er auch nur eine falsche Bewegung machte.

Einer der Wachmänner drückte den Knopf einer Gegensprechanlage. »Wir sind hier.«

Es knackte. »Er soll hereinkommen. Allein!«

Die Männer sahen sich kurz an, Skepsis in den Gesichtern. Aber sie waren gut dressiert. Einer öffnete die Tür und wies Jackie mit seiner Waffe den Weg. Es hatte keinen Sinn sich für die nette Begleitung zu bedanken. Sie konnten ihn nicht hören. Die 4D-Scanner übertrugen nur sein Bild.

Jackie betrat das Büro. Hinter ihm wurde die Tür ins Schloss gezogen. Er ging ein paar Schritte in den dämmrigen Raum hinein. Durch das riesige Panoramafenster fiel der Widerschein des Hafenbeckens und malte Lichtreflexe auf die Wände. Ein Aquarium mit Zierfischen verbreitete grünliche Helligkeit.

Dann flammte eine Schreibtischlampe auf und für eine Sekunde schloss Jackie geblendet die Augen. Als er sie wieder öffnete, stockte ihm der Atem.

»Treten Sie näher«, sagte Huan Lo. Er saß in einem bequemen Ledersessel, die Hand noch auf dem Lampenschalter. Sein hageres Gesicht war völlig ausdruckslos. Und hinter ihm …

… stand eine zweieinhalb Meter große Gestalt und hielt die langen Finger einer Hand in Los Hinterkopf versenkt!

»Sie … Sie sind …«, entfuhr es Jackie.

»Einer der Fremden, richtig«, entgegnete das Wesen. Es zog die Finger aus Los Kopf und der Großindustrielle schloss die Augen und sank zurück. Es sah aus, als schliefe er.

»Was haben Sie mit ihm gemacht?«, fragte Jackie. Ein kalter Schauder lief ihm über den Rücken. »Ist er …«

»Nein, tot ist er nicht«, sagte der Fremde. »Ich benutze ihn nur. Anders könnte ich mich meinen … *seinen* Untergebenen nicht mitteilen. Darin stehe ich den Verbrechern, die sich mein Volk nennen, nicht nach. Aber anders als sie handele ich aus humanitären Motiven.«

»Ich verstehe nicht.« Jackie trat näher an den Bürotisch heran. Der Schauder wich einem ganz merkwürdigen Gefühl. Einer Vorahnung, die ihm nicht gefiel. Ganz und gar nicht.

»Man hat Sie geschickt, um mich zu töten«, stellte das Wesen fest. »Was hat man Ihnen erzählt? Ich sei eine Gefahr für die Menschen?« Ein Laut kam aus seiner Kehle, der entfernt an ein Lachen erinnerte.

»Sie sind ein Mörder«, entgegnete Jackie. »Sie töten Ihre eigenen Leute mit Ihrer Erfindung.« Noch während er die Worte aussprach, wusste er, dass etwas daran falsch war. Die Situation hatte sich grundlegend geändert. Warum war nicht Huan Lo der Feind, sondern einer der Fremden selbst? Und wie hatte er Lo steuern können? Chau'r hatte behauptet, seinesgleichen wäre nicht fähig Einfluss zu nehmen auf diese Dimension.

»Man hat Sie benutzt«, sprach der Fremde weiter. »Ein cleverer Schachzug, das muss ich zugeben. Jemand aus meinem Volk oder ein geistig Beeinflusster hätte meine Sicherheitssperren nicht überwinden können. Also hat man Sie überredet.«

Jackie schluckte den Kloß herunter, der plötzlich in seiner Kehle steckte. »Aber *warum*?«

»Ich werde es Ihnen zeigen.« Der Fremde griff wieder nach

Huan Los Kopf und versenkte seine Finger darin. Der Industriemagnat schlug die Augen auf, nahm eine Fernbedienung vom Tisch und drückte auf einen der Knöpfe. Ein Fernsehschirm, eingebettet in das kostbare Teakholz einer Bürowand, flammte auf. Er zeigte eine Abfolge von Szenen, denen eines gemeinsam war …

Jackie musste sich an der Tischkante abstützen, als er die Wahrheit erkannte. Auf dem Schirm waren eine Reihe von Persönlichkeiten bei öffentlichen Auftritten zu sehen: Staatspräsidenten, Regierungsmitglieder, Wirtschaftsbosse, Schauspieler.

Und hinter jedem von ihnen stand einer der Fremden – und stach seine Finger in die Köpfe der Menschen.

»Sie beeinflussen euch schon seit Jahren«, drang die Stimme des Wesens in Jackies Gedanken. »Und nun wollen sie eine Armee erschaffen und sie gegen die Menschen in den Krieg schicken. Ich kann das nicht zulassen. Ich *muss* handeln. Auch wenn ich mein eigenes Volk damit verrate.« Er kam um den Tisch herum. »Ich bin eure letzte Hoffnung.« Er breitete die Arme aus. »Wollen Sie mich immer noch töten?«

»Ich … nein … Es …« Jackie stockte, als von irgendwo her ein dumpfes Grollen erklang. Eine halbe Sekunde später ging ein Zittern durch das Gebäude. Die Preziosen in einigen Glasvitrinen des Büros begannen zu tanzen. Das Wasser im Aquarium warf winzige Wellen.

»Der Reaktor!« Jackie durchfuhr es wie ein eiskalter Blitz. »Ich habe … Bevor mich Ihre Leute stellten, habe ich den Reaktor überlastet! Verdammt, ich wusste nicht …«

»Er gerät aus der Phase!«, erkannte der Fremde. Seine graue Haut wurde um einige Nuancen heller. »Wenn er explodiert, wird die Schockwelle uns alle vernichten!« Er blickte gehetzt um sich. Doch dann, von einem Moment auf den anderen, wurde er plötzlich ganz ruhig. Als hätte er eine schwerwiegende Entscheidung getroffen. Er wandte sich wieder Jackie zu und deutete auf eine flache Kassette, die auf dem Schreibtisch stand. »Nehmen Sie das; es ist der Prototyp!«

Jackie hielt sich nicht mit Fragen auf und nahm das Kästchen an sich. Tief unten im Keller des Gebäudes nahm das Donnern an Intensität zu. Die Schreibtischlampe kippte zur Seite.

Der Fremde wies auf das Panoramafenster. »Retten Sie sich! Ihr Körper befindet sich in einer Zwischenphase; vielleicht können Sie so die Schockwelle überleben! Wenn Sie weit genug von ihrem Zentrum entfernt sind. Schnell!«

Bevor Jackie etwas entgegnen konnte, spürte er die Explosion unter seinen Füßen. Das Gebäude schien zu wanken. Es knirschte. Risse durchrasten das Fenster. *Etwas kam!*

»Springen Sie!«

Die Stimme des Fremden verwehte. Plötzlich schien er Jackie seltsam durchscheinend. Und dann ... zerfaserte er ins Nichts!

Jackie zögerte nicht länger. Rannte los, das Kästchen eng an sich gepresst. Erreichte das von Rissen durchwobene Fenster und stieß sich ab, den Körper halb gedreht, den Kopf in der Armbeuge verborgen. Durchbrach die Scheibe.

Die Nacht nahm ihn auf. Splitternde, eisige Nacht. Er überschlug sich mehrmals auf seinem Weg hinab, vier Stockwerke tief ins Hafenbecken. Als er auf dem Wasser aufprallte, fuhr ein Schmerz durch seine Bauchdecke.

Dann ... Dunkelheit. Rauschende Stille. Und ein mörderischer Schlag, als die Schockwelle ihn erreichte, überrollte und seinen Körper aus der Phase riss – zurück in die Wirklichkeit.

Er schlug um sich. Wollte auftauchen. Schlanke Hände packten ihn, hielten ihn fest. »Wachen Sie auf! Es ist vorbei!«

Jackie blinzelte verblüfft. Sah sich ungläubig um. Und tauchte tatsächlich auf – aus seinen Erinnerungen. Er lag in einem Bett des Hongkong Medical Center. Alles war in Ordnung.

Nein! Nichts war in Ordnung!

Er fuhr hoch, sah Dr. Yeoh mit einer Mischung aus Unglauben und Panik an. Sie erwiderte den Blick, und auch in ihren Augen stand ein Flackern, das mehr sagte als Worte.

»Wir müssen das verhindern«, flüsterte Jackie.

Dr. Yeoh nickte. Sie griff in ihre Tasche und zog ein Handy hervor. Doch sie kam nicht mehr dazu, eine Nummer einzutippen. Jackie sah, wie sie plötzlich mitten in der Bewegung erstarrte. Gleichzeitig schoss ein Schmerz durch seinen Kopf. Gequält schloss er die Augen.

Als er sie wieder öffnete, waren sie nicht mehr allein im Zimmer. Hinter Dr. Yeoh stand eines der fremden Wesen, wenn auch nur schemenhaft sichtbar, wie durch einen Vorhang aus Wasser hindurch. Seine Finger verschwanden im Kopf der jungen Psychologin. Jackie wich mit einem Aufschrei zurück.

»Sie können mich sehen?«, fragte die Kreatur. Es klang mehr beiläufig denn alarmiert. »Nun, das wird bald vergehen. Ihr Körper hat seine Phase noch nicht vollends wieder gefunden. Doch sorgen Sie sich nicht. Sobald der mehrdimensionale Einfluss verschwunden ist, werden Sie wieder ein ganz normales Leben führen. Und Sie werden sich an nichts erinnern können.«

»Was tun Sie mit ihr?« Jackie wies auf Dr. Yeoh.

»Eine reine Vorsichtsmaßnahme«, gab der Fremde bereitwillig Auskunft. »Ich lösche die Erinnerung der letzten Stunde aus ihrem Gedächtnis. Ich könnte sie auch töten, aber wissen Sie, jeder Sklave ist uns wichtig. Und dank Ihrer Hilfe können wir unsere Pläne nun ungehindert verfolgen. Ich danke Ihnen, Herr Sang – *viel Millionen Mal.*« Er lachte, als hätte er gerade einen guten Witz gerissen. Dann zog er seine Finger zurück – und kam auf Jackie zu. »Und nun, Herr Sang, werden Sie schlafen. Tief und fest. Morgen sieht alles wieder viel besser aus …«

Hongkong, 8. April 2000, 8:50 Uhr

Jackie war noch ein wenig wacklig auf den Beinen, als er das Hospital verließ. Es war ein wundervoller Tag; das Licht der Morgensonne ließ das Grün des weitläufigen Parks, der sich vor dem Krankenhausgebäude erstreckte, geradezu erstrahlen.

Jackie ging eben die Stufen zur Straße hinab, als er hinter sich jemanden rufen hörte.

»Herr Sang? Herr Sang, bitte warten Sie!« Ein Bediensteter der Klinik holte ihn ein. Er trug einen Stoffbeutel, den er Jackie reichte. »Sie haben Ihre persönlichen Dinge vergessen, die Sie bei der Einlieferung bei sich hatten«, erklärte er.

Jackie runzelte die Stirn. Er öffnete den Beutel. Darin befand sich lediglich ein Gegenstand: eine flache schwarze Kassette. Er nahm sie heraus. »Das hatte ich bei mir?«, fragte er skeptisch. Dieses Kästchen hatte er nie zuvor gesehen.

Der Angestellte nickte eifrig. »Soviel ich gehört habe, hat man Ihnen das Ding sogar gewaltsam abnehmen müssen, so krampfhaft haben Sie es festgehalten.« Er deutete auf den Stoffsack. »Aber ich muss zurück. Wenn Sie bitte so freundlich wären ...«

»Ah. Sicher.« Jackie reichte ihm den Beutel, in Gedanken mit dem seltsamen Kasten beschäftigt. Er drehte ihn in den Händen. Schließlich fand er den Öffnungsmechanismus und klappte ihn auf. Eine Art ... Nachtsichtgerät war darin. Im Deckel eine Karte: »Autarker Prototyp, batteriebetrieben«.

Jackie nahm das Gerät aus der Kassette, betrachtete es von allen Seiten und zog es sich schließlich über.

Das Bild vor seinen Augen färbte sich grün und er meinte alle Konturen jetzt schärfer zu sehen. Ansonsten ...

Er sog scharf die Luft ein, als sein Blick auf die Parkanlage fiel. Aber das war doch nicht möglich! Er riss sich das Gerät vom Kopf: nichts. Setzte es wieder auf. Und sah ...

... ein gewaltiges Gebäude, dort wo gerade noch leere

Rasenflächen gewesen waren! Einen dunklen, eckigen Bau von bizarrer Architektur.

Fasziniert überquerte Jackie die Straße und blieb vor dem Bauwerk stehen. Ein offenes Tor führte ins Innere. Passanten flanierten vorbei; einige betrachteten ihn argwöhnisch – was zweifellos dem Gerät auf seinem Kopf galt –, doch niemand von ihnen schien das unheimliche Gebäude wahrzunehmen.

Jackie zögerte noch einen Augenblick. In seinem tiefsten Inneren regte sich so etwas wie eine Erinnerung ... fremde Bilder, die er nicht einzuordnen wusste. Dann gab er sich einen Ruck und ging weiter, trat durch das Tor.

Eine gigantische Halle nahm ihn auf. Im grünen Schein des 4D-Scanners *(4D-Scanner? Woher kannte er diese Bezeichnung?)* sah er links und rechts der Wände bis hinauf zur Decke Behälter stehen, eine Art Tank, über deren Ränder sich Drähte und Leitungen wanden. Jackie trat an einen heran und reckte sich, blickte hinein. Er war mit einer gallertartigen Flüssigkeit gefüllt und darin ... schwamm ein nackter, lebloser Körper!

Jackie fuhr mit einem Schrei zurück.

Der Mann in der zähflüssigen Masse war er selbst!

Sein Herz raste, als er an der Reihe der Behälter entlanglief und in jeden einen Blick warf, um immer wieder das Gleiche zu sehen: sich selbst. Gleichzeitig drängten verschüttete Erinnerungen an die Oberfläche seines Denkens.

»Sie beeinflussen euch schon seit Jahren. Und nun wollen sie eine Armee erschaffen und sie gegen die Menschen in den Krieg schicken.«

»Dank Ihrer Hilfe können wir unsere Pläne nun ungehindert verfolgen. Ich danke Ihnen, Herr Sang – viel Millionen Mal.«

Jackie blieb abrupt stehen. Sein Blick folgte der schier endlosen Halle, in der sich bis zur Decke Tank an Tank reihte.

Es mussten Millionen sein ...

Robert P. Jaeger

DAS FRÜHSTÜCKSEI

»Hast du das schon gelesen? Unglaublich! Was es doch für Leute gibt ...«

»Was? Ach so, ich habe vorhin nur einen kurzen Blick auf die erste Seite geworfen. Meinst du das mit der Brandkatastrophe?«, rief sie ihrem Mann zu, der mit hochgehaltener Sonntagszeitung im Esszimmer saß.

»Was hast du gesagt?«, erwiderte er, während sein Blick durch eine schmale Lesebrille schielte und über fett gedruckte, zollgroße Schlagzeilen fuhr, die über üppig gesetzten Textpassagen und Fotos prangten.

»Warte, ich komme gleich. Fülle nur noch schnell Wasser in den Eierkocher.«

Nach ein paar Sekunden erschien seine Frau im Esszimmer und setzte sich an den mit einem weißen Tuch überspannten Frühstückstisch.

»So, da bin ich wieder. Was war vorhin?«

»Der Massakrierer hat wieder zugeschlagen. Diesmal in Ludeldorf. Schon der Neunte.«

»Wirklich? Ist ja schlimm.«

Sie schaute ihn mit gespielt entsetzter Miene an.

»Schlimm ist, dass die Leute einfach nicht aufpassen. Meiner Meinung nach sind die Opfer irgendwie auch selbst an dem Unheil schuld, das ihnen widerfährt. Wenn die einen so üblen Typen in ihre Wohnung lassen, müssen sie sich nicht wundern, dass ... aber was sag ich denn immer: Die

Leute wollen einfach nicht auf gute Ratschläge hören. Bei so vielen unheimlichen Gestalten, die sich heute überall herumtreiben …«

»Ja, ja, so ist das halt.« Sie hielt einen Moment andächtig inne.

»Was hast du, Liebling?«

»Ich habe nur kurz nachgedacht. Mir fiel gerade ein, was für einen seltsamen Mann ich gestern Vormittag im Geschäft getroffen habe.«

Er ließ die großen Papierseiten herabsinken und blickte sie an. »Was für einen seltsamen Mann?«

»Na, er sah an sich ganz normal aus. Aber etwas an ihm war doch komisch. Vor allem, was er erzählt hat.«

»Erzählt?«

»Also, nun ja, … er sprach mich einfach so an. Ich war gerade in der Kühlmittelabteilung, um Milch und Eier zu holen. Praktisch aus dem Nichts tauchte dann dieser Mann auf. Er trug einen langen Mantel und sah aus, als hätte er seit ein paar Tagen seinen Rasierer nicht gefunden. Als ich zu einem Päckchen frischer Eier griff, sagte er wie aus heiterem Himmel: ›Die würde ich aber nicht nehmen.‹

Zuerst wusste ich überhaupt nicht, was los war. Also fragte ich ihn, was er meine. Daraufhin gab er zurück: ›Ich sagte, dass ich diese Eier an Ihrer Stelle nicht nehmen würde. Viel zu gefährlich.‹«

»Wie alt war denn dieser Kerl?«, hakte ihr Mann nach.

»Ich schätze so um die Vierzig. Etwa so alt wie du. Auf jeden Fall schaute ich mich erst einmal in der Abteilung um. Ich war so gut wie allein mit dem Typen. Aus Höflichkeit erwiderte ich: ›Ich verstehe Sie nicht. Sind denn die Landeier nicht frisch genug? Hier steht drauf, dass sie mindestens bis zum …‹

Der Mann unterbrach mich mit einem freundlichen Lächeln. Für mich sah es ehrlich gesagt eine Spur zu freundlich aus. Es war schon fast ein Grinsen. Irgendetwas an dem Mann war seltsam …«

»Und was passierte dann?«

»Eigentlich wollte ich so schnell wie möglich weiter. Aber irgendwie hat er es doch geschafft, mich abzulenken, indem er fortfuhr: ›Nein, das meine ich auch nicht. Ich sagte nur, dass Sie diese Eier lieber nicht mitnehmen sollten. Es sind keine richtigen Landeier. Da sollte man aufpassen.‹

Ich wandte ein, dass auf dem Karton stehe, die Eier kämen von frei laufenden Hühnern, da unterbrach er mich einfach: ›Ja, ja, was auf dem Karton steht, das ist nur Werbung. Die kommen wahrscheinlich auch nur aus engen, rostigen Legebatterien, die im stickigen Dunkel einer riesigen Lagerhalle rumstehen, gestapelt bis an die Decke.‹

›Na gut‹, meinte ich und fügte hinzu, ›das mag ja schon sein. Aber ich finde, dass ein Ei dem anderen gleicht – im wörtlichen Sinne. Außerdem sind diese hier im Sonderangebot.‹

Aber er ließ nicht locker: ›Darum geht es gar nicht. Verstehen Sie doch, das kann gefährlich werden.‹

Ich warf ihm ein fragenden Blick zu. Entweder, so dachte ich mir, wusste er genau, was für einen Stuss er da von sich gab. Oder er hatte gewaltig einen an der Klatsche. Und ich sage dir, wenn der verrückt war, dann hoffnungslos.«

»Und was ist passiert? Ist er dann weggegangen?«

»Weggegangen? Von wegen! Dann ging es erst richtig los: ›Also‹, sagte er und holte tief Luft, ›ich werde es Ihnen erklären. Ich werde Ihnen eine kleine Geschichte erzählen.‹

Und bevor ich groß protestieren konnte, legte er los.

›Sie ist nicht lang. Ich verspreche es‹, begann er langsam mit seiner leicht rauchigen Stimme. ›Bitte hören Sie gut zu! Es ist schon eine Weile her. Aber es passierte in unserer Nachbarschaft, vielleicht nur fünf oder sechs Straßen weiter. Ein junges Ehepaar hatte sich einen allein stehenden Kotten renoviert und lebte seit gut einem halben Jahr darin. Es war an einem Sonntag im März – noch etwa zwei, drei Wochen vor Ostern –, da saßen sie am Frühstückstisch. Sie waren etwas früher aufgestanden, um vor dem Gottesdienst noch einige Vorbereitungen treffen zu können. Also, der Mann setzte sich gerade an den Tisch am Fenster und schenkte sich eine Tasse heißen Kaffee ein, da sagte seine Frau: *Du, Schatz, möchtest du noch ein gekochtes Ei? Eines ist noch übrig.*

Willst du denn heute keines?

Nein, lieber nicht. Ich hatte schon in den letzten Tagen ausreichend. Das ist Cholesterin genug. Nimmt du es, sonst verkommt es noch.

Na, dann gib ruhig her.

Er platzierte das Frühstücksei auf dem blauen Plastikeierbecher und wollte gerade mit dem Messer die braune Schale köpfen, da regte sich etwas. Nicht viel. Aber immerhin so stark, dass er verwundert das Messer sinken ließ.

Schatz, sag mal, hast du es auch richtig gekocht?

Wieso fragst du? Ist es nicht hart genug? Wenn du willst, werfe ich es noch mal in den Topf. Ich glaube, das Wasser ist noch einigermaßen heiß.

Ich weiß nicht, aber ich glaube, da hat sich etwas bewegt …

Ach du spinnst ja! Du hast nur mit der Hand gezittert. Du hast es ja nicht mal geöffnet.

Er zuckte mit den Schultern und setzte erneut sein Köpfwerkzeug an. Plötzlich gab es einen heftigeren Ruck.

Hey!, sagte er laut, *Hast du das gesehen? Schau doch mal, da bewegt sich wirklich was.*

Was soll ich gesehen haben? Weißt du was? Ich glaube, du siehst schon Osterhasen.

Kaum hatte sie das gesagt, hüpfte das Ei kurz in die Höhe. Jetzt war auch seine Frau sichtlich überrascht.

Na, was sage ich. Hast du's jetzt vielleicht gesehen? Ich bin doch nicht verrückt.

Das habe ich auch nicht so gemeint. Aber … aber wie ist das möglich? Lebt das Ei? Ich habe es doch lange genug im Wasser gehabt. Oh nein, sag bloß nicht, dass da ein kleines Küken …

Beide besahen sich das sonderbare Frühstücksei genauer.

Dann, als ihr Interesse langsam schwand, tat sich wieder etwas.

Ich werd verrückt. Sieh mal, Schatz, da, der Riss!, sagte sie überrascht.

Der winzige Riss an der Oberseite weitete sich langsam aus. Stück für Stück trieb er seinen Pfad durch die harte Kalkschale. Dann durchbrach eine kleine Spitze die Barriere, die das Innere von der Außenwelt trennte.

Schau mal, da, was ist das?, fragte sie fasziniert und besorgt zugleich.

Es könnte der Schnabel sein. Wir werden es ja gleich sehen.

Was sehen? Ein Küken, ein kleines, gelbes Küken? Aber wie das denn? Es müsste doch mindestens gekocht sein. Oder kann es so was geben? Ich meine, hast du schon mal von so was gehört? Also ich nicht.

In ihrer Stimme lag deutlicher Zweifel.

Sie starrten weiter auf das wirklich sonderbare Ei. Und dann geschah es: Sie beugten sich gerade über das sonderbarste Objekt, dass sie am Frühstückstisch jemals gesehen hatten. Mit einem Mal spaltete sich das gesamte Ei und die Schale flog in winzigen Bruchstücken auseinander. Gleichzeitig spritze ein klebrig heißer Schleim in das Gesicht der Beobachter. Sie schrien panisch auf. Zum Glück trugen sie beide Brillen. Die Flüssigkeit war aber derart heiß und brannte auf der Gesichtshaut, dass sie in den ersten Schrecksekunden die weitere Metamorphose des Wesens aus dem Ei nicht verfolgen konnten. Auf dem zusammengeschmolzenen Eierbecher saß ein zerzaustes Tier von der Größe einer Tasse, das nur dann eine gewisse Ähnlichkeit mit einem Küken gehabt hätte, wäre es nicht auf einmal laut quietschend aufgesprungen und hätte kleine Brände auf dem Tisch gelegt. Glühender, gelber Schleim entzündete überall dort, wo das Teufelsküken hinspuckte, kleine Stichflammen. Wie ein kleiner Dämon wirbelte es auf dem Küchentisch umher. Gleichzeitig schien es sich aufzublähen.

Die Tischdecke war mittlerweile hoffnungslos ruiniert,

da merkten sie beide endlich, dass auch die Tischplatte schon heftig in Flammen stand. Sie taumelten keuchend aus der Küche und warfen sich auf den Teppichboden des Flures.

Was … was ist passiert?, stammelte er fassungslos.

Das fragst du mich? Wer hat denn zuerst etwas bemerkt?, schrie seine Frau fast hysterisch.

Das Feuer war gerade dabei, die Gardinen am Fenster aufzuzehren, um sich dann an die Küchenmöbel heranzumachen. Immer noch völlig schockiert, lagen sie auf dem Boden vor der Küchentür. Er rang nach Atem.

Wir müssen … wir müssen …, versuchte er einen Satz herauszubringen, *die Feuerwehr rufen. Sonst … sonst brennt hier noch alles ab.*

Sie stemmten sich vorsichtig in die Höhe. Plötzlich kam eine kleine Feuerkugel auf sie zugeschossen und verfehlte nur knapp ihren Kopf. Es roch nach verbranntem Haar. Die Tapete flammte kurz auf und begann an der Aufschlagstelle zu schwelen. Sie starrten fassungslos auf die lodernde Kücheneinrichtung. Mitten auf dem gefliesten Boden tanzte hektisch eine helle Flamme, die ein eigenes Leben zu besitzen schien. Sie hielt in ihrer Bewegung inne und kam plötzlich auf sie zugerast.

Im letzten Augenblick warfen sie gemeinsam die schwere furnierte Holztür der Küche zu. Sie merkten noch, wie sich auf der anderen Seite etwas dagegen schleuderte. Ein leiser, quiekender Laut drang durch die Holzwand. Er setzte sich vor die Tür, mit dem Rücken zur Wand, um sie mit seinen Füßen abzustützen. Ein paarmal verspürte er dumpfe Schläge gegen das massive Holz.

Los, Schatz, hol schnell Hilfe, bevor es zu spät ist. Ich versuche hier die Stellung zu halten.

Seine Frau zögerte erst einen Moment. *Ich kann dich doch hier nicht alleine lassen. Was ist mit dem Ding? Ich habe Angst um dich.*

Beeil dich nur. Schnell! Sonst erreichen wir das Telefon über-

haupt nicht mehr, wenn hier alles in Flammen steht. Mach schon!

Sie stürmte los. Das Telefon befand sich etwa zwei Zimmer weiter hinten im Flur.

Als sie zurückkam, war es beinahe schon zu spät. Die Küchentür war an einigen Stellen bereits schwarz und begann bedenklich zu qualmen. Dichter, beißender Rauch quoll unter dem Türspalt durch. Er hustete stark und war kurz davor, das Bewusstsein zu verlieren.

Wir müssen hier weg! Raus, nichts wie raus!, schrie der Mann verzweifelt und mit letzter Kraft. Der Schweiß lief ihm über das blasse Gesicht. Er hatte Angst.

Keuchend taumelten sie den langen Flur in anderer Richtung entlang, bis sie die rettende Haustür erreichten und ins Freie stürmten. Sie setzten sich erschöpft auf die gepflasterte Garageneinfahrt. Bald darauf rückte nicht nur die Feuerwehr an. Auch etliche Nachbarn, wie meine Wenigkeit, kamen den Verwundeten zu Hilfe. Sie wurden dann vorsorglich ins nächste Krankenhaus gebracht. Danach mussten sie irgendwo unterkommen, da ihr Haus fast bis auf die Grundmauern niedergebrannt war.‹«

Sie legte eine kleine Pause ein und schaute ihrem Mann in die Augen. Er rückte seine Brille zurecht und musterte sie mit skeptischem Blick. Dann fragte er: »Und du hast ihm das alles abgekauft, mein Liebes?«

Sie kniff die Lippen zusammen. »Jetzt warte doch erst ab. Die Geschichte geht noch weiter.«

»Was heißt weiter? Der Typ war verrückt. Eindeutig. Kein Wunder, in der Welt wimmelt es heutzutage nur so von Verrückten. Glaub mir, liebe Lise, das ist alles nur erlogen. Oder auf jeden Fall völlig verdreht. Wie sein Verstand.«

»Gunther, hör zu! Ich war zuerst auch sprachlos, so wie du. Ich kam mir richtig hilflos vor, allein mit dem Kerl. Er ließ mir nicht einmal die Gelegenheit darüber nachzudenken, da legte er wieder los: ›Ja, ja, das war schon eine schlimme Sache. Ich sage Ihnen, es hat lange gedauert, bis die beiden überhaupt auch nur ein Hühnerei ruhig ansehen konnten.‹

Nachdem ich nichts entgegnete, fragte er freundlich: ›Sie glauben mir nicht? Das kann ich durchaus verstehen. Als ich die Geschichte erfuhr, wollte ich sie erst auch nicht glauben. Aber dann …‹ Auf seinem bärtigen Gesicht formte sich ein leichtes Schmunzeln. ›Aber dann erlebte ich zwei Wochen später etwas Ähnliches. Unsere Verwandten waren zu Besuch. Eines Morgens frühstückten wir zusammen und es gab gekochte Eier. Mein Bruder hatte sein Frühstücksei gerade aufgeschlagen, da schien sich etwas darin zu winden. Blitzschnell stülpte ich eine Tasse darüber. Es war reiner Reflex. Keinen Moment zu spät, denn kurz darauf spürte ich heftige Bewegungen und merkte, wie die Tasse ungeheuer heiß wurde. Es roch bereits nach verbranntem Holz. Ich schrie auf. Erschrocken ließ ich los und beinahe wäre uns die Sache außer Kontrolle geraten. Da schnappte sich mein Bruder die Kaffeekanne und goss den Inhalt auf die Tasse. Es zischte laut und sie sprang entzwei. Eine weißgelbe Stichflamme schoss empor. Noch im gleichen Moment nahm er die Zuckerdose und kippte das weiße Pulver auf die Brandstelle. Dann passierte nichts mehr. Das Feuer war erloschen. Nur feiner, stechender Rauch kräuselte sich in der Luft. Was auch immer es gewesen war, es war offensichtlich tot.‹

Wieder machte er eine Pause und lächelte mich an. ›Sehen Sie, wenn Sie mir nicht glauben.‹

Er hielt mir seine rechte Hand entgegen. Auf der Innenfläche sah ich einen roten, breiten Ring in der Größe seines Handtellers. Beinahe erschrocken sah ich zu ihm auf.

›Das stammt noch von der Tasse. Sieht aber schlimmer aus, als es ist.‹ Er strich sich vorsichtig über die Brandwunde. ›Auf jeden Fall kamen wir nur mit einem Schrecken davon. Biologisch ist so was nicht einfach zu erklären. Allein so etwas wie dieses Küken ist an sich völlig unmöglich … Das junge Ehepaar hatte natürlich große Schwierigkeiten die Versicherung von dem Vorfall zu überzeugen. Die Feuerwehr meinte, es handele sich wahrscheinlich um eine Kerze, die für einen Augenblick außer Acht gelassen wurde. Durch Zufall habe ich vor kurzem in der Zeitung gelesen, dass es so etwas wie Phosphorbrände geben soll. Sie können angeblich bei irgendwelchen ungewöhnlichen Verwesungsprozessen entstehen. Aber nach dem, was ich erlebt habe … Ich glaube, das liegt auch an diesen Hühnern, die zu Massen in diesen Lagerhallen gezüchtet werden.‹

Er deutete auf die Eier in meinem Einkaufswagen und ich wurde bleich.

›Ich sage nicht, dass ich Recht habe. Ich sagte vorhin nur, dass es unter Umständen riskant sein kann diese Eier zu kaufen. Mit richtigen Landeiern von wirklichen, frei laufenden Hühnern ist das vielleicht anders. Aber das müssen Sie schon entscheiden.‹

Nur mit Mühe stammelte ich vor mich hin: ›Also, ich … ja wissen Sie … aber …‹

Als der seltsame Mann sich gerade verabschieden wollte, fügte er noch hinzu: ›Ach, da fällt mir noch ein: die Sache mit dem Feuer und der Zuckerdose. Es war gar kein Zucker. Der hätte den Brand nur noch mehr entfacht. Wie sich später herausstellte, war es reines Salz gewesen. Kochsalz. Mein Enkel hatte sich nämlich einen Scherz erlaubt und den Zucker gegen Salz ausgetauscht – und damit das Unheil verhindert. Eigentlich macht er solche Scherze nicht. Aber an dem Tag war es eine Ausnahme. Es war nämlich der erste April.‹«

Seine Frau machte eine Pause und sah ihrem Mann diesmal fester in die Augen. In ihren Blick schlich sich eine Spur Stolz und Herausforderung.

»Nun, das ist eine recht unterhaltsame Geschichte, die du da aufgeschnappt hast …« Seine Hand fuhr langsam über seine lichte Haarpracht. »Aber sei mal ehrlich, Lise, glaubst du diesen Unfug wirklich?« Über seine schmalen Brillengläser hinweg sah er sie wie ein kleines, naives Kind an.

»Was heißt Unfug? Ich denke schon, dass da was Wahres

dran ist. Es klang alles so echt. Und seine Hand, du hättest seine rechte Hand sehen sollen.«

»Aber du musst doch zugeben: Das hätte er sich alles auch ausdenken können. Und die Brandwunde … das ist noch längst kein Beweis. Also nein, ich glaube, liebe Lise, da bist du an einen kleinen, irren Märchenerzähler geraten. Tut mir Leid, aber so sehe ich das.«

Seine Frau schwieg einen Moment. Dann hob sie plötzlich den Kopf in die Höhe und sog Luft durch die Nase. »Sag mal, Gunther, riechst du das auch?«

»Was? Was soll ich riechen? Etwa die frischen …«

»Der Geruch kommt mir so bekannt vor … aber ich komme nicht darauf. Riechst du das nicht?«

Er rümpfte nur mäßig interessiert die Nase. »Also ich … doch warte, jetzt merke ich auch was.«

»Wonach riecht das?«

»Mmh … es riecht nach …«

Er überlegte.

»Es riecht … ich glaube, es riecht irgendwie nach Schwefel- oder Phosphordämpfen …«

Harald Braem

DAS HAUPT DER MEDUSA

Diese letzten drei Tage auf dem Peloponnes waren die reinste Hölle: Die Tage waren zu heiß und nachts sanken die Temperaturen in der Bergwelt so drastisch ab, dass man in den kühlen Turmzimmern der Mani unter den viel zu dünnen Decken zu frösteln begann und sich morgens beim Aufwachen regelmäßig am Rand einer Erkältung befand. Und dann diese spröden, wortkargen Einheimischen, deren Gesichter so abweisend wie die Steinfassaden ihrer am Felshang klebenden Häuser wirkten. Taten so, als würden sie außer ihrem hart rollenden lakonischen Akzent keine andere Sprache der Welt beherrschen, nicht mal die paar Brocken Griechisch, die Sven mühevoll einstudiert hatte und die in Athen jeder verstand. Sven kam sich blöde vor, dass er hier in der Einsamkeit der grauen Bergrücken niemanden nach dem Weg fragen konnte. Nirgends Schilder. Auch die Hinweise aus dem Reiseführer reichten nicht aus, um die wirklich guten Stellen, die ihn interessierten, zu finden. Alte Tempelreste aus vorhellenistischer Zeit zum Beispiel. Musste es doch geben, wo die Mani als südlichster Finger des Peloponnes zugleich den ältesten und abgelegensten Zipfel Griechenlands darstellte. Auf sie war Sven am meisten gespannt, zumal es in gewissen Büchern dunkle Hinweise auf die archaische Frömmigkeit der Ureinwohner und irgendwelche geheimnisvollen Kulte gab, die noch aus heidnischer Zeit stammen sollten.

Am schlimmsten aber war Veras Laune. Ständig nörgelte sie herum, über die Hitze im Wagen (obwohl er doch schon meistens mit offenem Seitenfenster fuhr), das Gerüttel auf schlaglochdurchsetzten Straßen, das Fehlen von einladenden Restaurants.

»Seit Stunden habe ich kein Schild mehr gesehen, und dabei hast du mir hoch und heilig versprochen, wir würden heute endlich mal die Spezialitäten der einheimischen Küche probieren«, bemerkte sie spitz, während sie sich in völlig übertriebener Gestik mit beiden Händen an der Konsole des Handschuhfachs festhielt. Auf diese Weise demonstrierte sie stets seine angebliche Unfähigkeit, wie ein normaler Mensch Auto zu fahren.

»Ich kann nicht zaubern«, antwortete Sven grob. »Iss erst mal eine Orange.« Ihm fiel ein, dass in der Plastiktüte auf dem Rücksitz zudem noch etwas Fladenbrot und Schafskäse liegen mussten. Das Zeug war inzwischen bestimmt ausgetrocknet. Wie auch immer, er verspürte jedenfalls keinen Hunger, und da er unter seiner üblichen Reiseverstopfung litt, war ihm seit einiger Zeit dauernd ein bisschen schlecht.

»Geht nicht«, antwortete sie.

»Was geht nicht?«, fragte er mit leicht gereiztem Unterton in der Stimme zurück. Er war in Gedanken schon wieder bei jener prähistorischen Ruine gewesen, nach der sie nun schon seit Stunden auf unmöglichen Steinpisten suchten.

»Eine Orange schälen, ohne sich bei deiner Fahrweise in die Hand zu schneiden«, sagte sie.

Er brauchte sie nur mit einem raschen Seitenblick anzusehen, um zu registrieren, dass sich ihre Miene zu einer beleidigten Grimasse mit erstem Ansatz zum Ekel verzog.

Dieser Mund, dachte er. Viel zu hart, um an die Küsse zu erinnern, die sie vor unendlich weit zurückliegenden Zeiten einmal ausgetauscht hatten. Überhaupt, diese Frau – eine einzige Zumutung! Er fragte sich, was ihn eigentlich jemals an ihr gereizt hatte. Und warum bloß in aller Welt war er ausgerechnet mit ihr verreist, wo sie doch vor ein paar

Wochen noch allen Ernstes Schluss gemacht hatten. Nicht das erste Mal, aber heftiger als jemals zuvor. Ja, genau: Diese Reise war ja als Versöhnungsangebot gedacht, als letzter Versuch es noch einmal zu probieren ... Pah, da konnte er nur noch bitter auflachen. Wie fremd sie sich in der zurückliegenden Woche geworden waren! Wie Angehörige zweier weit, weit entfernt voneinander liegender Planeten, die jeder für sich nur noch das dringende Bedürfnis verspürten, schnellstmöglich zu ihren Abflughäfen zurückzukehren. Nicht nur im Bett war es problematisch geworden, auch ihre Kommunikation klappte kaum noch, hielt sich mühsam mit der Abwicklung fundamental einfachster Dinge auf. Und selbst dabei redeten sie beharrlich aneinander vorbei.

»Ich bin mir ziemlich sicher, dass wir gleich da sind«, brummte er zwischen zusammengebissenen Zähnen.

»Wo?«, fragte sie zurück. »In jenem bezaubernden Bergnest mit der überzeugend einfachen, aber herzhaften Landesküche, von der du dauernd gefaselt hast?«

Etwas Lauerndes lag in ihrer Stimme, etwas, das imstande war diesen ansonsten so sonnigen Nachmittag von Grund auf zu zerstören. Oh Gott, hasste er sie! Dabei spannte sich ein makellos blauer Postkartenhimmel über den nacktgrauen Felskanten des Taygetos-Gebirges, das im Spiel von Licht und Schatten wie ein riesiges, lang gestrecktes Fabeltier aussah. Uralt und mächtig und mit seinen plumpen Füßen tief in Geröllhalden steckend, als schlafe es in einem Teppich aus Steinen. Wenn er ein Künstler gewesen wäre, hätte er den Faltenwurf dieser Berge bestimmt gemalt, zumindest ganze Serien von Fotos davon geschossen. Aber als ein mehr dem Verborgenen zugewandter Forscher, zumal einer, der sich hoch konzentriert und mit selektiver Wahrnehmung ganz bestimmten Phänomenen zuwandte, ließ er sich von dererlei ästhetischem Schnickschnack nicht so leicht ablenken. Auch nicht von den hämischen Bemerkungen einer überaus desillusionierend wirkenden Frau.

»Da vorn muss es irgendwo sein«, sagte er knapp. Die ausgelassene Essenspause war für ihn inzwischen völlig aus dem Bewusstsein verschwunden. Er dachte nur noch an die Möglichkeit endlich auf den lang gesuchten Rest des Hekate-Tempels zu stoßen, der anderen Berichten zufolge auch »Turm der Lamia« heißen sollte. Geweiht war er wohl einer weiblichen Gottheit von ambivalenter Gestalt, über deren Identität und Bedeutung die Experten noch in ebenso klugen wie ausweichenden Fachartikeln stritten. Essen – wie konnte diese Frau, die sich wie eine Barbiepuppe benahm, die sich jetzt noch krampfhafter als zuvor mit ihrer Körpersprache die Fahrt über die Schlaglochpiste untermalend im Leihwagen festklammerte, nur an so profane Dinge wie Essen denken!

Sven schnaubte empört durch die Nase. Ich lasse mir von dieser dämlichen Zimtzicke doch nicht den Spaß verderben, dachte er. Hab sowieso schon viel zu viel Rücksicht auf ihr Genörgel genommen, die ganze Zeit über, seit ich sie kenne, diese eingebildete Prinzessin auf der Erbse. Kein Hotelzimmer hatte ihren Ansprüchen genügt, und den blöden Sonnenbrand hat sie sich absichtlich geholt, um mir tagelang mit dem Gejammer über ihr verschwollenes Gesicht ein schlechtes Gewissen einzureden. Alles Schikane, um mir das letzte bisschen Spaß am Urlaub zu nehmen. Dabei bezahl ich doch alles. Einfach idiotisch zu glauben, dass mit dieser Einladung unsere total verkorkste Beziehung wieder ins richtige Fahrwasser gerät. In Frankfurt mach ich endgültig Schluss. Diesmal richtig und für immer …

Laut aber sagte er und seine Stimme klang dabei nüchtern und kalt wie bei einem Laborversuch: »Der Hekate-Tempel, du weißt schon, der Turm der Lamia. Jedenfalls das, was davon noch übrig ist. Die Ruine da rechts auf dem Hügel muss es wohl sein.«

Er bremste so heftig ab, dass ihr Körper nach vorn ruckte und ihr Kopf fast gegen die Windschutzscheibe knallte. Bevor sie losschimpfen konnte, zog er die Handbremse und sprang aus dem Auto. Heftiger Wind empfing ihn, eine ungewöhnlich kalte Brise von den Bergen her, obgleich die Luft noch immer von der Hitze des Tages flimmerte. Sein Haar wurde glatt nach hinten gebürstet, er spürte Sandkörner im Auge. Die Böe war so stark, dass sie die geöffnete Wagentür aus seinen Händen nach vorn riss. Es gab ein hässlich knarrendes, knackendes Geräusch, als würde am Wagen irgendeine Verankerung abgerissen. Scheiße, dachte er, nicht auch das noch, keine Beule im Wagen, bloß keine neuen Probleme. Bei Vollkasko mit Selbstbeteiligung bei eigenem Verschulden konnte so was ein teurer Spaß werden.

Mit zusammengezogenen Brauen starrte er das Blech an, konnte aber nirgends einen echten Schaden entdecken. Und die Tür ließ sich zum Glück wieder schließen.

Ohne sich um seine Begleiterin zu kümmern, die wie stets keinerlei Anstalten unternahm auszusteigen, wandte er sich nach rechts und stapfte entschlossen über Geröll auf die Ruine zu. Der Wind blies heulend um den zu einem elenden Stumpf zerfallenen Turm aus grauen Steinquadern. Komischerweise ließ sich bei dieser Art von Gebäuden das Alter schwer schätzen. Alles sah aus wie das Taygetos-Gebirge selbst – verwittert und mit graugrünem Trockenmoos überzogen wie die ganze übrige Landschaft ringsum auch.

Missmutig brummte Sven vor sich hin. Das Ding sah aus wie einer der vielen Mani-Türme, die sie unterwegs überall gesehen hatten. Ein wehrhaftes Bollwerk, klobig und abweisend wie die Menschen hier. Nichts Besonderes also, keine Reste von dorischen oder korinthischen Säulen, nicht mal Bodenerhebungen ringsum, unter denen sich ältere Grundmauern verbergen konnten. Der Turmrest ragte wie ein fauler Zahnstumpf vom Hügel auf. Ein paar Krähen umflatterten ihn, hoben beim Näherkommen krächzend ab und flogen in Richtung der Berge davon. Sven hatte das fensterlose Bauwerk beinahe umrundet, als er an der Westseite auf einen schmalen Einlass stieß. Ein kleiner Schuttberg versperrte den Weg. Er überkletterte ihn und scheuchte dabei

Eidechsen auf. Schwer atmend gelangte er in das Innere des Turms und blickte sich suchend um. Da das Dach eingestürzt war, wirkte der Raum relativ hell und freundlich, jedenfalls blieb der Wind draußen. Ein guter Platz, dachte er. Schützend und warm wie ein Nest. Erst jetzt bemerkte er die erstaunliche Stille. Richtig wohltuend.

Und dann sah er das altarähnliche Gebilde in der südlichen Ecke. Es besaß die Form und Ausmaße eines grob aus dem Stein gehauenen Sarkophags und ruhte auf einem Mauersockel, der aufgrund seiner Beschaffenheit tatsächlich ein beträchtliches Alter besitzen musste. Das Erstaunlichste an der Konstruktion war ein Aufbau, der aus einem etwa eineinhalb mal zwei Meter großen und über einen Meter tiefen Steinblock bestand. Lakonischer Marmor, wie Sven fachkundig feststellte. Er war sorgfältig behauen und geglättet. Aus seiner Mitte ragte das Relief eines Frauengesichts hervor, dessen zur Rundung geöffneter Mund Wasser spie. Besser gesagt: tröpfeln ließ, denn lediglich ein dünnes Rinnsal sickerte von dort über die Lippen in eine Auffangschale.

Wie die Weihwasserschalen in unseren Kirchen, dachte er, und beugte sich über den Rand des Sarkophags, um das steinerne Antlitz näher in Augenschein zu nehmen. Es stellte eindeutig das Haupt der Medusa dar: ein Bündel sich umringelnder Schlangen umrahmte ihren Kopf. Die Augen waren weit aufgerissen, mit riesigen Pupillen, als starre sie etwas Schreckliches an. Diese weißen, toten Augen, in der Kombination mit dem kreisrund geöffneten Mund, verliehen dem Porträt etwas Gespenstisches. Ein Anflug von Wahnsinn lag darin, etwas Schweres und Grauenvolles, das so ganz und gar nicht zum sonnenüberfluteten Nachmittag passte. Trotz der im Turm aufgestauten Wärme glaubte Sven plötzlich kalte Spinnenfinger über seinen Rücken laufen zu spüren.

Dennoch faszinierte ihn das Wasser speiende Medusenhaupt. Es wirkte stereotyp wie jene, die er in den Museen bereits betrachtet hatte, und doch irgendwie anders, älter, archaischer, wenn auch keineswegs plump. Nein, dies stellte unbedingt das Werk eines Meisters dar. Aber dass solche Darstellungen zum Brunnen umfunktioniert waren, davon hatte er noch niemals gehört. Er fixierte noch immer das Gesicht mit den weit geöffneten, irgendwie blicklosen Augen. Seltsame Assoziationsketten durchzuckten sein Hirn mit Worten, so deutlich, als spräche er laut vor sich hin. Vielleicht sprach er auch wirklich.

Dies ist also das Wasser des Lebens, dachte er. Es rinnt immer und durch alle Ewigkeit. Obgleich es doch schon so lange nicht mehr geregnet haben soll. Aber die Berge tragen es schützend in ihrem Bauch. Kann es schlecht sein, davon zu trinken? Eigentlich nicht, ist bestimmt sauberes Quellwasser. Er beugte sich noch etwas weiter vor und seine Lippen berührten fast den Mund der Medusa. Er zögerte in der Bewegung. Natürlich hätte er auch bloß die Hand ausstrecken und aus der Weihwasserschale schöpfen können. Aber wenn nun irgendwelches Ungeziefer darin war, Fliegenlarven, Pilzschleim, infektauslösende Mikrobakterien oder dergleichen? Nein, dann lieber diese nassen, marmornen Lippen. Er beugte sich noch weiter vor und küsste den geöffneten Mund. Das aus ihm hervorquellende Nass schmeckte frisch und kalt. Er trank ein paar Schlucke. In diesem Moment größter Hingabe und Sinnlichkeit durchschnitt ein schriller Schrei seine Nerven. Es war, als würde sich heißer Draht durch seine Gehörgänge bohren. Er wirbelte herum und sah die Medusa nun in voller Lebensgröße vor dem gleißenden Licht der Sonne. Ihr Schlangenhaar tanzte im Wind und sie wirbelte wild mit den Armen herum, während dem Mund weitere klagende Laute entströmten.

Erst auf den zweiten Blick erkannte Sven, dass es Vera war. »Elender Mist«, schrie sie, »ich hab mir den Knöchel vertreten. Es tut weh, verdammt noch mal!«

Er starrte sie wortlos an. Natürlich war klar, dass er auch diesmal wieder an ihrem Missgeschick schuld war. Sie kam humpelnd, mit den Armen rudernd über die Geröllhalde auf ihn zu.

»Was machst du da, ich warte schon ewig draußen auf dich!«, schrie sie. Ihr Gesicht war nun das eines kleinen, weinerlichen Mädchens, das sich über die Welt beschwert.

»Ich habe vom Wasser des Lebens getrunken«, antwortete Sven. »Hier aus der Medusenquelle. Willst du auch mal probieren, es macht schön.«

»Bist du verrückt?«, kreischte sie. »Ich will mir doch keine Krankheit holen in diesem verdammten Dreck hier!«

»Ich bin jetzt unsterblich«, sagte er.

»Und ich sterbe gleich vor Hunger«, entgegnete sie.

Er lächelte. Er hätte sie in diesem Augenblick umbringen können. Mit beiden Händen erwürgen und in den Steinsarkophag legen. Und dann weggehen. Niemand würde sie finden. Jedenfalls nicht so schnell, dass noch Fleisch an ihr war und man sie hätte identifizieren können.

Stattdessen legte er eine Hand auf ihre Schulter. »Zeig mal den Knöchel her«, sagte er.

Auf dieses Stichwort hin lamentierte sie erst richtig los. »Wenn es nicht bald etwas Richtiges zu essen gibt, reise ich auf der Stelle ab«, schloss sie. Den Rest hatte er gekonnt überhört.

Plötzlich wurde ihre Stimme sanft und bettelnd. »Bitte Sven, lass uns so schnell wie möglich von hier wegfahren. Der Ort ist so düster, er macht mir Angst.«

»Okay«, gab er zurück, »okay, okay. Die Sonne geht ohnehin bald unter und dann sollten wir wieder auf der Straße sein. Im nächsten Dorf gibt es bestimmt was zu essen und auch ein Zimmer, da bin ich mir sicher.«

»Bloß nicht mehr in so einem blöden kalten Turm«, sagte sie, »ich hab langsam die Nase voll von den spartanischen Zuständen hier.«

»Lakonisch, nicht spartanisch«, verbesserte er freundlich. »Sparta hat es nie richtig geschafft, die Mani einzunehmen.«

»Ist mir völlig egal«, erwiderte sie, »Hauptsache es gibt endlich Gyros.«

So war das mit dem Urlaub gewesen, und zurück in Frankfurt hingen sie aus irgendwelchen, nicht klar überschaubaren Gründen noch immer zusammen. Und kaum da, ging dauernd das Telefon. Eine sehr einschmeichelnd weibliche Stimme versuchte unermüdlich ihn für einen Fernsehauftritt zu gewinnen.

»Ich bin Kunsthistoriker«, versuchte er abzuwiegeln, »so was interessiert doch keinen außer ein paar Spinnern wie mich.«

»Das schätzen wir aber ganz anders ein«, lockte die Telefonstimme mit gurrendem Lachen. »Haben Sie nicht dieses Buch geschrieben. Wie heißt es noch?«

»Das dunkle Europa. Magische Riten und Kulte.«

»Genau. Ein überaus spannendes Thema, das unsere Zuschauer ungemein interessiert. Außerdem wird es eine Talkshow mit hochkarätigen Gästen. Ein Psychologe ist auch dabei, eine Pfarrerin, die feministische Theologie vertritt, ein streetwalkender Soziologe und ein Professor für Mythenforschung.«

Sven horchte auf. »Wer denn, doch nicht etwa der Gombrich?«, fragte er mit plötzlich erwachtem Interesse.

»Wer? Nein, der nicht gerade. Aber Professor Dr. Siegelmeier aus Zürich. Sie kennen ihn doch bestimmt?«, klang die frech-fröhliche Stimme aus dem Telefonhörer an sein Ohr.

Er hatte diesen Namen nie gehört und wusste nicht, ob er das zugeben sollte oder nicht.

»Na ja … Aber ich komme gerade von einem Griechenland-Urlaub zurück.«

»Das ist ja wunderbar, dann können Sie direkt von Ihren Eindrücken dort und neuesten Entdeckungen berichten. Außerdem erhält jeder Teilnehmer eintausend Mark«, vernahm er weiterhin verführerische Sirenenklänge. »Ganz schön gut für dreißig Minuten, finden Sie nicht? Denken Sie außerdem an den Werbeeffekt für Ihr Buch. Flug, Übernachtung und Spesen natürlich extra.«

Sven fühlte sich allmählich mürbe geklopft. »Und wann und wo?«, stotterte er hilflos.

Sie nannte München und den genauen Termin und ließ sich dreimal von ihm versichern, dass er das Angebot ernsthaft überdenken würde.

Mit dem fröhlichen Ausruf »Isabellas Nightshow mit der schlagfertigen Isabella Carrara wird von mehr als drei Millionen Zuschauern gesehen. Hatten Sie jemals ein so großes Publikum?«, schloss die Verlockung.

Als er den Hörer auflegte, hatte er das Gefühl, dass seine Stirn glühte und schwitzte. Er torkelte, vom Ouzo, den er beim Telefonieren zwischendurch genippt hatte, leicht angetrunken ins Nebenzimmer, wo Vera im Ohrensessel lag und sich gelangweilt den sechsundzwanzigsten Teil einer auf fünfzig Folgen konzipierten Familienserie reinzog.

»Hast du schon mal was von Isabellas Nightshow gehört?«, fragte er.

»Na klar. Super TV mit Isabella Carrara«, antwortete sie zu seiner Überraschung wie aus der Pistole geschossen. Komisch, bei diesem Namen dachte er nur an Italien und Marmor.

»Und wie findest du sie?«, fragte er weiter.

»Scheiße«, sagte sie und beugte sich vor, um vom Beistelltisch eine Tüte mit Käsechips zu angeln. »Viel zu aufgedonnert und viel zu schrill, die Tussi. Die Talkshow selbst ist allerdings manchmal ganz gut.«

»Ich bin eingeladen«, sagte er und hatte plötzlich das Gefühl, dass sich die Welt einen Augenblick lang ausschließlich um ihn drehte. »Am Dreizehnten fliege ich hin und werde über meine Eindrücke in Griechenland befragt. Was hältst du davon?«

Sie blickte ihn nachdenklich und mit vollem Mund kauend an. Selbst aus dieser Entfernung roch sie nach Käse. »Am Dreizehnten?«, wiederholte sie mit vollen Backen, aus denen sich neben den Worten noch eine Kaskade von krachenden, mahlenden Nebengeräuschen entlud. »Unmöglich. Da wollten wir doch zu Lisas Geburtstag gehen.«

Er starrte sie finster an und versuchte sich krampfhaft zu erinnern, wer zum Teufel eigentlich Lisa war. »Ohne mich«, entschied er dann kurz, »ich fahr zu Isabella Carrara.«

»Dann fahr doch von mir aus zur Hölle«, hätte sie nun antworten können. Sie schwieg aber stattdessen, stopfte sich erneut eine Ladung Käsechips in den Mund und wandte sich geistesabwesend dem Bildschirm zu. Irgendwie sah sie aus wie in Trance, so als habe ihr jemand den Verstand abgepumpt. Da beschloss er endgültig zuzusagen.

Im Flugzeug nach München kam er sich vor wie ein kleiner Junge, der zum ersten Mal in einen Film ab sechzehn darf. Einmal, nur ein einziges Mal vorher, hatte er im Kabelkanal rumgezappt und sich Isabellas Nightshow angeguckt. Ein saudummes Programm mit hohlem Thema und nichts sagenden Talkshowgästen. Da hätte er fast die Flinte ins Korn geworfen und abgesagt. Aber »eintausend Mark«, wisperte seine innere Stimme, »dein Buch wird hemmungslos, wie diese Fernsehleute sind, in Großaufnahme eingeblendet und ebenso mehrmals dein Name. Außerdem ...« – die Stimme flüsterte nun verschwörerisch leise – »...außerdem handelt es sich bei dieser Isabella Carrara um ein enorm hübsches Weib.« Er stutzte überrascht, weil er bisher an diesen Aspekt der Sache noch gar nicht gedacht hatte, na ja ...

Mit einem wohligen Aufstöhnen ließ er sich in das Polster seines nach hinten gekippten Sitzes rutschen und schloss die Augen. Eigenartigerweise musste er gerade jetzt an den Griechenlandurlaub denken, den sonnigen Peloponnes, die steinige Mani. Auch die Turmruine mit dem Medusa-Brunnen kam ihm in den Sinn. Das Bild der weit aufgerissenen Augen und des Mundes, aus dem so spärlich Wasser quoll. Dieses Gesicht mit dem Schlangenhaar rückte immer näher, drängte alle anderen Eindrücke beiseite.

Er beugte sich vor, um zu trinken. Riesig wurde der Marmormund, ein kreisrundes schwarzes Loch. Er stürzte direkt darauf zu, spürte sich von einem machtvollen Strudel angezogen. Mit der letzten ihm noch verbliebenen Kraft stemmte er sich gegen das Unaufhaltsame, er rang wie ein Ertrinkender um sein Leben. Er schrie, aber kein Laut kam über seine Lippen …

Völlig verkrampft, mit geballten Fäusten und gegen die Rückseite des Vordersitzes gepressten Knien, schrak er auf und merkte, dass die Maschine im Senkflug zur Landung ansetzte. Was Vera jetzt wohl gerade macht, dachte er und wunderte sich, dass sie ihm ausgerechnet jetzt in den Sinn kam. War er aufgeregt? Nein, eher müde. Der kurze Schlaf im Flugzeug hatte seine innere Uhr durcheinander gebracht. Er nahm ein Taxi und ließ sich zu der angegebenen Adresse chauffieren.

Die Fernsehanstalt gab allen Klischeevorstellungen Recht. Flippig gestylte junge Leute wirbelten mit dynamischer Aktivität vorbei, freche Mienen, flotte Sprüche, immer betont lustig. Miniröcke in allen Längen und Kürzen, Windfrisuren mit viel Gel, Typen mit Sonnenbrillen und Dreitagebart und eine Empfangsdame wie aus dem Bilderbuch: »Isabellas Nightshow, na klar doch, was denn sonst, folgen Sie vertrauensvoll dem jungen Mann da … Herbertchen, du bist so gut und bringst den Herrn ins Studio, Küsschen …«

»Maske?«

»Später, später, erst mal Redaktionsbesprechung. Ist noch was im Kühlschrank?«

»Claro, alles paletti, alles geordert.« Er schnellte mit einem eidechsenhaften Grinsen auf den Lippen herum und begann seinen Gast durch unzählige Flure und Stockwerke zu lotsen.

Überall die gleiche Hektik. Tollhaus, dachte Sven und begann sich allmählich in der ungewohnten Umgebung beklommen zu fühlen.

Vor dem Redaktionszimmer prallten sie mit einer gewissen Ute Klemper oder Schlemper zusammen. »Kleines Pikkolöchen zum Entspannen?«

Sven winkte ab, bekam aber, da seine Geste völlig ignoriert wurde, kurz darauf eine Flasche serviert. Aufseufzend ließ er sich in den Korbsessel in der Ecke sinken und nippte lustlos am Glas.

»Professor Siegelmeier und die anderen müssen auch gleich eintreffen«, plauderte Ute Soundso munter drauflos, »wir beginnen dann am besten gleich bei Ihnen mit der Maske, dann gibt es nachher nicht so viel Stress. Um halb acht ist das Aufnahmestudio frei, da können Sie sich reinsetzen und es schon mal ein bisschen kennen lernen. Wenn Isabella kommt, soll alles locker und unverkrampft sein. Die Fragen noch mal durchgehen?«

»Wie bitte?«

»Ich meine, ob wir den genauen Ablauf noch mal absprechen sollen?«

Sven zuckte hilflos mit den Schultern. Er musste wohl den Kopf geschüttelt haben, denn Ute Soundso fuhr augenblicklich mit ihrem Wortschwall fort.

»Fein, ist auch recht. Bei Isabella läuft das meiste sowieso live, wirkt echter, sagt sie, die Zuschauer wollen das so. Noch ein Pikkolöchen?«

»Nein danke.«

Eine zweite Flasche wurde kredenzt. Aber bevor sie geöffnet wurde, platzte ein platinblonder Dickwanst in einer Art blauviolett glitzernder Diskouniform herein. »Maske! Wer ist denn dran?«

»Der Kunsthistoriker für Isabella«, schmetterte Fräulein Ute fröhlich. Sven erhob sich und wurde von dem Dicken in eine Seitenkammer bugsiert. Minuten später kamen Wolken aus Haarspray und Puder über ihn.

»Muss das sein?«, fragte Sven, irritiert die Veränderungen an seinem Gesicht im Garderobenspiegel verfolgend.

»Und ob, mein Lieber, was glauben Sie, wie heiß die Scheinwerfer sind! Da wird jede Pore zum Krater! Oder wollen Sie auf dem Bildschirm wie Boris Karloff aussehen?«

Sven kapierte den Zusammenhang nicht ganz, hier sprachen wohl alle chinesisch! Er ergab sich seinem Schicksal und ließ sich von dem dicken Zirkusdirektor knallrote Apfelbäckchen schminken.

Und dann ging alles plötzlich sehr schnell. Er wurde ins Sendestudio geführt, musste an einem halbrunden Tisch Platz nehmen, Scheinwerferlicht flammte auf, wurde – ebenso wie die auf der Tischplatte stehenden Mikros, die wie aufgerichtete Königskobras aussahen – mehrmals getestet und auf seinen Körper ausgerichtet. Zwischendurch trafen die anderen Talkshowteilnehmer ein. Kurze, formlose Begrüßungen, bei denen man kaum die Namen verstand, ein paar belanglose Floskeln, insgesamt überall künstlich erzeugte Hektik, Batterien von Wasserflaschen und Orangensaft.

»Bitte das Rauchen einstellen«, schrie eine Stimme. »Erstens ist das out, zweitens gibt's Nebel, den wir nicht wegtürken können.«

»Okay, okay«, brummte der langmähnige Psychologe und drückte mit fahriger Geste seine Kippe aus. Der streetwalkende Soziologe mit dem unaussprechbaren Namen flirtete nebenan ungeniert mit der feministischen Theologin, der das Ganze unangenehm war. Dennoch versuchte sie krampfhaft ihren betont lockeren Gesichtsausdruck zu behalten. Prof. Siegelmeier, der Mythenforscher aus Zürich, der bisher noch kein einziges Wort von sich gegeben hatte und wie eine Buddhastatue unbeweglich hinter seinem Mikro thronte, wandte sich nun an Sven. Seine Kopfdrehung glich der einer Schildkröte. »Wie heißt noch Ihr Buch?«

»Das dunkle Europa«, gab er murmelnd zurück, »Magische …«

»Achtung, Aufnahme, Isabella kommt!«, rief eine Stimme. Symphonische Musik aus unsichtbaren Lautsprechern setzte ein, ihr Auftritt, ihre Stunde, Isabella Night …

Isabella Carrara schwebte herein und Sven vernahm ein Aufstöhnen aus dem Mund des Psychologen. Zerbrechlich hohe Absätze verlängerten Isabellas ohnehin schon erstaunlich lange Beine noch mehr, sie trug ein Kleid, das das Prädikat »anzüglich« verdient hätte. Aber das Gesicht, das Gesicht! Und die Haare! Graziös schleuderte sie ihre rote Lockenpracht über die nackten Schultern, ganz Diva, ganz Star des Abends. Zweifellos wurden sie alle, wie sie hier saßen, nur als Dekoration um ihre atemberaubende Erscheinung drapiert …

Auch Sven stockte für einen Moment lang der Atem. Zwischen zwei Wimpernschlägen hatte ihr Blick seine Augen gestreift, aber er spürte deutlich, dass er in diesen kurzen Sekunden verzaubert wurde.

Alles, was er sich an klugen, spritzigen und einprägsamen Bemerkungen bereitgelegt hatte, war plötzlich wie weggeblasen. Sein Herz klopfte bis zum Hals. Er fragte sich, woher mit einem Mal die Aufregung und Nervosität kam, diese so völlig unangemessene Reaktion.

»Ich bin Isabella Carrara«, vernahm er ihre Stimme wie durch Watte, »und dies ist meine Nacht, Isabella Night, die Show mag beginnen!«

Diese Stimme! Sie war dunkel, verlockend, ging durch und durch. Sven hörte nur noch sie, nichts mehr von den anderen Talkshowgästen, ihre ach so geistreichen Statements, das alberne, geschickt in witzige Bahnen gelenkte Wortgeplänkel. Nur noch sie, ihre sündhaft rauchige Stimme, Isabellas Stimme wie ein Streicheln auf seiner Haut. Und erst ihre Augen, dieser Blick, der einen einfing und keinen Millimeter mehr freigab!

Der Psychologe, der Soziologe, Prof. Siegelmeier, zuletzt die feministische Theologin, schmolzen wie Wachs in ihren Händen dahin. Und Sven? Mein Gott, auch Sven, verdammt noch mal und wie! Es war albern und töricht, völlig verrückt und unangebracht, aber es war so: Vor Isabella gab es kein Entrinnen, man musste sich ihr einfach hingeben, sich ihr bis auf die tiefsten verborgenen Nervenzellen ausliefern.

Sven stemmte sich gegen das Gefühl. In einem letzten Aufbäumen drehte er den Kopf zur Seite und versuchte die Situation im Studio in ihrer Gesamtheit zu erfassen. Aber er sah nur gelähmte Körper am Tisch, lächelnde Zombies mit verklärten Gesichtern, Menschen in Trance.

»Das dunkle Europa …«, hörte er, wandte seine Augen der Frage zu und war erneut von Isabella gefangen. Seine Stimme hölzern und spröde, seltsam fremd, unwirklich wie ein Gedanke aus vergangenen Tagen. Wo war er, was geschah eigentlich? Eine Fernsehshow, ein erotisches Kribbeln, seltsam leer wurde sein Kopf, wie ein Stofftier sein Körper. Mühsam hob er die Hand, um sie nach dem Wasserglas auszustrecken …

Er spürte kaum, wie die Lichter erloschen. Taumelnd folgte er den anderen zur Lounge.

»Campari?«

Er nickte. Noch immer hielt der Traum an, diese merkwürdige Betäubtheit. Alle plauderten aufgeregt durcheinander, eine Geräuschkulisse, als stöbe ein Fliegenschwarm auf.

»Whisky on the rocks?«

Ja, ja, ja, verdammt noch mal! Er nahm nur noch sie wahr, sah nur noch Isabella. Diese Beine, dieser Mund, diese Haare!

»Und Sie kommen gerade aus Griechenland?«

Er nickte, stürzte den Inhalt seines Glases hinunter, registrierte, wie nachgeschenkt wurde. Es war Isabella Carrara. Sie saß dicht vor ihm, so nah, dass der Duft ihres Parfums in seine Nase aufstieg. Aufreizend spannte sich ihr Kleid. Isabella, Isabella. Ein Blickkontakt wie Starkstrom. Schweiß trat auf seine Stirn, seine Hand mit dem Glas zitterte.

»Wissen Sie, dass Sie eine erotische Stimme haben?«

»Wer, ich?«, fragte er verwirrt zurück.

Er sah ihren ausgestreckten Zeigefinger auf seinen Handrücken zufahren, kurz in der Luft verharren, spürte ihn über seine sich knisternd aufrichtenden Haare hinweggleiten.

Erneut trank er sein Glas aus. Eines zu viel. Schwindel packte ihn. Er fühlte sich schlagartig betrunken. »Isabella?« Ihre Augen, ihr Mund, so dicht bei ihm.

»Ist Ihnen nicht gut? Welches Hotel wurde für Sie gebucht – Sheraton?«

»Ich habe, ich bin …«, stammelte er mit einem idiotischen Hohlraum im Kopf an ihrer Schulter. Er erstickte fast in der Sturmflut ihres Haars. Dunkles Rot, Dunkelheit. Filmriss …

Mühsam rappelte er sich auf, kam schwankend in einem fremden Zimmer hoch. Wärme und einschmeichelnde Musik. Wo war er? Isabella?

»Ja, ich bin hier, alles wird gut, mein Kleiner.«

»Isabella …«

»Still, red nicht so viel, alles wird gut.«

Er bäumte sich auf, kämpfte gegen die Benommenheit an. Etwas Licht, rötliches Licht von einer kleinen Wandlampe am Bett, verstreute Kleidungsstücke im Raum … Er sah seine nackten Füße, ein Vorhang aus rotem Haar hüllte ihn ein. Aber noch war da ein Rest von Klarheit in seinem Kopf. Er richtete sich mühsam auf. Neben ihm kniete Isabella Carrara auf dem Bett. Sie trug schwarze Unterwäsche.

»Was ist los, was hat das alles zu bedeuten?«

Lächelnd öffnete sich ihr Mund und gab zwei Reihen strahlend weißer Zähne preis. Dicht, so dicht vor seinem Gesicht, wie einst das Haupt der Medusa … Eine plötzliche Erkenntnis durchzuckte ihn.

»Du bist ein Vampir«, hörte er sich selbst mit schwerer Zunge sagen.

Isabella lachte gurrend. »Stimmt«, sagte sie, »stimmt genau. Stört es dich?«

Er hatte es gewusst, schon immer, es musste einfach so kommen. Ihre betörende Stimme kroch noch etwas näher.

»Aber es ist nicht so, wie du denkst, mein Kleiner«, flüsterte sie dicht an sein Ohr. »Wir Vampire leben heute ganz anders. Wir trinken nur noch ganz selten Blut.«

Svens Sinne taumelten irgendwo zwischen Fußboden und Zimmerdecke.

»Aber … was dann?«, stammelte er.

Erneut lachte Isabella auf. »Mein kleiner, dummer Liebling«, gluckste sie, »heute im Zeitalter des Fernsehens und der Talkshows auf allen Kanälen saugen wir lieber die Seelen aus … man kann auch sagen: psychische Energie. Hast du gemerkt, wie fertig die anderen nach der Sendung waren? Nur noch leere Hüllen. Das mache ich immer so, habe mich satt an ihnen gesaugt.«

Es stimmte, ja so war das, sie sprach die Wahrheit, so entsetzlich es auch war. Professor Siegelmeiers Körper hatte zum Schluss wie eine schlappe Luftballonhülle gewirkt …

»Nur bei dir verhält es sich anders«, hörte er ihre zärtliche Raubtierstimme, »du hast mir vom ersten Moment an gefallen, deshalb hebe ich mir dich für den Nachtisch auf …«

Was? Was sagte sie da? War sie verrückt? Oder er? Mit zitternden Lippen bedeckte er ihre weißen Schultern mit kleinen, sinnlosen Küssen. Eine nie gekannte Erregung durchströmte ihn. »Isabella«, stöhnte er, »Isabella …«

Und dann, während das Haupt der Medusa aus der Dunkelheit langsam auf ihn zugeschwebt kam, fühlte er ihre Lippen seinen Hals umspielen. Den Biss ihrer spitzen Zähne spürte er kaum noch, als sein Körper über den Rand des Steinbeckens sackte. Mit einem Lächeln im Gesicht fiel er in die dunkle Unendlichkeit des ewigen Seins.

Agnes P. Adams

DER WURM

Roberta schob das Hosenbein bis zum Knie nach oben, zog eine weiße Socke aus und legte sich bäuchlings auf die Liege.

An einem Stehpult schrieb Dr. Teichmann eine Notiz auf ihre Patientenkarte, hüstelte, wusch sich die Hände, kam zur Liege herüber und löste schnell und geschickt den Verband von ihrem Fuß.

Schweigend betrachtete er die Wunde, bis Roberta ihn plötzlich sagen hörte: »Liebe Frau Leopold – Sie haben Glück gehabt. Ich weiß nicht, was es ist, aber es sieht bedeutend besser aus als vor drei Tagen.«

Sollte Roberta hinschauen oder nicht?

Vor drei Tagen, als sie notdürftig ein Papiertaschentuch über das fünfmarkstückgroße Loch in ihrer Ferse gebunden hatte, war ihr so übel geworden, dass sie sich beinahe übergeben hätte.

Aber jetzt wagte sie einen Blick über die Schulter, winkelte das Bein an, und in der Tat – über das rohe Fleisch hatte sich eine hauchdünne, rosa Kruste gelegt, die zum Rand hin dicker wurde und einen fast vollkommenen Kreis bildete.

»Und Sie erinnern sich wirklich nicht daran, wo und wie Sie sich diese Verletzung zugezogen haben?«

In Dr. Teichmanns länglichem Gesicht stand deutlich der Zweifel, aber er hakte nicht nach, als Roberta den Kopf schüttelte.

Er wickelte einen frischen Verband um den Fuß, betonte, dass sie unbedingt weiterhin ihre Tabletten nehmen müsse und verließ den kleinen, kahlen Behandlungsraum mit einem kurz angebundenen »Kommen Sie bitte übermorgen wieder«.

Roberta zog sich an und fuhr mit der Straßenbahn nach Hause.

In ihrer Küche, deren Wände mit einer Blumentapete bedeckt waren, machte sie sich einen Tee, setzte sich mit der Tasse an den blauen Korbtisch, der am Fenster stand, und blickte gedankenverloren auf die Häuser auf der anderen Straßenseite.

Natürlich wusste sie, wann und wo und wie sie sich verletzt hatte.

Natürlich wusste sie das.

Begonnen hatte alles in der ersten Augustwoche ...

Am 5. August – mitten in den Semesterferien – fiel Roberta auf, dass es ihr an Geld zu mangeln begann.

Nachdem die Miete für die winzige Zweizimmerwohnung abgebucht war, blieb nur mehr ein kläglicher Rest Geldes auf ihrem Konto.

Statt ihre Eltern um Unterstützung zu bitten – sie versuchte sich das abzugewöhnen –, kaufte sie sich eine Tageszeitung und vergrub sich in die Stellenanzeigen.

Zunächst arbeitete sie zwei Wochen lang als Verkäuferin in einer Bäckerei, aber die Waage in ihrem Badezimmer sagte ihr bald, sie solle sich nach einer anderen Beschäftigung umsehen.

Und so saß sie eines Abends wieder über der Zeitung und ihr Zeigefinger fuhr an den langen Spalten der Anzeigen entlang, machte einige Male Halt und rutschte dann weiter, von oben nach unten, von oben nach unten.

So stieß sie auf folgende Anzeige:

Gesellschafterin für allein stehende, ältere Dame gesucht. Täglich zwei Stunden bei sehr guter Bezahlung.

Diese Frau würde sich vor Bewerberinnen kaum retten können – da musste man doch einfach zugreifen

Roberta setzte sofort einen Brief auf, strich ihre Fähigkeiten als Alleinunterhalterin heraus *(Habe unter anderem drei Semester Gesang studiert)*, wies auf ihre vielseitigen Interessen hin *(Lesen, Philosophieren, Reisen, Schwimmen)*, und sie ließ auch ihren anständigen Lebenswandel nicht unerwähnt.

Ein paar Tage später hielt sie eine Antwort in ihren Händen: »Liebes Fräulein Leopold, Ihr Brief hat mich davon überzeugt, dass ich Sie kennen lernen muss. Würden Sie mir die Freude machen mich am Montagnachmittag um fünfzehn Uhr in meinem Haus aufzusuchen?"

Roberta investierte das Geld, das sie in der Bäckerei verdient hatte, in ein hellblaues, eng anliegendes Seidenkleid und hochhackige, zartblaue Schuhe.

Am frühen Montagnachmittag drehte sie ihr langes Haar zu einem Knoten und steckte ihn am Hinterkopf fest.

Sie streifte das Kleid über und kämpfte zehn Minuten lang mit sich, ob sie angesichts des schwülheißen Wetters Nylonstrümpfe anziehen sollte oder nicht – sie entschied sich gegen die Strümpfe und stieg mit bloßen Füßen in die blauen Schuhe.

Aus dem Spiegel blickte sie eine schlanke, attraktive Frau an, deren Augen fast im gleichen Blau strahlten wie das Kleid.

Roberta war zufrieden.

Wenige Minuten vor drei Uhr bog sie in die angegebene Straße ein, die in einem der besseren Viertel der Stadt lag: Zu beiden Seiten erhoben sich mehrstöckige Häuser der Jahrhundertwende, liebevoll in zarten Farben gestrichen, mit hohen Giebeln, kleinen verspielten Erkern, mit Balkonen, die von steinernen Balustraden umgrenzt wurden, und Fronten, die mit weißen, plastischen Ornamenten geschmückt waren.

Das Haus mit der Nummer 42 hatte wie alle anderen Häuser auch einen winzigen Vorgarten, aus dem eine steinerne, abgetretene Treppe mit geschwungenem Geländer zur Eingangstür hinaufführte.

Der Vorgarten war ein vom Efeu erobertes Gebiet – er hatte alles außer der Treppe unter sich begraben.

Roberta stieg zur Haustür hinauf, sah auf ihre Armbanduhr und drückte um Punkt drei Uhr ihre Fingerspitze auf den Klingelknopf aus Messing.

Es dauerte nur Augenblicke, bis die Tür aufgerissen wurde.

»Fräulein Leopold? Wie freue ich mich Sie zu sehen.«

Die Frau, die diese Worte ausrief, entsprach beileibe nicht den Vorstellungen, die sich Roberta von der Frau gemacht hatte: Sie hatte eine kleine, zierliche, zerbrechliche, weißhaarige Person erwartet, mit zarter Stimme und altmodischen Ansichten – und nicht diese große, kräftige Frau im bodenlangen, schwarzen Gewand, die ihr dickes, schwarzes Haar zu zwei Zöpfen geflochten trug.

Der Blick ihrer schwarzen Augen wanderte an Roberta einmal auf- und einmal abwärts, und plötzlich öffnete sich ihr weicher Mund ganz leicht zu einem Lächeln. Sie hielt Roberta eine Hand entgegen und fuhr mit ihrer volltönenden Stimme fort: »Ich möchte Sie um einen Gefallen bitten, den Sie mir nicht abschlagen dürfen: Nennen Sie mich einfach Katharina, nur Katharina. Darf ich Sie Roberta nennen?«

»Ja ... ja sicher, selbstverständlich,« stammelte Roberta, gab Katharina die Hand und wurde von ihr förmlich ins Haus hineingezogen.

Katharina hörte auf zu lächeln, wandte sich um und schritt aufrecht vor Roberta her durch den großen Flur, der quadratisch, weiß gestrichen und mit hellen Steinfliesen ausgelegt war.

Zwischen den fünf Türen, die von ihm abzweigten, hingen farbenfrohe, abstrakte Gemälde an den Wänden. Katharina strebte auf eine Tür zu, die der Eingangstür gegenüberlag. Roberta folgte ihr.

Irgendetwas fehlte diesem Flur.

Irgendetwas war nicht so, wie es sein sollte.

Katharina stand mittlerweile im Türrahmen und hielt Roberta die Tür auf.

Wie zufällig verdeckte sie dabei mit ihrem Körper zwei dicke, längliche braune Flecken an der Wand. Aber Roberta hatte sie gesehen.

Sie schob sich an Katharina vorbei, nahm kurz von dem Schlüssel Notiz, der von außen im Schloss steckte, trat ins

Zimmer und blieb stehen – ein riesiger, fast leerer Raum empfing sie, versunken in ein schwaches Licht, das kaum durch die größtenteils zugezogenen, schwarzen Übergardinen der drei hohen Fenster drang.

Katharina wies nach rechts, wo in einer fernen Ecke ein Sofa, ein rundes Tischchen und ein einzelner Stuhl ihr einsames Dasein fristeten.

Mehr gab es nicht – keine Schränke, keine Regale, keine Bilder. Nur Teppiche, eine Flut von Teppichen, die den Fußboden lückenlos bis in den letzten Winkel bedeckten.

Um nicht ihren Unebenheiten zum Opfer zu fallen, ging Roberta mit kleinen, abgezirkelten Schritten voran und ließ sich höflicherweise auf dem Stuhl nieder – aber Katharina scheuchte sie auf.

»Nun setzen Sie sich schleunigst auf das Sofa! Das ist viel bequemer. So – und jetzt verraten Sie mir, welche Bücher Sie gerne lesen, welche Musik Sie am liebsten hören und wie Sie zu Politik und Religion stehen.«

Katharina nahm den Stuhl in Besitz, schlug ein Knie über das andere und drapierte das weite Gewand um ihre kräftigen Beine. An den Füßen trug sie Sandalen aus schwarzgold verflochtenen Lederbändern.

Sie lehnte sich zurück, faltete die Hände und schaute Roberta erwartungsvoll an.

Roberta nahm einen tiefen Atemzug und begann von sich zu erzählen.

Die Hitze des Tages schien vor dem abgedunkelten Raum nicht Halt zu machen – Roberta schwitzte, wie sie schon lange nicht mehr geschwitzt hatte.

Während sie sprach, spielten ihre Finger mit dem Riemen der kleinen Handtasche, und ihr Blick schlich unentwegt zwischen Katharinas Zöpfen, ihren Augen und ihrem Mund hin und her ... diese schweren, schwarzen Zöpfe ... diese großen, viel zu großen Augen ... dieser volle, viel zu breite Mund ... Es musste fürchterlich aussehen, sollte sich dieser Mund je zu einem Grinsen verziehen.

Roberta machte eine Pause und verlor den Faden.

Schweigen füllte den Raum.

Robertas Blick klebte an Katharinas Mund. Plötzlich hob sich Katharinas rechter Mundwinkel.

»Liebe Roberta,« lächelte sie, »ich bin beeindruckt von dem, was Sie wissen und was Sie können ... werden Sie mir nachher etwas vorsingen?«

Roberta räusperte sich. »Natürlich, gerne. Nachher.«

»Sie studieren zurzeit also Philosophie. Wie alt sind Sie, Roberta?«

»Ich bin vierundzwanzig.«

»Sind Sie Jungfrau?«

»Nein, Löwe.«

»Nun – das meinte ich eigentlich nicht.« Katharina starrte auf ihre Hände und schwieg.

Roberta fühlte, wie sie rot wurde. Wie kam diese Frau dazu, ihr eine solche Frage zu stellen?!

Sie umklammerte mit beiden Händen ihre Tasche und beugte sich vor, als wolle sie in der nächsten Sekunde aufspringen.

»Habe ich in meiner Naivität Ihre Anzeige vielleicht missverstanden? Haben Sie etwas mit mir vor, mit dem ich nicht einverstanden bin? Wofür brauchen Sie eigentlich eine Gesellschafterin? Sie sind weder gebrechlich noch ans Haus gefesselt. Sie könnten doch ... mit Ihren Freunden, nun ja, einiges unternehmen ... oder sie einladen ... oder sich sonstwie die Zeit vertreiben.«

War sie zu weit gegangen?

Aber noch drückte Katharinas glattes, fast faltenloses Gesicht nur Besorgnis aus.

»Mein liebes Kind – es geht Ihnen nicht gut, Sie sind völlig überhitzt«, behauptete sie und stand auf. »Aber das ist meine Schuld. In meinem Eifer, Sie kennen zu lernen, vergaß ich Ihnen etwas anzubieten. Was möchten Sie trinken?«

Roberta lehnte sich zurück in die Kissen und seufzte. Ja,

sie musste etwas trinken, bevor sie austrocknete wie ein Bach in der Wüste. »Ich hätte gerne ein Glas Wasser.«

Katharina nickte und verließ mit wehendem Gewand das Zimmer.

Absolute Stille senkte sich herab, nachdem sie fort war.

Kein Straßenlärm drang an Robertas Ohr, kein Lachen und Rufen von spielenden Kindern, kein Vogelzwitschern, kein Hundegebell, kein Geräusch aus den Nebenzimmern oder aus den oberen Stockwerken ... den oberen Stockwerken ... oben ... hinauf ... wie kam man hinauf? Wo war die Treppe? Es gab keine Treppe im Flur.

Roberta wischte ihre feuchten Hände an ihrem teuren Seidenkleid ab.

Auf was hatte sie sich eingelassen? Warum ging sie nicht nach Hause?

Sie brauchte das Geld.

Die Hitze lastete betäubend auf ihrem Gehirn. Das Einzige, was Roberta noch bewegen mochte, waren ihre Augen.

Sie durchforschten den Raum und fanden weit hinten an der gegenüberliegenden leeren, weißen Wand einen Riss – einen fein gezackten, senkrechten, zwei Meter langen Riss, der in der Mitte der Wand herablief.

Roberta konnte sich von ihm nicht losreißen.

Sie konnte den Blick nicht lösen, fühlte sich angezogen und zugleich abgestoßen von diesem Riss. Sie neigte langsam den Oberkörper vor, um sich von seiner Existenz zu überzeugen.

Gab es ihn wirklich? Oder gaukelte die Hitze ihr etwas vor?

Die Hitze und die Stille ...

Das leise Knarren einer Holzdiele riss Roberta aus ihrer Versunkenheit.

Schlagartig war sie hellwach, ihr Blick sprang blitzschnell in die linke, hintere Ecke.

Ihr Puls beschleunigte sich, ihren Ohren entging kein Laut.

Und wieder – ein huschendes, rutschendes Geräusch, etwas näher jetzt, in der Mitte des Raums.

Ihre Augen irrten über die bunten Teppiche. Wieso sah sie nichts? Was kam da auf sie zu?

Roberta hockte inzwischen – die Hände auf die Knie gestützt – auf der vordersten Sofakante, und ihr blaues Kleid klebte feucht an ihrem Rücken und ihre Augen suchten die Teppiche ab.

Da war etwas! Ihr Blick bohrte sich fest in die Wölbung eines Teppichs, die groß war wie eine Kokosnuss. Und keine drei Meter entfernt. Die Wölbung bewegte sich vorwärts.

Unter den Teppichen kroch etwas auf Roberta zu, nicht wie eine sich windende Schlange, sondern wie ein riesiger, fetter, kurzleibiger Wurm, der sich auseinander- und zusammenzog. Er kroch genau auf sie zu, kroch und kroch unter den Teppichen, die sich wölbten und wieder zusammenfielen, wölbten und ...

Robertas Puls jagte. Sie streifte in Windeseile die Schuhe ab und zog ihre Füße auf das Sofa.

Was war das, um Himmels willen, *was war das*?!

Das unsichtbare Etwas kam näher, mit rutschenden Geräuschen, hin und wieder begleitet vom Knarren einer Diele, kroch und rutschte und krümmte sich, hob die Teppiche und kam näher, und Roberta drückte sich gegen die Rücklehne und regte sich nicht.

Jetzt war die Wölbung *vor* dem Sofa und dann verschwand sie *unter* dem Sofa.

Stille.

Roberta hielt den Atem an.

Stille.

Roberta wagte es nicht, sich zu bewegen.

Was machte dieses ... Etwas dort unten? Was machte *sie* in diesem Haus? Warum lief sie nicht, so schnell sie konnte, zur Tür hinaus? Warum, verdammt noch mal, schrie sie nicht die Nachbarschaft zusammen?

Aber sollte sie jetzt ihre nackten Füße auf den Boden stellen? Jetzt, wo sie nicht einmal wusste, was da unter dem Sofa war?

Roberta zitterte, trotz der Hitze.

Was sollte sie nur tun? Katharina musste jeden Augenblick zurückkommen – sollte sie den Vorfall erwähnen oder nicht? Durfte sie ihr vertrauen?

Hatte sie Katharina nicht längst im Verdacht irgendein unbekanntes, hässliches Spiel mit ihr zu treiben?

Ein feines, scheuerndes Geräusch schnitt alle Gedanken ab.

Roberta wandte den Kopf, spürte jeden einzelnen verkrampften Muskel ihres Nackens und sah hinter sich. Kletterte das Tier am Ende schon die Rücklehne hinauf?

Nichts. Kein Tier. Kein Laut.

So ging das nicht weiter! Das konnte ihr niemand länger zumuten!

Doch dieser Gedanke allein war zu schwach, um ihren Körper in Bewegung zu setzen.

Sie schob sich lediglich auf der Sitzfläche nach vorne, weg von der Rücklehne, und ließ die Wand hinter dem Sofa nicht aus den Augen.

Sie schrak zusammen, als plötzlich die Tür aufgestoßen und wieder zugeschlagen wurde.

Roberta drehte sich um und sah Katharina im Raum stehen, in der rechten Hand ein Glas Wasser, im Gesicht einen Ausdruck von Erwartung? Neugier?

Aber schon durchbrach ihre wohlklingende, kräftige Stimme die Stille.

»Liebes Fräulein Roberta – hier ist Ihr Wasser.«

Ihr Mund verzog sich zu einem breiten Lächeln, während sie ins Zimmer stürmte, den Tisch umrundete und Roberta das Glas mit dem Wasser reichte.

»Danke«, sagte Roberta und nahm das Glas entgegen. Sie hatte sich entschieden keine Erklärungen abzugeben. Sie tat so, als seien ihre nackten Füße auf Katharinas Sofa eine Selbstverständlichkeit.

Das kühle, sprudelnde Wasser tat ihr gut, und ihre Stimme klang fast wie immer, als sie die Frage wiederholte, die sie vorhin gestellt hatte: »Sagen Sie mir bitte, warum Sie eine Gesellschafterin suchen. Ich meine ... Sie wissen schon so viel über mich ... und jetzt möchte ich auch etwas über Sie erfahren.«

Katharina saß inzwischen wieder auf ihrem Stuhl und verschränkte die Arme vor der Brust. Erst jetzt bemerkte Roberta an ihrer rechten Hand einen silbernen Ring mit einem Symbol, das sie noch nie gesehen hatte.

»Mein liebes Kind«, begann Katharina leise und wehmütig, »ich bin alt, sehr alt, viel älter, als Sie denken. Ich habe keine Freunde ... ich hatte nie Freunde.«

Ihre großen, ihre viel zu großen, schwarzen Augen funkelten plötzlich. »Aber Sie haben natürlich Recht – eigentlich brauche ich keine Gesellschafterin. Ich habe Gesellschaft genug.«

Ein zartes, süßes Lächeln zog ihre vollen Lippen in die Breite und sie fügte, den Kopf zur Seite neigend, fragend hinzu: »Wissen Sie, womit man Würmer füttert?«

Was war hier los? Was ging hier vor?

Etwas Fürchterliches, etwas ganz und gar Fürchterliches, aber – auch das konnte Roberta nicht im Ernst glauben doch nicht hier, im besten Viertel der Stadt!

Es war Zeit zu gehen. Daran bestand kein Zweifel.

Aber die Augen ... Katharinas Augen!

Roberta fühlte sich festgenagelt von ihrem schwarz glühenden Blick.

»Fehlt Ihnen etwas?«, wollte Katharina nun wissen und lächelte noch breiter, und ganz kurz nur glitt ihr Blick zur Seite, auf die Wand hinter Roberta und auf die Rücklehne des Sofas, leuchtete auf – was hatte sie gesehen? – und glitt zurück und tauchte hinab in Robertas Pupillen und ließ sie nicht los.

Katharina lachte jetzt, voller Freude, entblößte ihre schönen, gleichmäßigen Zähne, dehnte ihre Lippen, riss ihre zu großen Augen noch weiter auf, während ihr Mund immer noch breiter wurde in einem unsäglichen Grinsen, breit und breiter, die Mundwinkel hoben sich spitz empor, die Lippen wurden dünn, immer schmaler, je weiter das Grinsen ihren Mund auseinander zwang, die Lippen spannten sich bis zum Zerreißen, und jetzt – unmöglich! – erreichten die Mundwinkel ihre Ohren!

Robertas Hände waren schweißnass, ihr Herz raste, ein dumpfer Kopfschmerz pochte, immer stärker werdend, unter ihrer Schädeldecke.

Unentwegt stammelte ihr Verstand *Du musst hier fort, du musst hier fort ...*, doch ihr Körper blieb schlaff und untätig.

Bis plötzlich etwas Warmes, Weiches nach ihrem Nacken tastete.

Das war zu viel.

Roberta riss ihren Blick von Katharinas Augen los, kappte die unsichtbaren Fesseln, sprang auf, sah nicht zurück, sah nicht zu Katharina, opferte ihre Schuhe, lief auf schnellstem Weg zur Tür, hörte hinter sich ein tiefes, wüstes, schrecklich fremdes Lachen, aber sie lief weiter, durch das ganze Zimmer, erreichte die Tür, packte die Klinke, drückte sie, zog, zog und zerrte, nahm beide Hände, zog, drückte, zerrte und rüttelte – aber die Tür ging nicht auf.

In diesem Augenblick flammte heiß und grell ein Schmerz in ihrer Ferse auf – ein scharfer, reißender Schmerz, ein Schmerz von ungekannter Heftigkeit!

Dieses Vieh hatte sie gebissen!

Roberta fuhr herum.

Sie sah dreierlei: die kriechende Wölbung im Teppich, Katharina, die groß und schwarz, mit riesigen Augen und breit gezogenem Mund neben ihrem Stuhl stand, und sie sah die Fenster.

Alte Fenster, mit dünnen Glasscheiben. Eins davon musste sie nehmen.

Sie machte ein paar Schritte auf das mittlere Fenster zu.

Die Wölbung rutschte vorwärts und verstellte ihr den Weg.

Roberta dachte nicht mehr nach.

Roberta trat zu. Sie stampfte mit ihrem nackten Fuß auf

den Höcker im Teppich, fest, mit aller Kraft, einmal, zweimal, und noch einmal, bis etwas schmatzend zerplatzte.

Katharina stieß einen unbeschreiblichen Laut aus und stürzte auf Roberta zu, die einfach losrannte, zum Fenster hin, und diesmal befasste sie sich erst gar nicht mit dem Griff – sie stieg auf die niedrige Fensterbank, rammte ihren Ellbogen gegen die Scheibe, hielt die Hände vor ihr Gesicht und sprang.

Sie landete auf vermoostem Rasen zwischen zwei Hibiskussträuchern und spürte keinen Schmerz, sondern nur ihren jagenden Puls, ihr angestrengtes Atmen und die Hitze, diese Hitze!

Mühsam quälte sich Roberta auf die Füße – und starrte auf mannshohe Steinmauern, die den wild bewachsenen Garten einschlossen.

Wie sollte sie von hier entkommen?!

Hinter sich hörte sie mit einem Mal ein würgendes Keuchen, und Roberta spurtete auf das dichte Blattwerk des Efeus zu, das die Mauern überwucherte, griff hinein und zog sich hoch.

Ein paar Ranken lösten sich, eine aufgescheuchte Spinne krabbelte eilig über Robertas Hand, aber sie schaffte es, ein Bein über die Mauerkrone zu schwingen, dann das andere, sah dabei zum ersten Mal das blutige Loch in ihrer Ferse, und ihr Blick fiel – weil sie sich drehen musste – auf das zerbrochene Fenster.

Katharina stand im Zimmer und starrte zu ihr herüber, das Gesicht eine Fratze der Wut.

Roberta wandte sich ab. Dabei nahm sie eine Bewegung wahr – an einem der Fenster im ersten Stock, wo schwarze, schwere Vorhänge jeden Blick hinter die Scheiben verwehrten ... War das nicht eine schmale Hand, die zwischen den Vorhängen auftauchte und sich hineinkrallte wie in furchtbarem Schmerz? Eine schmale, blutende Hand?

Aber als sie das Fenster fest ins Auge nahm, war da nichts.

Roberta hatte genug.

Sie ließ sich auf der anderen Seite der Mauer hinunter, fand sich in einem menschenleeren, ungepflegten Garten wieder, durchquerte ihn so schnell wie möglich, kletterte über eine zweite Mauer, die nur noch halb so hoch war wie die erste, durcheilte auf diese Weise fünf oder sechs weitere Gärten und dachte schon, sie käme aus dem umbauten Viereck der Gärten überhaupt nicht mehr heraus, als sie in der linken Häuserreihe eine offen stehende Garageneinfahrt entdeckte.

Zwei Minuten später stand sie schwer atmend auf der Straße und fühlte sich endlich sicher.

Sie klemmte die Handtasche unter den Arm und steckte die herausgerutschten Haarsträhnen in den Knoten zurück.

Ihre nackten Füße brannten, die Wunde in der Ferse schickte einen langsam pulsierenden Schmerz in ihr Bewusstsein.

Sie mußte zum Arzt gehen. Und sie musste den Mund halten. Niemand würde ihr glauben, was sie erlebt hatte.

Denn Katharina hatte genügend Zeit alle Spuren zu beseitigen ...

Roberta schluckte den letzten Rest Tee hinunter und stellte die Tasse zu dem übrigen schmutzigen Geschirr in der Spüle.

Sie kehrte an ihren Schreibtisch zurück, auf dem die Zeitung mit den Stellenanzeigen lag. Sie musste sich eine neue Arbeit suchen.

Katharinas Anzeige fand sie nicht – aber konnte Katharina nicht unter jedem beliebigen anderen Vorwand junge Frauen in ihr Haus locken?

Roberta jedenfalls würde sich nie wieder auf eine Anzeige melden, die Arbeit unter Ausschluss der Öffentlichkeit anbot.

Sie notierte eben die Telefonnummer einer Gaststätte, als es an der Wohnungstür klingelte.

Der Postbote gab ein Päckchen ab und wünschte ihr einen schönen Tag.

Auf dem Päckchen prangte unübersehbar ein Aufkleber mit Katharinas Adresse.

Roberta legte das Päckchen ins Badezimmer und versuchte es für den Rest des Tages zu vergessen.

Doch ein schmerzhafter Druck im Magen erinnerte sie immer wieder daran, was im Badezimmer auf sie wartete.

Am Abend war ihr klar, dass sie es nicht über sich bringen würde, das Päckchen ungeöffnet in die Mülltonne zu werfen.

Sie holte es in die Küche, riss mit laut klopfendem Herzen das Papier ab, nahm den Deckel von der Pappschachtel und blickte auf ein paar zartblaue Schuhe, übersät mit rötlich braunen Flecken in jeder erdenklichen Größe.

Unter den Schuhen, auf dem Boden der Schachtel, lag ein Zettel.

Eigentlich wollte Roberta den Zettel nicht einmal ansehen … nein, überhaupt nicht.

Sie nahm die Schuhe heraus und starrte in die Schachtel.

Der Schmerz fraß sich tiefer in ihren Magen.

»Liebes Fräulein Roberta, danke für Ihren Besuch und den aufregenden Montagnachmittag. Ich werde mich in nächster Zeit bei Ihnen revanchieren.«

Vincenzo Benestante

HIRSCHKÄFER UND BUTTER

Bill lehnte am Zaun des Schulhofes und wartete, während Jerry und Dick die Mannschaften zusammenstellten. Jerry wählte John, Joe, Bob und George. Dick nahm Tony, Al, Mark und Dave. Bill lehnte immer noch am Zaun, aber er wartete nicht mehr.

Die Mädchen kamen angerannt, um dem Spiel zuzusehen. Bill sah ihnen eine Weile ausdruckslos nach, dann verließ er den Schulhof und machte sich auf den Heimweg. Unterwegs fand er ein leeres Einmachglas mit Deckel, ein Stück Seil und sogar einen Hirschkäfer, den jemand mit einer Stecknadel auf einem Brettchen befestigt hatte.

Der Käfer lebte noch. Bill zog die Nadel aus dem Brettchen, ließ sie aber im Körper des Käfers stecken, der mit seinen großen Kieferklauen nach ihm schnappte. Er kroch noch ein paar Minuten lang herum, dann bewegte er sich nicht mehr. Der Junge spießte den Käfer samt Nadel auf das Stoffdach eines parkenden Cabrios. Er hätte ihn gern behalten, aber tote Hirschkäfer reizten ihn nicht besonders. Ein richtiger, großer, lebendiger Hirschkäfer dagegen – das wäre etwas anderes. Den hätte man mit kleinen Fleischbrocken füttern können und zusehen, wie er die auffraß. Wenn man abends hinter dem Fleischerladen wartete, konnte man angegammeltes Hackfleisch, das der Metzger nicht mehr verkaufen konnte, sogar umsonst bekommen.

Aber selbst wenn er einen Käfer gehabt hätte, wäre es ihm kaum möglich gewesen, Abend für Abend hinter dem Fleischerladen herumzulungern. Und seine Mutter hätte ihm wohl kaum

Hackfleisch für das Tierchen gegeben. Wenn aber sein Bruder herausgefunden hätte, dass Bill einen Hirschkäfer besaß, würde er das Prachtstück bestimmt zerquetschen oder in Spiritus eintauchen und anzünden. Bill mochte Hirschkäfer viel zu gern, um bei diesem Gedanken nicht betrübt zu werden. Jeder, der einigermaßen bei Trost ist, mag Hirschkäfer … Aber mein Bruder ist sowieso ein Arschloch.

Etwa zwei Jahre später schaffte es Bill eines Montags endlich, morgens aufzustehen, ins Bad zu kommen, sich zu waschen, die Zähne zu putzen, sich anzuziehen und in die Küche zu gehen, ohne seine Mutter zu wecken. Das war ein Riesenglück. Montag ist sowieso ein Furztag. Freitagnachmittag bis Samstagnacht wartest du auf das große Abenteuer, das nie kommt. Dann denkst du den ganzen Sonntag nur daran, dass du am Montag wieder in die Schule musst. Und wenn du es am Montagmorgen nicht schaffst, früh genug aus den Federn zu kommen, sind die anderen auch schon dabei aufzustehen. In dem Fall kannst du an dem beschissenen Montag nicht mal in Ruhe frühstücken, weil deine gottverdammte Mutter oben im Bad mindestens eine Viertelstunde lang hustet und würgt und ins Waschbecken spuckt. Du hörst sie husten, würgen und spucken, als ob sie direkt neben dir stünde, weil die Wände so dünn sind. Du starrst deine Milch an und glaubst, du musst gleich kotzen. Guten gottverdammten Morgen. Genieße dein gottverdammtes Scheißkotzwürgfrühstück.

Aber diesmal hatte er es geschafft. Diesmal konnte er ganz in Ruhe eine frische Packung Silvercup-Brot öffnen und sich zwei Scheiben rösten – und er konnte sich sogar Butter dazu nehmen, weil niemand da war, der ihn zwang Margarine zu essen. Warum kauft sie überhaupt Butter, wenn ich sie nicht essen darf? … »Nimm die Margarine, Billy. Butter ist zu teuer.«

Ja. Butter ist zu teuer. Einmal am Tag willst du ganz in

Ruhe zwei – oder vielleicht auch drei, zum gottverdammten Teufel – Scheiben Silvercup-Toast mit Butter essen und ein Glas eiskalte Milch dazu trinken; aber Butter ist zu teuer. Wenn aber am Mittwochnachmittag die Nachbarsfrauen kommen, um Rommé zu spielen, kriegen sie Sandwiches mit dünn geschnittener, gepökelter Rinderbrust, Senf und Butter. Jede verdrückt mindestens drei Stück. Das sind je sechs Scheiben Brot, reichlich mit Butter beschmiert – ganz zu schweigen von der Rinderbrust –, aber für dich ist Butter zu teuer.

Bill aß seinen Toast (mit gottverdammter, richtiger, teurer Butter drauf) und trank seine Milch. Er ging in die Schule und verbrachte die erste Stunde in völliger Langeweile und Trostlosigkeit. Danach mussten alle zum wöchentlichen Tanzunterricht in den Turnsaal gehen. Montags gab es statt Turnen und Sport immer Tanzunterricht. Abwechselnd mussten die Jungen die Mädchen und die Mädchen die Jungen zum Tanz auffordern. Die Mädchen wählten Bill selten. Da gab es zwar dieses japanische Mädchen, das er insgeheim doch ganz gern hatte, aber auch sie forderte ihn nicht auf.

Wenn die Jungs mit Auffordern dran waren, wählte Bill immer die dicken und hässlichen Mädchen. Die lehnten ihn nie ab. Eigentlich durfte niemand ablehnen, sonst gab es einen Vermerk vom Turnlehrer; aber Bill spürte immer genau, dass die hübschen Mädchen eigentlich keine Lust hatten mit ihm zu tanzen. Aber er fand Tanzen sowieso doof. Es gab mehr Jungs als Mädchen in der Klasse, also ergab es sich häufig, dass Bill überhaupt nicht tanzen musste.

Der Tanzunterricht ging Gott sei Dank vorbei und dann kam Englisch dran, gefolgt von Mathe, Geographie, Geschichte und Allgemeinwissenschaft. Den Unterricht in diesen Fächern fand Bill ebenfalls doof, weil seine Mitschüler alle nichts kapierten. Bill war immer als Erster mit seinen Tests und Aufsätzen fertig und musste dann für den Rest der Stunde herumsitzen und sich langweilen, weil die Lehrerin den anderen erklären musste, was die alles falsch gemacht hatten. Die kapierten es nie.

In der Pause auf dem Schulhof gingen das Mannschaftswählen und die Spiele wieder los, während Bill wie üblich am Zaun lehnte und ein Buch las, damit er zumindest nicht dumm herumstehen musste, nachdem die Schüler ihn – wie üblich – nicht gewählt hatten. Die Mädchen sahen bei den Spielen zu; auch das japanische Mädchen, was Bill manchmal ziemlich peinlich war.

Nachmittags ging er nach Hause und machte seine Hausaufgaben. Das nahm nie besonders viel Zeit in Anspruch, also konnte er danach in Ruhe lesen, was ihm in letzter Zeit immer mehr Spaß machte. Die einzige Unterbrechung bestand darin, dass seine Mutter hereinkam und ihn fragte, ob seine Hausaufgaben fertig seien. Nach seiner Bestätigung ging sie runter in dem Bewusstsein ihre Erziehungspflicht getan zu haben. Sein Bruder war irgendwo unterwegs und machte irgendwelchen Blödsinn, also hatte Bill seine Ruhe, bis sein Vater nach Hause kam. Dann aßen sie zu Abend und sein Vater fragte ihn, ob er seine Hausaufgaben gemacht habe. Anschließend ging er ins Wohnzimmer und schaltete den Fernseher ein. Bill fand Fernsehen doof und ging zur Bibliothek, um etwas Neues zum Lesen zu finden …

Zwei Jahre später war er vierzehn und ging in die Highschool. Das war schon etwas besser. Einige Fächer waren wirklich interessant. Letzte Woche hatte ein Schulpsychologe mit seinen Eltern gesprochen. Bill kannte den Mann vage und wäre gern im Wohnzimmer geblieben, aber sein Vater schickte ihn auf sein Zimmer. Hinter der halb geöffneten Tür versuchte Bill dem Gespräch zu lauschen und konnte einige Satzfetzen verstehen: »… extrem intelligent, von I.Q.-Tests nicht eindeutig erfassbar … Sozialverhalten deutlich gestört … außerordentliche akademische Begabung … individuelle Beobachtung und Entwicklungslenkung erforderlich … kostenlose experimentelle Ausbildungsinstitute ... Psychogramm unklar ... gefährdet.« So ging das immer weiter. Seine Eltern kapierten nichts. Die waren genauso stumpf wie alle anderen. Allerdings kapierten sie »kostenlos« ...

Vier Jahr später sah er seine Eltern einmal im Monat, wenn sie zum »Institut für Experimentelle Erziehung«, I.E.E. genannt, zu Besuch kamen. Sie fragten ihn, wie es ihm ginge, ob er irgendwas brauchte, stotterten eine Weile herum, boten ihm an mit ihm Essen zu gehen – was er unter dem Vorwand seines riesigen Arbeitspensums ablehnte – und gingen wieder. Bill atmete jedes Mal erleichtert auf, wenn ihr Bus abgefahren war.

Neben den normalen Unterrichtsfächern gab es hypothetische Aufgaben zu lösen, konstruierte Codes zu entziffern und endlose psychoanalytische Untersuchungen zu ertragen. Letztere waren langweilig, denn es war leicht, die Analytiker zu durchschauen und ihnen das zu sagen, was sie hören wollten und genau die Antworten auf die Fragebögen zu schreiben, die sie in ihren einfachen, stupiden Psychotests lesen wollten.

Bill lernte gesellig zu sein und unterhielt sich in den Freistunden bei jeder Gelegenheit mit den Lehrkräften. Er karikierte die Professoren und Psychologen schamlos, aber mit so viel Witz und Charme, dass sie selber darüber lachen mussten. Sich selbst nahm er auch oft auf die Schippe, damit sie keinen Verdacht schöpften. Der eine oder andere Lehrer lud ihn sogar gelegentlich übers Wochenende ein.

Es gab natürlich auch Frauen am Institut. Sie waren Psychologinnen mit Sonderaufträgen von der Regierung und dachten, dass Bill dies nicht wusste. Vier weitere Jahre lang umgarnte er sie, ging mit ihnen ins Theater, schlief mit ihnen und tat so, als bereitete ihm das alles Vergnügen. Sein Verhalten bewies ihnen, dass er das war, was sie aus ihm hatten formen wollen. Auch außerhalb des Instituts pflegte Bill ein reges Sozialleben und war ein gern gesehener Gast auf zahlreichen Partys. Er wählte bewusst diejenigen Männer und Frauen als Gesellschaft aus, die ihm vom Institut »zufällig« zugespielt wurden.

Sie alle schrieben ausführliche Berichte über ihn, die an hohe Schaltstellen weitergeleitet wurden. Inzwischen bewohnte er ein großzügig geschnittenes Einzimmerappartement in Washington, D. C., nicht weit vom Institut entfernt. Nach dem Abschluss seines Studiums hatte er dort einen Forschungsauftrag erhalten. Er steuerte seine Leistungen gezielt, bis er mit 26 Jahren die bakteriologische Forschungsabteilung leitete.

Seine Eltern besuchten ihn nicht mehr (Gott sei Dank); doch er schrieb ihnen regelmäßig, um den Zensierstellen zu beweisen, dass er ein gesundes Verhältnis zu seiner Familie hatte. Mit 28 suchte er sich eine Frau aus, die er lange beobachtet hatte und von der er wusste, dass sie hinter ihrer Tarnung als Laborantin psychologische Gutachterin für das Pentagon war. Bill ging mit ihr aus, umwarb sie, schlief mit ihr und heiratete sie schließlich.

In seiner Arbeit blieb er nach wie vor behutsam und lieferte genügend bakteriologische Forschungsergebnisse, um interessant zu bleiben. Kurz nach seinem dreißigsten Geburtstag wurde Bill ins Pentagon berufen. Er gab sich stolz und freudig, um alle Erwartungen zu befriedigen, als der Präsident, der Leiter der CIA und der Forschungsminister ihn bedächtig in all das »einweihten«, auf das er sich seit Jahren vorbereitet hatte. Spielend überzeugte er sie von seiner Überraschung und ethischen Bereitschaft die große Verantwortung zu tragen, die ihm anvertraut werden sollte. Eine Woche später gab es eine Cocktailparty im Rahmen eines Empfangs beim Verteidigungsminister, dem Bill als neues Stabsmitglied des Forschungsministeriums vorgestellt wurde.

Ein Jahr lang leistete er geduldig seine Arbeit und tat so, als glaubte er, sie sei seine Hauptaufgabe – genau so, wie alle es von ihm erwarteten. In dieser Zeit machte er es der CIA so leicht wie möglich, ihn zu durchleuchten und zu beobachten, ohne dabei aufzufallen. Er ging an seinen freien Tagen Tennis spielen, damit er außer Haus war und die Agenten ungestört mit seiner Frau sprechen konnten. Er wusste, dass sie auch über seine kleinen Wutausbrüche bezüglich mangelnder Koordination und übertriebener Bürokratie im Stab berichtete. Das war gut so. Völlige Kritiklosigkeit seinerseits hätte doch noch Misstrauen erwecken können.

Und dann war es endlich so weit. Eines morgens brachte der Chef des Generalstabes Bill zu einem Aufzug, der als solcher nicht zu erkennen war. Sie fuhren 15 Stockwerke unter die Erde und erreichten das bestgehütete Geheimnis der westlichen Welt. Der General führte ihn durch den riesigen unterirdischen Komplex von Laboratorien, Windtunneln, Test- und Entwicklungsräumen, Silos für Geheimwaffen und Kommunikationszentren, die von hier aus ihre Überwachungsnetze auf der gesamten Erdoberfläche steuerten. Alles sah genau so aus, wie es sich Bill mit logischer Genauigkeit ausgemalt hatte.

Er brachte es sogar fertig, seine gespielte Ehrfurcht und sein Verantwortungsbewusstsein mit feuchten Augen zu dokumentieren. Der General stellte ihm seine neuen Mitarbeiter vor, die ihm die Anlage erklärten, die ab jetzt unter seiner Kontrolle stand ….

… Du bist jetzt zufrieden, zum ersten Mal in deinem Leben. Du hast endlich dein Ziel erreicht. Du denkst an den Schulhofzaun, an den du dich so oft gelehnt hast. Du denkst an den Hirschkäfer. Du denkst an das japanische Mädchen. Vor allem denkst du daran, dass die Butter für dich zu teuer war. Jetzt wirst du es den Arschlöchern zeigen. Du wirst es ihnen heimzahlen, dass die Butter zu teuer war. Du wirst es ihnen allen heimzahlen.

Hanns Kneifel

DIE ROTHAARIGE

Der Sternenhimmel war von spätherbstlicher Klarheit; Nebel waberte über dem Boden und dämpfte die Geräusche wie ein Samtvorhang. Feuchtigkeit perlte in den Nächten zwischen Sommerende und Frühlingsanfang auf der Haut, Bäume standen wie kopfüber gedrehte Skelette über dem Gras, das auf Raureif wartete. Lärm von Autos und geisternde Scheinwerferstrahlen: Die Balkone der Hochhäuser luden ein, sich fallen zu lassen. Elfter Stock: ein neunjähriges Mädchen. Zehnter Stocke: eine nervenkranke Frau. Fünfzehnter Stock im Nebenhaus: ein verkrachter Student – drei Selbstmörder binnen eines Jahres. Hinter deckenhohen Glasscheiben eiskalt-bläuliches Flimmern der Fernsehgeräte. Zwischen blinkenden Sternen schwebte blass der Vollmond. Eine Zeit, in der selbst Tomas jede Art von Verrücktheit für möglich hielt.

Mit aufgeblendeten Breitstrahlern brummte der Alfa mit den weißen Querstreifen auf der Motorhaube durch die Sackgasse. Nebel schluckte das Auspuffdröhnen. Der Wagen, hart abgebremst, rollte in die einzige Parklücke dieser Nacht. Scheinwerfer erloschen; die Wagentür fiel dumpf ins Schloss. Tomas schlug den Pelzkragen der Jacke hoch und ging an einer Lichterkette – milchige Halos hinter Nebeltröpfchen – entlang zum Hauseingang. Davor parkte ein Lastzug: *Matheu y Matheu,* mit spanischen Kennzeichen.

Merkwürdige Zeit für einen Umzug, dachte Tomas, suchte den Hausschlüssel und sah, zwischen festgestellten Glastüren, vier Personen im weit offenen Eingang.

»Guten Morgen.« Tomas grüßte, nickte dem Hausmeister zu und sah zwischen müden Fernfahrern eine zierliche alte Dame stehen, viel zu modern aufgemacht. Sie trug eine schlecht verpackte Tischlampe.

Der Hausmeister sagte: »Da schauen Sie, was? Modernes Haus: Umzug um Mitternacht.«

Tomas steckte die Handschuhe ein. »Hier wundert mich nichts mehr. Die verbrecherische Miete garantiert Überraschungen.«

Der Hausmeister lachte wissend. Die alte Dame versuchte die Tür des Schnelllifts zu öffnen. Tomas half und kramte in seinem überaus geringen spanischen Wortschatz.

»Por favor, Señora.« Er grinste verbindlich, aber unsicher.

»Gracias.« Die alte Dame fragte überrascht: »Sie sprechen Spanisch, junger Mann?«

Er zuckte zusammen. Mit zweiundvierzig störte ihn die Anrede ein wenig. Er blickt in dunkelgrüne Augen.

»Vier Worte, gnädige Frau. Drei davon hörten Sie eben. Welches Stockwerk?«

»Sieben, bitte. Wissen Sie – ich ziehe gerade ein und seit vorgestern sind wir unterwegs. Sie sind todmüde, die Männer. Ich auch.«

»Ich ahnte es.« Der Lift hielt. Die Sicherheitstüren schoben sich auseinander. Tomas öffnete die Tür, die alte Dame lächelte dankend und stolperte über den braunen Teppich der Liftkabine. Tomas' Arm schoss in die Höhe und verhinderte, dass der Lampenfuß aus malvenfarbenem Muranoglas gegen den Türrahmen schlug. Die alte Dame griff mit der linken Hand an ihre Herzgegend.

»Danke. Sie sind sehr zuvorkommend.«

»Ich kann keine Scherben sehen.« Er nahm ihr die Lampe aus den Armen. »Lassen Sie mich das Ding tragen. Rechts oder links?«

Der Lift fuhr nach unten. »Links bitte. Ich hab dieses Apartment, wissen Sie. Ich bin glücklich hier wohnen zu können.«

Tomas ging bis zur angelehnten Tür. Er kannte den Grundriss der Kleinwohnung aus der Zeit vor seinem Einzug. Die Tür schwang auf. Eine silbergraue Siamkatze mit grün leuchtenden Augen sprang von einer Packkiste. Die Dame deutete auf ein zierlich-altmodisches Tischchen. »Ich bin schon da, Osiris. Bitte dorthin, die Lampe.«

Tomas schälte die verrutschte Verpackung ab. Der Schirm aus Seide, fast zylindrisch, zeigte einen uralten Druck: Faune, Bestien, Nackte und Sylphiden trieben lüsterne Dinge. Er sagte: »Nett. Sie kommen aus Spanien?«

»Sí.«

Er lehnte sich gegen die Wand und zog ein zerknittertes Zigarettenpäckchen aus der Hemdtasche. Die Arbeiter schleppten einen riesigen weißen Teppich herein und warfen ihn achtlos in die Ecke des Korridors. Die Dame sagte: »Bringen Sie jetzt das Regal, por favor?«

»Sí!«

Tomas rauchte und sah genauer hin. Die alte Dame schien größer und schlanker als zuvor. Das Gesicht zeigte, dass sie einst sehr schön gewesen war. Weißes Haar in unzähligen Locken, zu viel verschmiertes Lippenrot, exakt getuschte Augen. Der Hals war ebenso faltig wie die Hände. Am Zeigefinger der rechten Hand und am Ringfinger der linken funkelten Ringe; offensichtlich uralt und kostbar, wahrscheinlich Familienschmuck, in einer spanischen Großfamilie über Jahrhunderte hinweg vererbt. Die Dame bemerkte seinen prüfenden Blick, lächelte und deutete nervös auf eine Kiste. »Nehmen Sie Platz. In Ihrem Land findet man selten so viel Hilfsbereitschaftlichkeit.«

Er winkte ab. Zigarettenasche fiel auf den staubigen Boden. »Hilfsbereitschaft. Ein Hobby von mir.«

Sie lächelte schelmisch und hob den Zeigefinger. »Ach, ich glaube, Sie sind ein reizender, gut aussehender junger Mann mit bestechenden Manieren.«

Tomas blies grinsend den Rauch in die Richtung des Fensters. Die Katze mit dem ungewöhnlichen Namen strich um seine Beine und hinterließ eine Menge Haare am Hosenstoff. Tomas hob die Schultern.

»Nennen Sie mich nicht ›junger Mann‹. Ich bin längst nicht mehr der Jüngste.«

Sie lachte wieder; unnatürlich hoch, eine Spur zu kehlig. Ihn schauderte. Die Vorstellung, in dreißig Jahren ebenso zu lachen, war beängstigend. Die Packer trugen ein weißes Regal, staubbedeckt, in den Verbindungen knirschend, versuchten es an der Längswand aufzustellen. Tomas konnte die wenig professionellen Versuche nicht mit ansehen. Er warf die Jacke über eine Kiste, packte mit an; eine Stunde später war der Lastwagen leer. Die Männer blieben neben der Tür stehen. In einem unverständlichen Wortschwall redete die alte Dame auf sie ein. Sie grinsten, todmüde, aber als eine angestaubte Flasche und Gläser auftauchten, breitete sich eine Art Baubudengemütlichkeit aus. Tomas hob die Flasche und staunte das Etikett an.

»Dios!«, sagte er. »Das Zeug, das ich einst in Barcelona bis zum Abwinken getrunken habe. *Jerez dulce!* Schade, dass kein Eis da ist.«

Die Gläser wurden geleert. Tomas verabschiedete sich gähnend. Es war halb zwei; die Alte brachte ihn zur Tür.

»Wenn ich ganz eingerichtet bin, lade ich Sie zum Kaffee ein. Vielen Dank für Ihre Hilfe. Wie heißen Sie?«

»Tomas Fischer, gnädige Frau. Fünfzehnter Stock. Südseite.«

Sie reichte ihm die leblose, knöcherne Hand. Die scharfen Kanten der Ringe drückten. »Nochmals: vielen Dank.«

Er sah, dass ihn die Siamkatze mordlüstern anstarrte. Die Tür aus Palisanderfurnier schloss sich. Als Tomas auf den Lift wartete, bemerkte er seine Gänsehaut.

Am Nachmittag des nächsten Tages, auf dem Weg zum Zigarettenladen, zuckte Tomas zusammen.

»Verzeihen, Herr.«

Er drehte sich um. Hinter ihm stand ein Mann, etwa dreißig, ein Zigeuner mit viel schwarzem Haar und brennenden Augen im schmalen, narbigen Gesicht. Er sah aus, als sei er hochgradig schwindsüchtig. Seine Finger krallten sich in Tomas' Arm. Tomas entfernte die Hand und sah die schwarzen Fingernägel. »Ja?«

»Hier wohnen Fraulein?«

Tomas betrachtete den Mann stirnrunzelnd und genauer. Die Hose über den schmutzigen Schuhen war staubig und abgetragen; vor drei Wochen mochte der Hemdkragen weiß gewesen sein.

»Hier wohnen viele Fräuleins.« Tomas deutete auf die jungen Mütter, deren Kinder im Sandkasten spielten, unweit von lieben Hündchen, die ihr Geschäft zwischen Sandkuchenförmchen verrichteten. Die Frauen unterhielten sich über ihre Männer oder Waschpulver.

»Ja. Fraulein. Groß, schlank, rot Haar, so lang! Grüne Augen. Du kenn Fraulein?«

Handbewegungen deuteten Formen und Umrisse an; eine Dame mit einmaliger Figur. Der Zigeuner, der Tomas flehend anstarrte, schien auf Zustimmung zu warten.

»Tut mir Leid. Ich kenne kein Fräulein, das so aussieht. Nicht in einem der acht Häuser.« Tomas machte eine flüchtige Bewegung. »Ich wohne seit fast zwanzig Jahren hier und würde sie kennen.

Der Zigeuner rührte sich nicht. Sein Gesicht verzog sich, er breitete mutlos die Arme aus und wandte sich ab. »Entschuldigen.«

»Bitte.« Tomas ging auf den hellen Platten, unter entlaubten Bäumen, zwischen kreischenden Kindern und kläffenden Hunden zum Supermarkt, kaufte Zigaretten und Zeitschriften, und als er zurückkam, saß der Zigeuner auf einem Betonwürfel und starrte Tomas hungrig hinterher, bis er im Haus verschwand. Tomas spürte die Blicke wie Messerstiche und ahnte, dass er mit seiner Einschätzung von Erlebnissen im Frühherbst richtig lag.

Tomas Fischer, der sich vom Bedürfnis anderer ernährte vor dem Einschlafen zu lesen, stellte Unterhaltungsliteratur her. Er verdiente, wie er schrieb: mittelmäßig. Schriebe er besser, wäre er längst verhungert. Er leistete sich einen Smoking, einen gebrauchten italienischen Sportwagen und gelegentlich, in Begleitung wohlgesinnter Mädchen, ein Essen in einem teuren Lokal. Tomas war groß, schlank und braunäugig; durch langes Sitzen vor dem PC hatte er mitunter Kreuzschmerzen, und außer der Befürchtung dick zu werden, plagte ihn wenig. Er glaubte die nächsten Jahre nach einem Einkommens-Tief gut zu überleben.

Zwei Tage und knapp vierzig DIN-A4-Seiten später, gegen Mittag, klingelte es. Tomas, der im gelben Bademantel am Schreibtisch die letzten Seiten des *Spiegel* studierte, ging zur Tür und öffnete: Der Hausmeister.

»Sie haben doch neulich der alten Dame geholfen, Herr Fischer?«

»Ja.« Tomas blieb mürrisch. »Ist sie wieder ausgezogen?«

»Im Gegenteil.« Herr Engelbert grinste. »Hab sie eben am Lift getroffen. Sie sollen heute um drei zum Kaffee kommen. Drei Uhr nachmittags.«

»Na ja.« Tomas nickte. »Wohltun bringt Zinsen und dünnen Kaffee. Danke, Herr Engelbert.«

Er zog die Schultern hoch. Eine wenig reizvolle Vision richtete sich in seinen Überlegungen häuslich ein. Tassen mit Goldrand, Kandiszucker und Kuchen, der trocken vom Teller sprang. Er murmelte: »Nicht lustig. Aber … vielleicht kennt sie einen Verleger?«

Er sparte sich den obligatorischen Blumenstrauß und hoffte diesen Mangel durch kargen Charme auszugleichen. Zehn Minuten nach drei klingelte er. *Nieves Dalmar* stand über dem Klingelknopf. Merkwürdiger Name, dachte er. Als er hinter der Tür das Trippeln der Alten hörte, konnte er ein Schaudern nicht unterdrücken. Die Tür ging auf – Tomas erschrak bis ins Mark. Er räusperte sich.

»Tomas Fischer. Verzeihung. Bin offensichtlich ein Stockwerk zu weit gefahren.«

Die junge Frau lächelte ihn an und öffnete die Tür noch weiter. Hinter ihr starrte Osiris regungslos den Gast an. »Wenn Sie der junge Mann sind, der meiner Tante geholfen hat, sind Sie richtig. Überrascht?«

Tomas kam näher. Der Kaffee roch durchdringend. Die Kanne schien ein höllisches Gebräu zu enthalten. »Einigermaßen. Ich erwartete eine … reifere Dame.«

»Kommen Sie. Ich bin die Nichte. Tantchen ist verhindert. Wir hätten es schlimmer treffen können.«

»Nett haben Sie's hier.« Er sah sich im Wohnraum um. Bleiche Sonne des Herbstnachmittags stahl sich durch die Thermoscheiben und brachte die Farben zum Leuchten. Den beigen Spannteppich bedeckte ein weißes Fell mit langen Haaren. Die wenigen modernen Möbel, von erlesener Schönheit, harmonierten mit lederüberzogenen Schaumstoffwürfeln, die entlang der Wand eine Couchlandschaft bildeten. Aus den Lautsprechern einer teuren Anlage kam von CD Strawinskys *Frühlingsweihe.*

»Ihr Platz ist hier«, sagte die junge Frau.

Tomas setzte sich in einen hochlehnigen Sessel und blickte in ihre Augen. Dasselbe klare Grün wie das der Greisinnenaugen. »Erstaunlich.«

»Wer oder was ist erstaunlich?« In ihrem kastanienfarbendunkelroten Haar, bis weit über die Schultern reichend, entdeckte er über dem rechten Auge eine graue Strähne.

»Ich dachte an eine weißhaarige alte Dame und war erstaunt, als Sie öffneten.«

Sie lachte. »Milch? Zucker?«

»Wie?« Er stellte fest, dass er irritiert und zerstreut war.

»Möchten Sie den Kaffee mit Milch und Zucker oder ohne?«

Er löste seinen Blick zögernd vom weißen Totenschädel, der ihn von einem kostbar gebundenen Buch herunter angrinste; ein kleiner Schädel mit spitzen weißen Zähnen.

»Nettes Spielzeug hat Ihr Tantchen. Da ich eine interessante Flasche sehe, ziehe ich den Kaffee schwarz vor, bitte.«

Geschirr in finnischem Design, uralter Calvados in großen Gläsern, teuflisch starker Kaffee und ein Stück sehr fetter Torte; Tomas lächelte flüchtig. Ein gutes Arrangement.

»Alte Damen sind voller Eigenheiten«, sagte Sie. »Man muss nachsichtig sein. Andererseits ist meine Tante eine Perle von einem Menschen.«

»Ich zweifle nicht daran.« Tomas roch am Apfelschnaps. »Schließlich durfte ich die Nichte kennen lernen. Vielen Dank.«

Seine Geste umfasste den Raum. Auf einem zierlichen Intarsien-Tischchen standen Bilder in Goldrahmen und Phiolen, die aus einer Alchimistenküche stammen konnten. Tomas sah wieder die junge Frau an.

»Entschuldigen Sie.« Er zog die Schultern hoch. »Ich erzähle sonst immer Witze und bin auf meine Art recht unterhaltsam. Im Augenblick scheine ich irritiert zu sein.«

Sie zog sehenswerte Beine in teuren Strümpfen an sich, als sie sich ins Leder der Sitzbank lehnte. »Irritiert? Meinetwegen?«

»Auch.« Er nickte. »Tun Sie nicht, als hätten Sie's nicht gemerkt. Gut aussehende Frauen laden mich selten zu solch starkem Kaffee ein. Wie viel Pfund pro Tasse? Oder hat Tantchen ihn gemacht, ehe sie fortging?«

Sie schüttelte den Kopf. Das rote Haar flog dekorativ. Die Antwort hatte er, so oder ähnlich, erwartet.

»Kaffeekochen gehört zu meinen wenigen Fähigkeiten.«

»Sie scherzen, Señorita.« Tomas kicherte. »Welchen Job haben Sie, wenn man fragen darf?«

»Man darf. Ich vertreibe Spezialkosmetik gegen jähes Altern. Ich reise viel. Meistens wohne ich dann zwischendurch bei Tantchen. Sie sind ein berühmter Schriftsteller, sagte sie.«

Tomas winkte ab und verbrannte sich die Lippen am Kaffee. »Sie hat's vom allwissenden Hausmeister. Er denkt, ich bin berühmt, weil ich mittags aufstehe. Aber ich mach selten früher als um zwei oder drei Uhr nachts Schluss.« Vorausgesetzt, die Manipulationen hielten sich in vertretbaren Grenzen, war ihre Figur das Atemberaubendste, das er seit zehn Jahren gesehen hatte.

»Was schreiben Sie?«, fragte sie.

»Bücher.« Er hob die Schultern. »Unterhaltung. Lassen wir das Thema – wenn Sie in Madrid oder Kapstadt aus dem Flugzeug steigen, kaufen Sie eines. Ich schreib Ihnen eine Widmung. Ihre Tante, nebenbei, ist recht modern eingerichtet.«

Sie betrachtete ihn, nickte, und er fühlte sich wie vor einem Röntgenschirm. Osiris schlich an seinen Beinen vorbei, sprang virtuos auf die Couch und rollte sich schnurrend zusammen. Vier grüne Augen musterten ihn, während Strawinskys wilde Musik zum Ende kam. Tomas fühlte sich unsicher und wurde unruhig. Er balancierte den Teller auf dem Knie und spießte eine kandierte Kirsche auf.

»Ich stehe nicht gerade im Rampenlicht.« Er grinste. »Aber Ihre Katze und Sie – Sie sollten sich im Spiegel sehen. Gibt's nichts Schöneres zu sehen? Vielleicht den Stau draußen?«

Sie lachte herzlich und laut. »Das hat keinen besonderen Grund«, sagte sie und hob die Tasse. »Ich sitze gern mit einem charmanten jungen Mann hier; deswegen sehe ich mir mein Gegenüber genauer an.«

»Verdammt.« Das Vokabular von Nichte und Tante schien identisch zu sein. »Ich war sicher, erst bei Damen ab neununddreißig echte Chancen zu haben. Sollten Sie die Ausnahme meines vergammelten Lebens sein?«

Sie zupfte am Ohr der Katze, die verschwörerisch blinzelte. »Wer weiß?«

Sie lächelte und glich Mona Lisa, Cleopatra und Lucretia Borgia, mit ihren schätzungsweise sechsundzwanzig Jahren. Ihre Haut hatte die Farbe hellen Honigs; die Hände waren Sensationen mit langen, golden lackierten Nägeln und einem ähnlichen oder sogar dem gleichen Ring wie die Tante, auch am linken Ringfinger. Drei Tassen Kaffee mit

Calvados später hatte Tomas seine Befangenheit überwunden und begann sich wohl zu fühlen. Die eigenartig introvertierte Stimmung des Raumes änderte sich, als es zu dunkeln begann. Die junge Frau schien sich tatsächlich für ihn zu interessieren; ein sicheres Mittel, auch aus seiner misanthropischen Stimmung Funken zu schlagen. Sie hieß wie ihre Tante und das, sagte sie, bedeute etwa »frischer Schnee«. Als Tomas aufstand, war die Calvados-Karaffe fast leer.

»Wir sehen uns wieder?« Er blieb scheinbar ruhig. »Zufällig.«

»Wenn wir uns sehen«, sagte sie und brachte ihn zur Tür, »dann nicht zufällig. Viel Erfolg beim nächsten Bestseller.«

»Danke. Höre ich da Sarkasmus?«

»Nicht im Mindesten.«

Er riss, in seiner Wohnung angekommen, die Balkontür auf und blickte auf zahlreiche Lichter. Nieves, das schönste Mädchen, das er je kennen gelernt hatte, war alles andere als dumm und begann den Heldinnen seiner Geschichten zu gleichen. Er beschloss sich wieder einmal in die Gefahr zu begeben enttäuscht zu werden.

Tomas glaubte ernsthaft: Mancher Mann konnte bei mancher Frau alles erreichen, vorausgesetzt, die Umstände blieben günstig. Zwischen dem siebenten und fünfzehnten Stockwerk schienen sie viel versprechend. Er kaufte einen sorgfältig zusammengestellten Blumenstrauß und schrieb dazu: *Ich lasse mich wahnsinnig gern zum Kaffee einladen – von Ihnen!* Er bat das verwelkte Mädchen den Strauß auf jeden Fall abzugeben, und als er am Kanal entlang dem Haus zuschlenderte, rannte der verwahrloste Zigeuner in ihn hinein. Er stand anscheinend kurz vor dem Durchdrehen.

»Entschuldigen, Herr. Noch nicht gesehen Fraulein?«

Der Freak, sagte sich Tomas, konnte nur Nieves meinen! Er schüttelte den Kopf; Ablehnung und Argwohn erwachten gleichzeitig. Er sagte schroff: »No, Señor. Fraulein nicht wohnt hier.«

»Gracias, gracias.« Der Zigeuner musterte die Kinder auf dem Rasen. Die Unterhaltungen der Kindsmütter brachen jäh ab. Der Fremde sah aus wie ein moderner Ahasver; fiebernd, hungrig, der Verzweiflung nahe.

Tomas wartete einen Tag lang, ehe er es nicht mehr aushielt: Seit langer Zeit hatte er wieder Spaß daran, sich in das bizarre Spiel zwischen zwei der vielen Geschlechter zu wagen. Er glaubte an seinen Erfolg. Er fuhr in den siebenten Stock; nach dem Widerhall der Glocke hörte er die Katze fauchen. Er hatte halbwegs damit gerechnet, die alte Dame zu treffen. Sie streckte ihm die Greisinnenhand entgegen.

»Sie sind's, Herr Fischer? Schade. Meine Nichte ist in Barcelona. Kommen Sie – mit den Blumen haben Sie ihr eine große Freude gemacht.«

»War beabsichtigt.« Die Blumen verdorrten in einer Vase. Nach zwei Tagen schon? »Eigentlich wollte ich mit der überaus reizenden Nieves einen Herbstspaziergang in Schleißheim machen. Im offenen Wagen zum Schlosspark. Zu Fuß durch raschelndes Laub.«

Sie schob ihn in den Wohnraum. Zwei Bilder waren neu aufgehängt worden: ein Ausschnitt des *Gartens der Lüste* von Hieronymus Bosch und eine Federzeichnung von Baldung-Grien, *Junge Hexen,* mit lüsternem Drachen und bösen Knaben, in sinnlich-obszöner Darstellung; ein Leckerbissen. Tomas hob die Schultern, Nieves senior hielt ihm ein Glas entgegen und lächelte ähnlich wie das Untier auf dem Bild.

»Sie trinken doch so gern.« Sie nickte. »Nur für Sie.«

Tomas nahm den Jerez und betrachtete den Ring am Finger. Trugen ihn beide Frauen abwechseln? Er trank.

»Danke. Jerez mit Eis – herrlich.«

»Nieves kommt übermorgen. Wenn Sie mögen – besuchen Sie uns einfach, bueno?«

»Gracias.« Tomas blickte sich flüchtig um, sah ein schwarzes Telefon und murmelte: »Sogar Telefon haben Sie schon. Schwarz, wie apart. Ich ruf vorher an, ja?«

»Unsere Nummer.«

Die Alte schrieb etwas auf eine Visitenkarte der jungen Nieves. Ihre Schrift war die einer vierzig Jahre jüngeren Frau. Tomas steckte die Karte ein.

»Schade, dass Nieves nicht da ist.« Osiris hockte auf den Kissen und blinzelte, als habe sie mit der Alten über ihn gesprochen. Die Tante strahlte.

»Sie wohnt meist bei mir, wenn sie in der Stadt ist. Sie ist so viel unterwegs, die Ärmste. Aber wir sind aus einer reiselustigen Familie. Früher waren Reisen unangenehmer – aber interessanter.«

»Ich erinnere ich.« Tomas grinste. »Hat Sie dieser Zigeuner, oder was immer er ist, auch schon belästigt?«

»Zigeuner?« Die Alte senkte ihre Stimme erschrocken zum Flüstern. Osiris streckte den Schwanz steil in die Höhe und buckelte fauchend.

»Na ja«, sagte Tomas. »Etwa dreißig Jahre. Ziemlich abgerissen und halb verhungert. Fragt mich nach einem ›Fraulein‹. Ich sagte, ich kenne Sie nicht.«

Nieves legte die Hand auf den Totenschädel. Im Nebenfach, auf einem Ebenholzkeil, hockte ein ausgestopfter lackschwarzer Rabe mit stechenden Knopfaugen. Tomas glaubte Unsicherheit in der Stimme zu hören.

»Ich hab ihn nicht gesehen. Kein Belästigung.«

Tomas stellte das leere Glas ab. Sie schien zu lügen. »Ich liebe diesen Jerez. Ich rufe übermorgen an – lassen Sie mir noch einen Schluck übrig? Wenn's regnet, könnte ich mit Fraulein Nichte zum Essen gehen – vorausgesetzt, ich langweile sie nicht allzu sehr.«

Die Alte nahm die Hand vom Totenkopf, lächelte und hob den Zeigefinger. »Ich kenne Nieves besser als mich selbst. Ich weiß, dass sie sich darüber freut. Schließlich sind Sie ein erfolgreicher ...«

Tomas blickte zur Decke und murmelte: »... charmanter junger Mann. Ich weiß. Sie übertreiben stilvoll, aber unangemessen, gnädige Frau. Ich darf mich verabschieden?«

In der kleinen Garderobe hing ein dreiviertellanger, schneeweißer Pelzmantel. Als Tomas ihn mit dem Handrücken berührte, entluden sich knisternde Funken. Polarwolf? Er nahm die Knochenhand mit dem scharfkantigen Ring.

»Ich rufe an – darf ich?«

»Sie sollen – Nieves freut sich.«

Tomas fuhr abwärts, kletterte in den Wagen und zählte, während er aus der Parklücke rollte, die Stockwerke. Er glaubte hinter dem weißen Gewebe des Vorhanges die unübersehbare Silhouette der jungen Nieves zu erkennen: Unsinn! Er fuhr zur Bank, Post und Wäscherei. Als er in den dichten Verkehr der Hauptstraße einbog, spürte er tiefe Verunsicherung.

Die Kerzenflamme zwischen ihnen flackerte; Tomas hielt den Leuchter über den Tisch. Nieves zündete ihre Zigarette an und blies Tomas Rauch ins Gesicht.

Er grinste. »Danke.«

Ihr herausforderndes Lächeln galt nur ihm. In dem kleinen Restaurant, das Tomas stets dann besuchte, wenn er bei Mädchen eindeutige Absichten verfolgte, waren sie – jedenfalls Nieves – eine kleine Sensation. Tomas' dunkelblauer Anzug passte zum weißen Kleid der jungen Frau. Das Dekolletee hatte eine dem Abend angemessene Tiefe. Der Kellner kannte Tomas und verausgabte sich schier, bis er die erstaunliche Rechnung vorlegte. Tomas zückte die Kreditkarte.

»Ich nehme an, es hat Ihnen trefflich gemundet?«

Sie lächelte wie die satte Osiris. »Überaus trefflich. Sie gehen hierher, wenn Sie Ihre kleinen Mädchen verführen wollen?«

»Mitunter. Klugheit, dein Name sei Weib.« Tomas grinste bitter. »Wie Recht Sie haben. Sie sind die Ausnahme. Mit Ihnen bin ich hier, weil das Essen deliziös und der Service exzellent sind. Zufrieden?«

»Ohne Sie wäre es keiner der zehn unvergesslichen Abende eines Mädchenlebens.«

»Erstaunlich.« Auch seine Zigarette brannte. Duft stieg aus dem Marc de Champagne vor seinen Fingern. »Wie Sie meine Ironie parodieren! Erlebe ich selten; wenn überhaupt nur bei Damen ab neununddreißig.«

»Warum gerade neununddreißig?«

Tomas machte mit der Hilfe von Glas und Zigarette eine verständnisheischende Geiste. »Ich kenne kaum Damen über vierzig. Wie verbringen wir den Rest des Abends?«

»Wäre es wärmer, befände sich ein Schlosspark in der Nähe, bäte ich Sie um einen Spaziergang und Barockmusik. So aber ...«

Tomas legte die Hand ans Ohr. »Ich höre ...?«

»... lade ich Sie auf ein Glas Jerez in den siebenten Stock ein. Zweifellos interpretieren Sie die Einladung richtig.«

»Zweifellos.« Er lächelte versonnen. »So oder so.«

»Jetzt haben wir uns hundertfünfzig Minuten lang hervorragend unterhalten«, sagte Nieves. »Erstaunlich, wie tief der Grad des gegenseitigen Verstehens werden kann, wenn's nach Hummer riecht.«

Er hob die Schultern und trank Tresterbrand. Seine Erfahrung hatte ihn skeptisch gemacht, aber falls er sich in Nieves zu verlieben beabsichtigte, gab es faire Chancen. Wenn nicht, dann spielte sie absolut perfekt.

»Das Fluidum des mittelmäßigen Schriftstellers, ein grellroter Sportwagen und der Umstand, dass ich beim Essen nicht schmatze, scheint Sie nicht sonderlich zu beeindrucken?«

»Völlig falsch. Ich bin tief beeindruckt.«

Tomas holte seinen Wildledermantel und ihren Polarwolf. Männer warfen ihm neidvolle Blicke zu, die Gesichter vieler Mädchen versteinerten. Er war geschmeichelt. Natürlich merkte er, wie Nieves die Bewunderung genoss. Als sie im Schalensitz kauerte, tippte sie auf die Instrumente.

»Wie spät?«

»Viertel vor zwölf. Geisterstunde. Stunde des Nebels, der Liebenden, der Werwölfe und Hexen.«

Das Auspuffgeräusch weckte vielfältige Echos. Vor dem Hochhaus fand Tomas sogar eine Parklücke. Er führte Nieves am Ellenbogen ins Haus und öffnete den Lift. Nieves betrachtete sich im schmalen Spiegel. Die grelle Leuchtstoffröhre machte sie nicht hässlicher.

»Sehen Sie in meine Augen«, sagte Tomas. »Zwei runde Spiegel zeigen Ihnen, wie gut Sie aussehen.«

Sie nahm seine Hand. »Sie sind ja ein richtiger Literat!« Sie strahlte. »Und eine so schöne Metapher!«

»Und völlig kostenlos.« Er nickte. »Sie haben noch genügend Jerez?«

Ihr Lächeln traf ihn wie eine heiß glühende Nadel. »Genug, um Sie betrunken zu machen und zu verführen.«

»Ersteres schließt Letzteres aus.«

Flackernde Röhren erhellten den H-förmigen Korridor. Die Geräusche hoher Absätze und Ledersohlen hallten zwischen Rauputzwänden. Tomas' Entsetzen war schlecht gespielt.

»Sie werden doch nicht meine Trunkenheit brutal ausnützen wollen?«

Während sie aufschloss, sah ihm Nieves über die Schulter in die Augen. »Nahmen Sie an, ich sei eine Nonne?«

»Nein. Das ganz sicher nicht.« Er nahm ihr den Mantel ab. Osiris begrüßte ihr Frauchen nach Katzenart. Als das Fell an den Strümpfen rieb, glaubte Tomas wieder Funken zu sehen. Er setzte sich in den hochlehnigen Sessel.

»Kaffee, Jerez, Cognac, Gin oder Scotch?«

»Zuerst Kaffee, dann Scotch ohne Eis und Soda. Macht es nicht zu viel Mühe?«

»Nein.« Sie ging zur Miniküche und stellte eine Espressomaschine auf die Kochplatte. »Ich rechnete mit dieser Kombination.«

»Als ob wir uns seit Wochen kennen«, murmelte Tomas. »Ich bin Scotchianer.«

Sie streichelte schnell und unverbindlich sein kurzes Haar. »Ich wusste es. Tausend Jahre Erfahrungen.«

»So alt, Mädchen?«

»So weise. Eine Sekunde – ich ziehe mich nur um. Wenn das Ding pfeift, schalten Sie ab. Einen Schalter werden Sie drehen können?«

»Möglicherweise sogar in die entsprechende Richtung.«

Die Tür des Wohnraums schloss sich. Drei Minuten später pfiff das Maschinchen. Er drehte den Schalter, suchte aus dem Hochschrank Geschirr, Milch und Zucker hervor und trug alles vorsichtig zum Tisch. Unter Osiris' misstrauischen Blicken schaltete er die Deckenbeleuchtung aus und die Couchlampe an. Die freizügigen Darstellungen kopulierender Fabelwesen und Menschen auf dem Seidenschirm wurden schärfer, als sich die Ökolampe erhellte. In den hochkant stehenden Compactdiscs fand er Berlioz: *Sinfonie fantastique.* Musik quoll wie Nebel aus großen Lautsprechern. Tomas, nüchtern wie ein Granitblock, fühlte sich halbwegs verzaubert. Musik, Totenschädel, Rabe, die lautlose Kerze und weiche Möbel – wohl ausgesuchte Zutaten einer eindeutigen Situation. Er lehnte sich zurück, schloss die Augen, und als er sie wieder öffnete, stand Nieves vor ihm.

Er sagte, sehr leise: »Wie ich Menschen liebe, die richtige Dinge im richtigen Augenblick tun.«

Sie legte eine Handfläche an seine Wange. »Wusste ich auch. Wo es sich nicht vermeiden lässt, ziehe ich Ehrlichkeit vor. Du hast den Scotch nicht gefunden?«

Tomas zog zwei Zigaretten aus dem Zedernholzkästchen und zündete sie an.

»Weil ich ihn nicht gesucht habe. Entspricht Berlioz deiner Stimmung?«

Sie nickte schweigend, holte Gläser und Flaschen aus dem Barfach, und Tomas verteilte das Geschirr. Nieves trug eine Art knöchellangen schwarzen Sarong mit Mao-Kragen, köstlichen Ausschnitten und Riesenärmeln; offensichtlich kostbare Seide.

Auf der Oberfläche bildeten, wie auf einer verfremdeten Fotografie, winzige Sterne, Monde, Planeten, Kometen und

Galaxienhaufen verstreute Muster. Von der Schulter zum Knie zog sich die Milchstraße. Tomas drehte den Kopf.

»Ich kenne manches«, sagte er heiser. »Aber einen solchen Kampfanzug hab ich nicht mal im Traum gesehen.«

Nieves goss pechschwarzen Kaffee in die Tassen und füllte die Gläser. Sie trug den kantigen Ring nicht mehr. »Ich bin auch keine Frau, die sich nach einem Zweihundertmarkessen verpflichtet fühlt mit dir zu schlafen.«

»Bitter, aber richtig formuliert«, sagte er. »Und nichts gegen dein Selbstbewusstsein, das natürlich in tausend Jahren entwickelt wurde.«

»Misstrauisch? Ist das Arrangement zu perfekt?«

Berlioz' Musik schilderte die Verwandlung einer Geliebten in eine Hexe und die Verzweiflung des Komponisten über diese wenig ersprießliche Tatsache.

Tomas war skeptisch, trank Kaffee und drückte die Zigarette aus. »Wo ist Tantchen?«

»Besucht eine Freundin. Wir Dalmars sind auf der ganzen Welt verstreut. Große Familie und nicht besonders arm. Zufrieden?«

»War nicht wichtig. Ich hoffe, es ist nicht der letzte Abend, den wir zusammen verbringen?«

Sie lehnte sich gegen seine Schulter; die Berührung bedeutete mehr als die Umarmung einer anderen. Tomas bewegte den *Laphroaig* im Glas und sah in ihre Augen.

»Wer verführt wen? Die meisten Mädchen glauben, es ist Sache des Mannes, nachdem sie ihn in die Ecke getrieben haben.«

Sie lachte laut und legte die Hand auf sein Knie. »Ihr Schriftsteller bemüht euch wenigstens um originelle Formulierungen. Deine kühle Sachlichkeit macht dich unwiderstehlich. Verführen wir einander!«

Tomas küsste sie leicht. Ihre Lippen schmeckten nach etwas, das er nicht kannte. Er bog den Kopf zurück. »Sekunde. Ich öffne die Manschettenknöpfe. Handarbeit aus Toledo: Mitbringsel.«

»Hab ich schon im Lokal gesehen. Vor ein paar Jahrhunderten wohnte ich in Toledo.« Sie lachte verlegen. Osiris sah mit grünen Augen zu, wie sie sich küssten. Naturereignisse, dachte Tomas verwirrt. Küsse, ganz anders als die aller Mädchen, Magma und Polareis. Perfekte Kontrolle von Verstand und Körper. Als er den Sarong öffnete und seine nervösen Finger weiche Haut spürten, ahnte er, dass Nieves halten würde, was andere nicht einmal versprechen konnten. Illusion? Sicherlich. Aber er fühlte sich in der nächsten Stunde, die sich zu einer kleinen Ewigkeit dehnte, so wohl wie nie zuvor. Er löste sich von Nieves, goss kalten Kaffee in die Tasse und trank sie leer.

»Tom?« Er drehte sich herum. »Ja?«

»Leg Mussorgski auf. *Nacht auf dem kahlen Berge.* Willst du?«

Als Tomas die Titel von mehr als zwölf Dutzend CDs durchsah, entdeckte er Ähnlichkeiten: Mystik, Sagen, rituelle Bezüge, faszinierende Themen. Überbegriff Zauber und Verzauberung, untypisch für eine sechsundzwanzigjährige Frau. Kein Barock, nichts von Mozart, viele Slawen und Sondereditionen mythologischer Ritentänze von Naturvölkern. Der Laser griff die CD ab; Musik schwang durch den Raum.

»Eine Zigarette?«

Sie streckte sich auf den Lederkissen aus. Tomas setzte sich neben sie. Ihr Arm legte sich um seine Hüften. »Du bist das zweite Mädchen, das ich lieben könnte.«

Ihre Zähne hinterließen auf seiner Schulter winzige Male. Sie antwortete so leise, dass er Mühe hatte sie zu verstehen: »Ich kenne viele Männer. Du bist gerade dabei, Maßstäbe zu setzen. Nicht schön oder wild, nicht ausschließlich oder weise, aber die beste Kombination. Ich glaube, dass ich dich lieben werde.«

Tomas zwang sich, trotz der Verzauberung seine Skepsis nicht zu vergessen. »Wie lange es dauert, wissen wir nicht. Du bist die Traumgeliebte, liebst mit jedem Muskel und jeder Hirnzelle. Warum gerade mich? Du hast mich für andere Frauen verdorben.«

»Warum?« Sie setzte sich auf und senkte das Goldkettchen mit dem Amulett zwischen ihre Brüste. »Es wird für dich keine anderen Mädchen mehr geben.«

Er griff, als verdürbe eine hastige Bewegung den Zauber, nach der Schildkröte. »Karneol. Fundort bei Tell Brak. Symbol für langes Leben und Fruchtbarkeit. Bedeutet es etwas?«

Ihre Hände krochen von seinen Knien zur Innenseite seiner Schenkel. Nieves sprach mit unwiderruflichem Ernst, fernab jeglicher Koketterie oder milder Ironie. »Es bedeutet viel. Der Stein aus dem Land Sumer ist älter als die Ringe, die Tantchen und ich tragen. Unser Familienzeichen. Wird es geraubt, verlieren wir's, stößt uns Furchtbares zu. Aberglauben? Vermutlich. Als Schriftsteller kennst du die prägende Kraft des Normativen; jemand, der glaubt krank zu sein, stirbt daran. Die Karneolschildkröte ist für die Dalmars Symbol der Unsterblichkeit. Keiner, der sie je verlor, lebte noch lange.«

Auf Tomas' Armen entstand Gänsehaut. Er nahm die Zigarette aus ihren Fingern und schnippte die Asche ab. »Ich kenne solche Abhängigkeiten. Wenn du das Ding brauchst – ich werde es nicht stehlen. Trotzdem ist dein Busen schöner ohne das Steintierchen.«

Sie machte zwei aufregende Bewegungen. Nur noch die Kette lag um ihren langen Hals. Nieves küsste ihn lächelnd und er ließ sich zurücksinken.

»Lassen wir das Gespräch über Sumer. Wie lange wird es dauern mit uns beiden?«

Sie presste sich an ihn. »So lange du willst. Ich habe keinen Grund dich zu betrügen. Ich war allen meinen Geliebten treu, bis sie starben.«

Er hielt sie an den Schultern und grinste in ihre Augen.

»Deine Reisen … als Geschäftsfrau kommst du weit herum.«

»Ja. Wirst du warten, wenn ich zurückkomme? Bist du da, wenn ich anrufe?«

Er strich die graue Strähne aus der Haarflut über ihrer Stirn. »Wie du weißt, arbeite ich zu Hause. Du solltest nicht zu lange wegbleiben.«

Sie richtete sich auf und nahm etwas aus der edelsteinverzierten Kassette im Regal. Auf ihrer Handfläche lag der Schlüssel für ein Sicherheitsschloss. »Ich riskiere dir zu vertrauen. Der Wohnungsschlüssel. Benütze ihn nie, ohne vorher anzurufen; nur wenn ich da bin. Versprochen?«

»Heute Nacht verspreche ich alles außer der Ehe«, sagte er und versuchte sich vom Anblick ihrer langen Beine abzulenken. »Ich versprech's, Nieves. Ehrlich.«

»Gut.« Sie versenkte den Schlüssel in seiner Anzugjacke. Fast zwei Uhr; die Nacht raste mit Riesenschritten. Ein Hubschrauber knatterte über das Haus und brachte ein tiefgekühltes Herz zum Dach der nahe Klinik. Sie liebten sich atemlos wie Ertrinkende, als gäbe es kein morgen und trennten sich erschöpft gegen Mittag. Nieves bereitete ein Frühstück und trug ein dünnes Wildlederhemd und darunter nichts als Haut. Tomas fuhr in den Fünfzehnten, las Zeitung und schlief bis abends. Als er in der Dunkelheit aufwachte, näherten sich die Gedanken, fürchterliche Partner der Vernunft. Er war verliebt. Er war verzaubert. Er fühlte sich leer, ausgebrannt und dachte: Ich bin ihr verfallen. Bin ich's? Er badete, trank eine Kanne Kaffee und beendete das Manuskript in der Hälfte der üblichen Zeit.

Die folgende Woche arbeitete er mit bestem Erfolg, ein Rasender, der versuchte zwischen sich und der langen Nacht den Abstand herzustellen, der ihm gestattete die Lage mit kalter Ruhe zu betrachten. Er hatte gedacht, er hätte es geschafft – bis zu der Nacht um halb eins, als er aus dem heißgefahrenen Wagen stieg, die Pelzjacke über dem Smoking. Er starrte die Front des Hochhauses an.

»Fünf … sieben«, zählte er. »Was ist das?«

Hinter den wirbelnden Schleiern des Vorhangs bewegten sich hastige schlanke Schatten mit rudernden Armen. In der kleinen Wohnung ging etwas vor. Tomas ging langsamer. Neben ihm bildete sich Reif an schwarzen Ästen. Die Lichter unter Betonwinkeln strahlten böse, der Plattenweg hatte nassschwarze Fugen. Irgendwo klirrte Glas, ein Hund bellte, dann mehrere. Schließlich stimmten die kleinen Pudel, Dackel, Terrier, Mastinos und Spaniels ringsum in das Kläffen ein.

Ein Fenster wurde aufgerissen, eine Männerstimme, sich überschlagend, schrie: »Verfluchte Tölen. RUHE!«

Der Erfolg war hörbar; ein höllisches Spektakel brach los. Tomas fühlte im Magen einen harten Klumpen, lief und rutschte auf dem Plattenweg zum Haus. Er fuhr in seine Wohnung, sprang aus dem Lift und sein Herz schlug rasend. Er warf die Jacke achtlos in den Korridor, wirbelte zum Glasregal neben dem Schreibtisch. Als seine Hand den Telefonhörer berührte, erstarrte er, als habe man ihn in den Magen geschlagen.

Auf dem Balkon, vor der raumhohen Glastür, stand Nieves, splitternackt, und kreuzte die Arme über den Brüsten. Sie legte die Finger gegen das Glas. Obwohl der Sperrhebel umgelegt war, öffnete sich die Tür. Nieves glitt in die Wärme; mit einem eisigen Lufthauch drang das infernalische Geheul verfetteter Köterkehlen in Tomas' Wohnzimmer. Er schloss die Tür, zog Nieves flüchtig in seine Arme und hob die Pelzjacke auf. Als er sie um ihre Schultern legte, sah er die Spuren an den Oberarmen.

»Nieves … wie kommst du auf meinen Balkon? Was ist los? Ich hab gedacht, in deiner Wohnung findet ein Kampf statt …«

»Der Zigeuner.« Sie kuschelte sich in seinen Ledersessel. »Er wollte mich vergewaltigen. Osiris hat sein Gesicht zerkratzt. Dann hat er versucht die Schildkröte abzureißen.«

Sie öffnete die linke Faust und hielt ihm das Amulett entgegen. Das Goldkettchen war zerrissen. Sie blickte ihn ratlos an; er nahm sie an den Schultern und umarmte sie.

»Frag mich bitte nicht. Nicht heute. Wenn du mich liebst, nimm alles, wie es ist. Ja?«

Er hob sie auf, öffnete die Tür des Bades mit dem Knie und setzte Nieves auf den Wannenrand. »Du kannst duschen, meinen Bademantel anziehen und warten. Ich bin gleich wieder zurück.«

Sie erschrak. Sein Gesicht war unnatürlich bleich.

»Wohin gehst du?«

»Wenn du mich liebst, frag niemals.« Er grinste grimmig. »Fünf Minuten. Hier ist Badeschaum.«

Im winzigen Schlafraum öffnete er das oberste Schrankfach und wickelte den kleinen Revolver aus dem Handtuch. Er prüfte das Magazin, zog einen Handschuh an und fuhr, nachdem er sich vergewissert hatte, dass niemand im Korridor war, in den siebenten Stock. Er holte die Waffe heraus, schloss die Tür lautlos auf und zuckte zurück, als Osiris von der Hutablage auf seine Schulter sprang und mit den Krallen den Smokingkragen zerfetzte.

»Ruhig, Osiris.« Tomas stieß die Tür zum Wohnraum auf. »Halt!«

Der Zigeuner starrte ihn an. Er stand in der Mitte des Zimmers und hielt eine leere Flasche schlagbereit hoch. Tomas richtete die Waffe auf ihn.

»Schnell.« Er knurrte. »Weg mit der Flasche. Taschen ausleeren. Du bist hier nicht erwünscht.«

Wortlos, ohne ihn aus den Augen zu lassen, gehorchte der Zigeuner. Er war verwahrloster, als es Tomas in Erinnerung hatte. Trotz des stechenden Blicks wartete Tomas, bis der armselige Tascheninhalt auf dem Tisch lag. Nichts sah so aus, als gehörte es Nieves oder der Alten. Tomas sagte langsam: »Steck den Krempel wieder ein. Und dann verschwinde. Wenn ich dich in der Nähe noch mal sehe, bringe ich dich um. Damit.«

Er zielte auf das Gesicht unter klebrigen Locken. Der

Zigeuner ließ die Schultern sinken. Verzweifelt und verdreckt schob er sich am Regal vorbei und schloss schweigend die Tür. Tomas wartete auf das Geräusch des Lifts, nahm Osiris von der Schulter und machte flüchtig Ordnung. Er hob das Buch auf, das unter dem Totenkopf gelegen hatte. Ein abgegriffenes, mittelalterliches Exemplar, vermutlich unbezahlbar. Einige Brocken Latein verstand er.

»Jetzt hast du, Tomas, was du niemals wolltest. Mitten in einer Tragödie, und in was für einer!«

Er steckte die Waffe zurück, streichelte Osiris und sperrte sorgfältig ab, nachdem er die Lampen abgeschaltet hatte. Nieves saß am Schreibtisch, es roch nach Badeschaum. Das Kläffen war vorbei, wieder lagen Ruhe und Nebel zwischen den Häusern und dem bereiften Rasen. Autoscheinwerfer geisterten durch den Dunst, die Lichter des Fernsehturms blitzten rot.

»Ich habe den Zigeuner vertrieben und versprochen ihn umzubringen, wenn ich ihn noch einmal sehe.«

Sie sah schweigend zu, wie er die Waffe sorgfältig entlud und verstaute, dann flüsterte sie: »Ich bleib heute bei dir. In deinen Funktionsräumen, ja?«

Er nickte. »Deine Gegenwart wird sie weihen.«

Bevor sie einschliefen, jeder in den Armen des anderen, dachte er nach. Er musste die Seltsamkeiten erkennen, in ein logisches System bringen. Er zweifelte, ob es ihm gelingen würde.

Morgens wusste er, dass ihn höllische Träume heimgesucht hatten. Das Kissen war nass geschwitzt, aber er erinnerte sich nur an viel leidenschaftliche Zärtlichkeit.

Nieves Dalmar flog nach Rom, Zürich und Wien. Tomas arbeitete viel und, wie er hoffte, mit guten Resultaten. Am Freitag traf er einen Verlagslektor; einen der nonlegasthenischen Innovatoren, mit dem er lange in der Bar sitzen blieb. Nicht mehr ganz nüchtern, fuhr er über eisglatte Straßen und vermied behutsam eine Kollision. Es war bitterkalt. Mit hochgestelltem Kragen näherte er sich dem Haus. Wieder war hinter den Vorhängen des Apartments Licht. Er hatte sich an diesen prüfenden ersten Blick schon gewöhnt. Aus der sternklaren Nacht, die eine Sternschnuppe teilte, grinste hämisch der Vollmond.

Tomas drehte den Schlüssel im Schloss – es gab undeutliche Geräusche, dann einen Laut, den er ein einziges Mal in seinem Leben gehört hatte. Er erinnerte sich, schloss auf, schüttelte den Kopf und drehte sich wieder um. Er rannte um die Hausecke und sah, im matten Licht der Dauerbeleuchtung, ein Bild, das er fast erwartet hatte.

Als die nervenkranke Frau fünfzig Meter vor ihm aus dem zehnten Stock gesprungen war, hatte sich ihm der Laut, mit dem ein menschlicher Körper auf Stein schlug, unauslöschlich eingeprägt. Vor ihm lag ein Körper auf den eiskalten Platten. Blut floss aus Ohren und Mund. Arme und Beine waren so ausgestreckt, dass der Körper ein Kreuz bildete. Tomas kauerte sich nieder, kämpfte gegen Ekel, fasste das Haar und drehte den Kopf herum. Der Zigeuner. Zerschmettert und tot. Sein Gesicht trug die verheilten Spuren von Katzenkrallen und ein Muster aus blutenden Schnitten. Eine Hand des Toten war offen, die andere zur Faust geballt. Tomas schaute sich um. Niemand war in der Nähe. Nur dreißig Meter hinter dem Wiesenstreifen und einigen Bäumen fuhr ein Wagen langsam über das Eis.

»Die Karneolschildkröte …?« Tomas schüttelte sich vor Kälte und Entsetzen und versuchte die Faust aufzubrechen. Er brauchte Minuten dazu. Er hob den runden Stein hoch, und das Goldkettchen rutschte aus dem Loch des Amuletts. Tomas flüchtete zurück ins Licht, in die Wärme des Hauses, riss die Lifttür auf und starrte in den Spiegel. Ein leichenfahler Fremder starrte zurück. Tomas fror und schwitzte gleichzeitig, seine Finger zitterten. Er steckte das Amulett in die Hosentasche und öffnete die Wohnungstür, darauf gefasst, Nieves auf dem Balkon oder vor dem Schreibtisch zu finden.

Nichts. Er griff zum Telefon. Viermal das Freizeichen. Es

knackte in der Leitung, ein Poltern war zu hören, dann schien jemand gegen das Mikrofon zu blasen. Tomas runzelte die Stirn, dann erkannte er die Bedeutung des Fauchens. Osiris hatte den Hörer aus der Auflage geworfen – und jetzt fauchte und miaute die Katze. Tomas legte den Hörer zurück, starrte sekundenlang aus dem Fenster, ohne etwas zu sehen. Er schüttelte sich, nahm den Schüssel aus der Schreibtischschublade, zog die Handschuhe an und lief durch den dunklen Flur auf den Balkon, von dort zur Nottreppe und hinunter in den siebenten Stock.

Auf dem Beton des Fluchtbalkons sah er Blutstropfen. Spuren blutiger Finger waren am Vierkantstahl des Geländers. Als das Korridorlicht aufflammte, sah Tomas eine Blutspur von der Apartmenttür bis zu seinen Stiefelspitzen, wie die Fährte eines sterbenden Tieres. Er rannte zum Apartment, schloss die Tür und lehnte sich keuchend dagegen. Die Tür zum Wohnraum stand offen. Auf dem weißen Teppich waren Blutspuren. Osiris saß im Regal, neben dem Telefon, leckte sich die Pfoten und gähnte Tomas an. Halb auf der Ledercouch, halb auf dem Teppich, neben dem blutigen Kissen, lag Nieves. Tomas ging zögernd näher. Es war nicht ihr Körper, den er kannte, liebte, gestreichelt hatte, sondern etwas, das noch im Sterben lebend schien oder sich im Tod verformte. Aus der runzligen Haut der Greisin wurde langsam der Mädchenkörper. Das Haar rollte sich auf wie eine erwachende Pflanze.

Tomas' Herz hämmerte wie eine Maschine; er atmete röchelnd und zwang sich näher heran. Wie in Trance zog er das Amulett aus der Tasche, schlang mit zitternden Fingern einen Knoten und streifte Nieves das Kettchen über den Kopf. Mehr Falten verschwanden, auch die Würgemale am Hals. Tomas riss sich zusammen, stellte die Lampe auf und sah, dass hier ein Kampf um Leben und Tod stattgefunden hatte. Er nahm ein Handtuch, spritzte Reinigungsmittel darauf und ließ warmes Wasser ins Becken fließen. Durch die Spionlinse sah er, dass der Korridor dunkel war.

Minuten später hatte er die Blutspuren beseitigt. Der Bodenbelag war feucht, als er die Wohnungstür wieder schloss. Das Tuch verschwand im schäumenden Spülwasser. Tomas legte den Hörer auf, stellte ein paar Gegenstände zurück und hob die Katze aus dem Fach. Der Zigeuner hatte es irgendwie geschafft einzudringen, hatte der alten Dame das Amulett vom Hals gerissen, und während Nieves Dalmar ihr Leben verteidigte, war Osiris fauchend über den Fremden gekommen. Vielleicht war, als der Zigeuner flüchtete, Nieves schon niedergeschlagen oder tot. Die Katze, beißend und kratzend, hatte ihn auf seinem Weg zum Balkon begleitet: Entweder merkte er nicht, dass dieser Weg hier endete, oder seine Kräfte hatten versagt. Dann sprang oder kippte er über die Brüstung.

Mit ausgedörrten Lippen flüsterte Tomas: »So war es – wahrscheinlich.«

Diese Frage schien beantwortet zu sein. Er sah sich mit dem eigentlichen Problem konfrontiert. Lebte Nieves oder war sie tot? War, was er sah, das Mädchen oder die alte Dame? Das plötzliche Erkennen ließ ihn taumeln. Er drehte sich herum und sah zu, in kalten Schweiß gebadet, wie sich Teile eines siebzigjährigen Körpers in den eines sechsundzwanzigjährigen verwandelten. Abstoßend, faszinierend, ein Vorgang wie aus einem Horrorfilm. Was konnte er tun? Nichts mehr. Das Amulett hatte er der … Hexe? – ja, das war sie … zurückgegeben. Die Spuren schienen bestmöglich verwischt. Er fiel mit weichen Knien in den Sessel. Was jetzt geschah, entzog sich seiner Kontrolle.

»Das war's, Osiris.« Er musste sich räuspern. »Sag ihr, dass ich hier war.«

Er ließ eine Lampe brennen, legte den Schlüssel auf den Tisch und verließ das Apartment. Auf seinem Balkon vermied er in die Tiefe zu blicken. Er goss ein Glas voll Scotch und leerte es in drei Zügen.

Nieves, die Hexe. Ein Netz verwirrender Assoziationen gliederte sich in logische Muster. Alles, was er erlebt hatte, fand darin seinen Platz. Schädel, Zauberbuch, selbst der Hexenmantel in modischer Version. Logik der Verrücktheiten. Das Amulett, alt wie Hammurabi oder Gilgamesch. Der Rabe, die Verwandlung und Nieves nackt auf seinem Balkon. Er flüsterte wie im Fieber.

»Es gibt nur eine Frau. Tantchen und Nieves – eine Person. Person?«

Das unbegreifliche Etwas lag dort unten und verwandelte sich. Sie oder es hatte gesagt: »Ich war allen meinen Liebhabern treu bis zum Tod.«

Tomas schluckte, voll Erschrecken und halb gelähmt. Er glaubte ein exotisches Gift durch seinen Kreislauf rasen zu fühlen. »Worauf warte ich?« Er begann zu ahnen, dass ihn unsichtbare Ketten an das Zwitterwesen fesselten, das jenseits von Böden und Betonschotten eine unbegreifliche Verwandlung durchlief. Jetzt erfuhr er am eigenen Leib, was er beschrieb. Der Klumpen in seinem Magen löste sich und überschwemmte seinen Körper mit Übelkeit. Er torkelte ins Bad und übergab sich. Was immer ihn erwartete – sinnlos, entkommen zu wollen! Zum ersten Mal in seinem Leben fühlte Tomas Fischer nackte Furcht. Er lehnte die schweißbedeckte Stirn an die Scheibe, sah viele Lichter im Nebel. Angst schüttelte ihn, seine Zähne schlugen aufeinander. Er wartete in steigendem Entsetzen.

Sie würde wieder auf dem Balkon stehen, um sich für seine Hilfe zu bedanken. Ein perfekter, wollüstiger Körper, der ihn umarmte, und ein Mund, der spitze Zähne in seine Schultern schlug. Ein Verstand, der faszinierte, eine schöne, ständige Begleiterin; eine Lebensgefährtin, die ihm treu bleiben würde – bis zu seinem Tod.

Der Herausgeber

Wolfgang Hohlbein, 1953 in Weimar geboren, muss den Lesern eigentlich nicht mehr vorgestellt werden: Seit 1982 ist er hauptberuflich Schriftsteller. Der erfolgreichste deutsche Vertreter des Genres Fantasy hat sich mit seinen spannenden Romanen einen riesigen Leserkreis erobert. Bei Weitbrecht sind von ihm die Romane »Das Druidentor«, »Die Rückkehr der Zauberer« und »Enwor – das elfte Buch« erschienen. Bei Thienemann publizierte er den phantastischen Roman »Wyrm – Das Geheimnis von Morrisons Farm« sowie, gemeinsam mit seiner Frau Heike, das Kinderbuch »Teufelchen«.

Die Autoren

Agnes P. Adams, geboren 1954 in Bonn, studierte einige Semester Physik, bevor sie hauptberuflich Mutter wurde. Seit 1989 widmet sie sich wieder ganz dem Schreiben von Romanen und Erzählungen, mit dem sie schon früher begonnen und das sie nie ganz aufgegeben hatte. *Der Wurm* ist ihre erste veröffentlichte Kurzgeschichte.

Vincenzo Benestante, 1945 in Chicago geboren, studierte Musik, Theater und Physik. Per Stipendium kam er nach Zürich, begann dort als Opernsänger und wurde schließlich Schauspieler in Deutschland. Während dieser Zeit entdeckte er seine Passion fürs Schreiben, verfasste etliche Kurzgeschichten, mehrere phantastisch-unheimliche Romane und übersetzte Sciencefictiongeschichten für die »Isaac Asimov Science Fiction Anthologie«. Zurzeit lebt er mit seiner Frau Sabina Trooger in Key Largo, Florida.

Harald Braem, geboren 1944, ist Direktor des »Kult-Ur-Instituts für interdisziplinäre Forschung« und Professor für Kommunikation und Design an der Fachhochschule Wiesbaden. Er hat bereits zahlreiche historische und phantastische Romane verfasst. Bei Weitbrecht sind von ihm die Romane »Der Vulkanteufel« und »Der König von Tara« erschienen. Ebenfalls bei Weitbrecht veröffentlichte er die Sachbücher »Das magische Dreieck« und »Magische Riten und Kulte«.

Thomas Görden, geboren 1964 in Wuppertal, studierte Anglistik und Neuere Geschichte. Er arbeitet seit vielen Jahren als Autor und freier Übersetzer. Bei Weitbrecht veröffentlichte er die phantastischen Romane »Schattenwölfe« und »Die Krypta«.

Bernhard Hennen, 1966 in Krefeld geboren, ist ausgebildeter Archäologe und Historiker. Er arbeitete als Journalist für verschiedene Zeitungen und Radiosender. 1994 verfasste er gemeinsam mit Wolfgang Hohlbein seinen ersten Fantasyroman »Das Jahr des Greifen«, der im selben Jahr als bester deutscher Roman dieses Genres prämiert wurde. Nach 14 weiteren Romanen gehört Bernhard Hennen mittlerweile zur ersten Riege der deutschen Fantasyautoren.

Hanns Kneifel, 1936 in Gleiwitz, Oberschlesien geboren, lebt seit 1967 als freier Schriftsteller in München. Seine schriftstellerische Laufbahn begann er 1957 mit Science-Fiction, z. B. seinen Büchern zur »Raumpatrouille Orion«. Später wandte er sich mit großem Erfolg dem historischen Roman zu. Seine vielen SF-Erzählungen, Sachbücher, Hörspiele und Romane, darunter die historischen Romane »Die Spur des Widders«, »Babylon – Das Siegel des Hammurabi«, »Der Bronzehändler«, »Hatschepsut«, »Der letzte Traum des Pharao«, »Telegonos« sowie »Darius der Große« sind in mehreren Millionen Exemplaren erschienen.

Dieter Winkler, geboren 1956 in Berlin, veröffentlicht bei Thienemann mit großem Erfolg die »Netsurfer«-Reihe, für die er bereits vier Bände geschrieben hat. Parallel zu seiner

Karriere als Chefredakteur von Computerzeitschriften wie CHIP hat er darüber hinaus an mehreren Fantasy-Reihen mitgewirkt und zahlreiche Kurzgeschichten verfasst. Aus der intensiven schriftstellerischen Zusammenarbeit mit seiner Frau Uschi entstand die vorliegende Geschichte »Baum des Vergessens«.

Thomas Ziegler, geboren 1956, ist seit 1980 freier Autor und Übersetzer und lebt in Köln. Er schrieb zunächst Sciencefiction und Fantasy und wurde mehrfach mit dem Kurd-Laßwitz-Preis ausgezeichnet, unter anderem für seinen SF-Roman »Stimmen der Nacht«. Später verfasste er humoristische Krimis wie »Koks und Karneval«, Satiren wie »Bekenntnisse eines Öko-Terroristen« und Bücher zu Fernsehserien wie »Das Nest«. Seine Storys und Romane erschienen außerdem in Frankreich, Japan und den USA.